Sina Blackwood

AF176471

# Der Rübezahl
# vom Schüchthof

Bibliografische Informationen der Deutschen Nationalbibliothek:
Die Deutsche Nationalbibliothek verzeichnet diese Publikation in der Deutschen Nationalbibliografie; detaillierte bibliografische Daten sind im Internet über http://dnb.de abrufbar.

© 1. Auflage:                September 2020

© Coverbild:             Sina Blackwood

Umschlaggestaltung:    Sina Blackwood
Layout:                Sina Blackwood

Herstellung und Verlag:
BoD – Books on Demand, Norderstedt
ISBN: 9783751997249

# I.

Ein Schrei durchschnitt die Stille. Urs erstarrte mitten in der Bewegung. Aus seinen Erinnerungen schälte sich ein Dezembertag hervor, welcher schon fünf Jahre zurücklag. Tränen, die er einfach nicht unterdrücken konnte, rollten über seine Wangen, erstarrten in der klirrenden Kälte und fielen als funkelnde Perlen in den Neuschnee. Er suchte mit den Augen die Flanke des Berges auf der anderen Seite des schmalen Tales ab.

Damals gellte ein ähnlicher Schrei durch den Morgen. Es lag auch fast genau so viel Neuschnee, der sich in Bewegung gesetzt hatte, als Lawine ins Tal gerast war und die vier Häuser verschüttete. Eltern, Brüder, deren Frauen und Kinder ... alle tot. Urs war der Einzige, der das Inferno überlebt, nach der Schneeschmelze die Leichen mit aus den Trümmern gezogen und sie bestattet hatte. Er war hiergeblieben, hatte die am besten erhaltene Ruine wieder aufgebaut und lebte von dem, was ihm die Natur gab. Selten verirrten sich Fremde in diese Einöde.

Da bewegte sich etwas auf der anderen Seite. Urs' scharfe Augen erkannten eine dunkel gekleidete Person, die sich aus dem Schnee wühlte und dabei einen kleinen Rutsch auslöste, der aber nach wenigen Metern zum Stillstand kam. Dann schien ihn der Fremde ebenfalls zu bemerken, denn er begann, verzweifelt mit beiden Armen Zeichen zu geben. Urs winkte zurück und lief los, den Fremden zu retten. Der verhielt sich glücklicherweise ruhig, sodass die Chancen recht gut standen, ihn zu bergen, denn darüber, dass er mit einer Schneewächte vom Felsen gestürzt war, gab es für Urs keinen Zweifel.

„Halte durch!", murmelte der Eremit, Seil und Eispickel von der Wand hakend, ehe er über den freigeschippten Pfad zum Bach hinunter stieg, wo er einen gut begehbaren Steg zum anderen Ufer gebaut hatte. Urs zog den Schal vor den Mund, denn die schneidende Kälte ließ fast den Dampf vor dem Mund gefrieren. Hin und wieder schaute er nach dem Fremden, der noch immer am selben Fleck verharrte, entweder weil er wusste, dass er eine Lawine auslösen konnte oder weil er ganz einfach verletzt und am Ende seiner Kräfte war.

Es dauerte fast drei Stunden, bis sich Urs seinen eigenen Berg hinunter und durch den Tiefschnee auf der anderen Seite an den Verunglückten herangearbeitet hatte. Als er ihn endlich fand, war er bereits bewusstlos. Dass er noch lebte, verriet der kaum spürbare Puls der Halsschlagader.

Urs überlegte nicht lange, schlang ihm das Seil mehrmals unter den Armen hindurch und fierte ihn regelrecht den Hang hinunter vor sich her ab. „Tut mir leid, geht nicht anders", brummte er. „Tragen muss ich dich drüben früh genug."

Am Ufer des Baches kontrollierte er noch einmal den Puls des regungslosen Fremden, ehe er ihn sich mühevoll auf den Rücken huckte. Nach zwei weiteren Stunden stolperte er erschöpft in sein Haus, wo er den Mann mit allerletzter Kraft in sein Bett plumpsen ließ. Dann saß er minutenlang einfach nur da, um neue Energie zu schöpfen.

Seufzend raffte er sich schließlich auf, zog sich aus, hängte seine wertvollen Hilfsmittel wieder an die Wand, dann erst widmete er sich dem Verunglückten. Er begann, ihn aus der Kleidung zu schälen, löste die Verschlüsse an den Handgelenken, welche auch die dick gefütterten Handschuhe umschlossen. Zwar waren die Hände eiskalt, wiesen aber keine sichtbaren Erfrierungen auf.

„Junge, Junge, das wird jucken, wenn sie warm werden", stellte Urs fest, sämtliche Reißverschlüsse öffnend. „Na, komm schon! Toter Mann spielen, gilt nicht. Mach irgendwas, auch wenn du nur die Augen verdrehst."

Auf diesen Befehl öffnete sie der Fremde wirklich. Was ihm vor selbige kam, ließ sie groß und größer werden. Denn da war ein fast himmelblaues Augenpaar, das ihn neugierig aus einem wilden Gestrüpp von rabenschwarzem welligem Bart- und Haupthaar anschaute. So hatte er sich als Kind Rübezahl vorgestellt und nun schien die Legende, zum Leben erwacht zu sein.

„Wo tut es weh?", fragte sein Retter, ihm die Jacke ausziehend.

„Überall", quetschte der Unglücksrabe mühsam hervor, weil die aufgesprungenen Lippen wie Feuer brannten.

„Siehst auch nicht wirklich gut aus. Aber das kriegen wir wieder hin", bekam er zur Antwort und gleichzeitig aus einem Näpfchen Salbe auf die Wunden im Gesicht. Die stank zwar fürchterlich, linderte aber sofort Schmerz und Juckreiz, der durch die Wärme im Haus rasch hervorbrach.

„Meine Hände!", klagte der Verletzte, worauf Urs, dessen Finger mit Schnee abzureiben begann, bis die schlimmsten Symptome abklangen.

„Ich brühe dir jetzt einen Kräutertee auf, dann wird es dir rasch besser gehen", erklärte er, den kleinen Kessel in die Flammen des offenen Feuers der Kochstelle hängend. „Hunger wirst du ja auch haben. Wie heißt du überhaupt?"

„Andreas."

„Ich bin Urs."

Andreas versuchte zu lächeln. „Der Bär."

Urs lachte. „Also sei vorsichtig, du hast mich in meinem Winterschlaf gestört."

„Oh je. Dabei habe ich dir noch nicht einmal gedankt. Ohne dich wäre ich sicher schon erfroren!", rief Andreas.

„Viel hat wirklich nicht gefehlt." Urs bereitete den versprochenen Tee, dann zog er sich einen

Schemel neben das Bett. „Was ist passiert? Was hat dich bei derartigen Temperaturen in die Berge getrieben?!"

Andreas öffnete ein paar Mal den Mund, ohne etwas zu sagen. Urs hob die Augenbrauen. „Ich bin mit dem Flugzeug abgestürzt", sagte Andreas schließlich.

„Du bist was?!" Urs glaubte, sich verhört zu haben.

„Abgestürzt. Mit einem Kleinflugzeug."

„Wann? Wo? Ich habe nichts gehört!"

„Vor zwei Tagen schon. Der tiefe Schnee hat wohl den Aufprall gelindert. Dann habe ich versucht, mit dem Handy Hilfe zu rufen. Dummerweise ist es beim Absturz beschädigt worden. Als ich merkte, dass ich in der Falle sitze, bin ich auf allen vieren losgekrochen, weil ich in der Ferne eine dünne Rauchfahne gesehen habe. Es muss wohl dein Schornstein gewesen sein. Denn hier ist ja sonst nur weiße Einöde."

„Noch mal ganz langsam", bat Urs. „Du bist hier im Gebirge herumgeflogen?"

Mühsames Nicken.

„Und dann abgestürzt."

Wieder nickte Andreas.

Urs schüttelte ungläubig den Kopf. „Treibstoffprobleme?"

Andreas presste die Lippen aufeinander. „Dummheit. Ich bin ohne verdunkelte Brille geflogen und dann habe ich mir wohl die Augen verblitzt, als die Sonne die Kristalle explosions-

9

artig funkeln ließ. Ich muss eine Bergspitze gestreift haben ... denke ich. Dann hat es gekracht und ich war erst einmal k.o.", erzählte er weiter. „Den Rest kennst du bereits."

„Stopp! Nicht ganz. Warum bist du hier herumgeflogen?"

Andreas schloss die Augen, ballte die Fäuste und flüsterte: „Aus blankem Großkotzgehabe und weil ich einer Frau imponieren wollte."

„Aha", machte Urs, der nicht wusste, wie er das Geständnis sonst hätte kommentieren sollen. „Dann musst du nun, Wohl oder Übel, bei mir bleiben, bis der Schnee taut, falls sie dich nicht vorher mit einem Hubschrauber suchen. Hoffen wir, dass deine Verletzungen keine bleibenden Schäden nach sich ziehen." Er schenkte den Tee ein und reichte Andreas etwas Schüttelbrot. „Die Beine kannst du aber bewegen oder bist du nur mit den Händen gekrochen?"

„Ich kann sie bewegen. Ich fühle sie auch. Hab mir aber sicher etwas verstaucht", versuchte Andreas zu erklären.

„Oder gebrochen", warf Urs ein. „Aber das könnte ich schienen. Gerades Holz habe ich zur Genüge."

Ganz langsam dämmerte es Andreas, dass Urs hier wirklich fern von jeglicher Zivilisation lebte. Es gab keinen Strom und Licht kam von einem Öllämpchen. „Wovon lebst du?", fragte er vorsichtig.

„Vom Berg, um es grob auszudrücken", erhielt er zu Antwort. „Von Beeren, Pilzen, Kräutern."

„Und das genügt?"

„Es muss, nachdem eine Lawine alle Nutztiere vernichtet hat." Urs erzählte Andreas, was sich fünf Jahre zuvor ereignet hatte.

„Was wäre dein größter Wunsch?", fragte der nach langem Überlegen.

„Ein paar Ziegen. Dann könnte ich Käse machen, hin und wieder sogar Fleisch essen."

„Möchtest du nicht irgendwohin, wo Menschen sind?"

Urs schüttelte ganz langsam den Kopf. „Hier, auf dem Berg, bin ich geboren. Hier will ich auch irgendwann sterben."

„Du klingst wie meine Schwester!", platzte Andreas heraus. „Die will auch lieber allein auf einer einsamen Insel leben und sich von der Natur ernähren."

„Sie muss eine weise Frau sein", schmunzelte Urs. *Im Gegensatz zu ihrem Bruder*, setzte er in Gedanken hinzu.

Am nächsten Morgen wurden die Männer vom Knattern eines Helikopters geweckt, der schon im Morgengrauen über den Gipfeln kreiste. Urs rannte aus dem Haus und schwenkte eine brennende Fackel, die er in der Eile entzündet hatte. Es dauerte nicht einmal lange, bis der Pilot auf ihn aufmerksam wurde.

Ein Bergretter seilte sich ab und checkte die Lage. Ein paar Minuten später verabschiedete sich Andreas von Urs, wurde in eine Trage gebettet und in den Helikopter gezogen. Urs schaute dem Heli hinterher, bis er zwischen den Gipfeln verschwand.

Ein paar Monate später kreiste wieder ein Hubschrauber über Urs' Berg, ging tiefer und landete auf einem kleinen Plateau. Zwei Männer sprangen heraus, kamen zu ihm herüber. „Guten Morgen. Wir bringen Grüße und ein kleines Geschenk von Andreas. Er hofft, damit Ihren Geschmack getroffen zu haben." Einer drückte Urs einen Brief in die Hand, während der andere bereits die Seitentür öffnete, aus der penetranter Geruch hervordrang.

„Ziegen!", stammelte Urs verdattert, die drei Tiere anschauend, als habe er gerade Geister erblickt.

Rasch ging er den Männern zur Hand, die froh waren, ihre stinkenden Passagiere loszuwerden. Wahrscheinlich hatte Andreas' Schwester die Hand mit im Spiel gehabt, denn es gab zu jedem Tier eine lange Kette und einen Pflock. Sie hatte wohl geahnt, dass der Retter ihres Bruders nicht auf tierischen Zuwachs eingerichtet war und improvisieren musste, bis Stall und Gatter gebaut waren.

Als er das letzte Tier angepflockt hatte, hob der Helikopter schon wieder ab und Urs stand da, als sei er soeben aus einem Traum erwacht.

Er zwickte sich sogar in die Hand, schloss die Augen, öffnete sie wieder und sah immer das gleiche Bild, drei wundervolle robuste Ziegen, die bereits die ersten Grashalme fraßen. Genau genommen waren es zwei Geißen und ein Bock, wie Urs mit tiefer Dankbarkeit feststellte. Er hatte nicht nach Andreas' Lebensumständen gefragt und demzufolge keine Ahnung, dass er einem Multimillionär das Leben gerettet hatte, für den die Ziegen nur eine kleine Aufmerksamkeit waren. Er erinnerte sich an den Brief und begann zu lesen:

‚Mein lieber Urs,

ich hoffe, den richtigen Zeitpunkt gewählt zu haben, Dir Deinen sehnlichsten Wunsch zu erfüllen. Der Schnee müsste ja auch auf Deiner Alm inzwischen der Vergangenheit angehören. Abgesehen von ein paar Prellungen und ein paar Tagen Schneeblindheit habe ich mein Flugabenteuer, dank Dir, gut überstanden. Ich werde wohl ewig in Deiner Schuld stehen. Ich war nie sonderlich religiös, habe aber, weil der Himmel schwarz gewesen sein muss, vor lauter Schutzengeln, in der nächstgelegenen Kathedrale mehrere Kerzen entzündet, und Dir inbrünstige Dankgebete gewidmet. In der Hoffnung, dass es Dir gut geht,

Andreas.

P. S. Grüße von meiner Schwester, sie ist begierig, dich irgendwann kennenzulernen.'

Urs las den letzten Satz gleich mehrmals, blinzelte vergnügt in die Sonne und murmelte: „Eine Insel habe ich zwar nicht, aber einen grandiosen Blick auf ein wundervolles Gebirge und viel Platz, um das Haus zu vergrößern. Wer weiß schon, was die Zukunft bringt."

Zuallererst viel Arbeit. Das stand fest, denn die Ziegen brauchten im Winter einen warmen Stall und ausreichend Futter. Urs kratzte sich am Kopf. Das allein zu schaffen, war eine echte Herausforderung. Die Wetterlage war seit zwei Tagen stabil und so entschied er sich, vor dem Bau von Pferch und Stall, möglichst viel Gras zu mähen, um gutes Heu zu haben. Die Ketten der Ziegen waren lang genug, sodass er sie nur einmal am Tag umpflocken musste.

Obwohl er versuchte, sich nicht zu überanstrengen, gab ihm am ersten Tag die viele ungewohnte Mäharbeit den Rest. Er saß an der Quelle, die ihm und seinen Tieren Trinkwasser spendete, fühlte sich wie zerschlagen und hätte am liebsten losgeheult. Der Ziegenbock kam heran und stupste ihn immer wieder tröstend mit der Nase an.

„Ist schon gut", seufzte Urs. „Ihr könnt nichts dafür und ich werde es irgendwie schaffen, dass wir vier gut über den Winter kommen."

„Mähähääääää!", machte der Bock, Urs noch einmal berührend.

„Bist ein guter Junge." Urs streichelte sanft das glatte braune Fell. „Ich werde dich Karli nennen. Das passt zu dir."

„Mähähääääääää!"

„Na komm, hilf mir auf!" Urs fasste nach den Hörnern und Karli zog ihn tatsächlich auf die Füße.

„So kräftig, wie du bist, kommt mir doch glatt eine Idee!", schmunzelte Urs. „Wenn du mir ein bisschen hilfst, schaffen wir es wirklich, im Winter nicht Hunger leiden zu müssen." Er schöpfte mit beiden Händen Wasser, trank in langen Zügen, dann machte er sich trotz schmerzendem Rücken wieder an die Arbeit.

Am nächsten Morgen quälte er sich im Bett auf den Bauch, schob sich, die Beine voran, über die Kante, um schmerzgeplagt knien zu bleiben. „Jesus, Maria!", stöhnte er. „Bin ich aus der Übung!" Es dauerte ein paar Sekunden, bis er sich auf die Füße gestemmt hatte. Der ganze Körper schien aus Schmerzen zu bestehen.

Das Meckern der Ziegen trieb ihn schließlich voran. Die drei mussten dringend an einen neuen Futterplatz gebracht werden.

Karlis: „Mähähääääääää!", bei Urs' Anblick, klang fast fragend und aus den waagerechten Pupillen seiner großen Augen schien Sorge zu leuchten.

„Das wird schon wieder", versprach Urs, die drei Ziegen streichelnd und zu einem Fleckchen mit saftigem Gras führend. Auf dem Rückweg zum Haus prüfte er das zukünftige Heu. Bloß nicht zu oft wenden, dachte er, sonst hast du nur noch harte Stängel und die leckeren Blätter sind Staub. Die sanfte Brise hatte in der Nacht schon gute Arbeit geleistet. Es sollte reichen, am nächsten Tag mit dem Wenden zu beginnen.

Zuerst Gatter oder Stall bauen, war auch keine Frage mehr. Das Heu musste ja irgendwo untergebracht werden. Da half es nur, eine große Scheune zu errichten, in welcher es auch Boxen für die Tiere gab. Urs begann, Bruchsteine zu schleppen, aus denen er den Sockel mauern wollte, und gleichzeitig nach Stämmen für die Wand- und Dachkonstruktion Ausschau zu halten. Das meiste Material holte er wieder von den Ruinen, denn es wäre Verschwendung gewesen, es verkommen zu lassen. Seine Erinnerungen blieben auch so. Dazu bedurfte es keiner eingestürzten Häuser. Er fühlte sich gut dabei, die Reste wie ein Mosaik zu etwas Neuem zusammenzufügen. Es würde ihnen allen sicher gefallen, könnten sie es sehen.

Sein ältester Bruder hatte die größte Scheune mit einer festen Tenne gehabt. Einen Teil der Balken hatte Urs bereits für sein Wohnhaus verbaut. Nun maß er mit einer Schnur ab, wie er die noch vorhandenen Teile mit denen der anderen Ruinen komplettieren konnte, um mit wenig Aufwand schnell ein brauchbares Ergebnis zu bekommen.

Jeden Nagel, jede Schraube, jedes Werkzeug, das er in den Trümmern fand, sammelte er sorgfältig ein, um es wiederzuverwenden. Bisher hatte er sich gescheut, gezielt in den verfallenen Mauern zu suchen, nun zwang ihn die Vernunft, alles mitzunehmen, was noch brauchbar erschien. Sogar Blumentöpfe und -kästen stapelte Urs sorgfältig hinter seinem Haus.

Karli machte: „Mähähäääääää!"

Urs blinzelte vergnügt. „Hmm, hmm, ihr seid schuld! Ohne euch würde ich weiter Wildkräuter sammeln und wie ein Bär den Winter verschlafen. Nun muss ich mich kümmern, dass es euch gut geht und mir für die kalte Zeit sinnvolle Beschäftigung suchen, von der wir alle etwas haben."

„Mähähäääääää!"

„Richtig, mein Großer!", lachte Urs. „Sonst nimmst du mich auf die Hörner."

Das Wenden des halb trockenen Grases ging Urs ruhig an. Am Morgen pflockte er die Ziegen um, brühte sich Kräutertee, aß ein Löffelchen Wildbienenhonig, dann begann er, Bahn um Bahn das Heu mit der unteren, feuchteren Seite nach oben zu drehen. Hin und wieder fasste er eine Handvoll und roch daran. Es duftete herrlich und werde den Tieren sicher schmecken. Dabei hoffte er inständig, alles zu schaffen, weil das schöne Wetter höchstens noch zwei Tage anhielt.

Am Abend baute er am Heuboden weiter, der zumindest schon ein Dach hatte, um selbst den schlimmsten Regen abzuhalten. Die Wetterseite wollte er am nächsten Tag komplett schließen, damit auch die Ziegen im Trockenen stehen konnten, wenn es stürmte.

Petrus schien andere Pläne zu haben. Im Morgengrauen rumpelte es in der Ferne. Urs sprang aus dem Bett, checkte die Richtung und begann eilig, alles an Heu zusammenzuraffen, das er tragen konnte. Immer und immer wieder eilte er zwischen Wiese und Haus hin und her, bis eine alte Idee aus der Not heraus wirklich zum Durchbruch kam.

Er hatte eine große strapazierfähige Folie aus den Trümmern gezogen, die er nun auf beiden Seiten mit je einem Loch versah, durch das er ein festes Seil zog. Er schleppte sie auf die Wiese und packte so viel Heu hinein, dass er sie gerade noch zusammenbinden konnte. Dann holte er Karli und knüpfte die Seile an dessen Hörnern fest. Karlis Protestgemecker quittierte Urs mit einem breiten Grinsen, versüßte ihm den Weg zum Haus aber mit ein paar schmackhaften Wildrüben.

Um mehr leckere Fresserchen zu bekommen, zog Karli ohne Murren immer wieder den Folieschlitten hin und her und wurde fürstlich belohnt. Als es zu regnen anfing, hatten sie fast drei Viertel des gesamten Heus geborgen und Urs führte die Ziegen ins Trockene.

Die Geißen meckerten schlecht gelaunt, weil sie immer noch hungrig waren. Urs schnitt rasch ein wenig Gras, was sie vorerst zufrieden stellte. Karli döste ausgearbeitet, aber satt, vor sich hin. Ihn konnte nicht einmal der Donnerhall aus der Ruhe bringen.

Urs lag auf dem Bett, um neue Kraft zu schöpfen. Traurig dachte er an das viele schöne Heu, das nun noch einmal nachtrocknen musste. Er hoffte auf Sonnenschein und leichten Wind, damit es nicht schimmelig wurde. Er hatte nicht zu kurz gemäht und so standen die Chancen recht gut, weil genügend Luft unter dem Grasschnitt zirkulieren konnte. „Wird schon werden", murmelte er, für ein halbes Stündchen die Augen schließend.

Er träumte von früher, als seine Welt noch in Ordnung war. Wie man sich gegenseitig bei der Mahd geholfen hatte. Auch die Obsternte sah er vor seinem geistigen Auge und wie die Frauen Früchte eingelegt oder eingeweckt hatten ...

Urs schreckte auf. „Aber ja doch! Der Keller könnte intakt sein!", rief er, sofort aus dem Bett springend. Das Haus eines Bruders war das einzige gewesen, das wirklich auf einem Keller errichtet worden war, der aus einer natürlichen Höhle im Gestein bestanden hatte.

Der Regen hatte inzwischen aufgehört, das Gewitter grummelte in der Ferne vor sich hin und Urs brachte die Ziegen auf die Wiese. Von da lief er gleich hundert Meter weiter, weil er den Eingang zur alten Höhle suchen wollte. Die Last des einstürzenden Hauses konnte durchaus die Decke der Grotte durchschlagen haben.

Auf den Resten der Tenne stehend, schloss er die Augen, um sich zu erinnern. Schließlich schlug er sich mit der flachen Hand an die Stirn. Der Eingang war im Haus, der Keller komplett außerhalb der Mauern gewesen. Er räumte fast eine Stunde lang mit bloßen Händen den Gesteinsschutt beiseite, den die Lawine mitgebracht hatte und wurde fündig. Zwischen den Brocken tauchte der große Eisenring auf, mit dem man die einfache Klappe aus dicken Holzbohlen aufziehen konnte.

„Genug für heute", seufzte er. Doch mit leeren Händen wollte er nicht heimkehren und so schleppte er einen Balken auf der Schulter nach Hause. Mit dem hoffte er, seinen Heuboden verstärken zu können. Dort hackte er ein Loch in den Boden, richtete mühsam den Balken auf, den er mittig fest unter dem Querbalken verspannte. Er stampfte die Erde glatt und fertigte sich zwei kurze schräge Stützen, die er mit großen Holzsplinten an Balken und Träger befestigte und zusätzlich mit je zwei langen Schrauben sicherte. Eine Konstruktion für die Ewigkeit, solange keine Lawine andere Pläne hatte.

Wie er so am Hacken und Glätten war, fiel ihm ein, dass er doch den ganzen Boden mit den Geröllbrocken wie mit Pflaster auslegen konnte.

Er hatte tonnenweise Gestein, konnte sich die passenden Brocken aussuchen und die Arbeit notfalls sogar im Winter ausführen, wenn ihn der Schnee zwang, im Haus zu bleiben.

„Mähähäääääää!", machte Karli wie zur Bestätigung.

„Eine Schubkarre wäre nicht schlecht", überlegte Urs. Er nahm sich vor, sämtliche Schuttberge nach Brauchbarem zu durchforsten. Aber erst, nachdem er ergründet hatte, wie es in der Kellergrotte aussah.

Karli ließ ein paar Knödel fallen. Urs kniff die Augen zusammen. Das würden alle drei Ziegen natürlich auch im Winter im Stall tun. Er musste sich schleunigst einen Platz für den zu erwartenden Misthaufen einfallen lassen. Logischerweise unterhalb des Hauses, nicht gerade im Sichtbereich und möglichst da, wo der Wind die Gerüche wegtragen konnte. Daran, dass Karli, als Bock, nun mal nach Bock stank, und nicht gerade wenig, hatte er sich rasch gewöhnt. Wer das eine begehrte, musste das andere in Kauf nehmen.

Mit dem Dünger der Ziegen wollte er versuchen, ein paar Beete für robustes Gemüse anzulegen. Für dieses Jahr zu spät, aber der nächste Frühling kam gewiss. Hochbeete mit gutem Boden konnte man sicher auch in den Hang einpassen. „Semiramis lässt grüßen", kicherte Urs vergnügt.

Weil es ein herrlicher Sommerabend war, setzte er sich vor dem Haus auf die provisorische, aber urgemütliche Bank aus zwei Felsbrocken und einem dicken Brett, lehnte sich mit dem Rücken an die Hauswand und trank Wildkräutertee.

Unzählige Bündel seiner Lieblingskräuter hingen zum Trocknen unterm Vordach, verströmten einen herrlichen Duft und ließen ihn zufrieden lächeln. Seine drei Mitbewohner kamen heran, so weit es ihre Ketten zuließen. Sie warteten auf das allabendliche Streicheln. Dabei konnte sich Urs auch stets einen Überblick über die körperliche Verfassung der drei verschaffen und blutsaugende Parasiten entfernen, die versuchten, die einzunisten.

Trine und Trudi, wie seine Geißen hießen, gediehen genau so prächtig wie Karli. Dessen imposante Hörner und die aparte Fellzeichnung verrieten, dass er der Pinzgauer Rasse angehörte. Seine beiden Mädels unterschieden sich nur durch die Hörner. Trudis Kopfschmuck war im Durchmesser etwas geringer als der von Trine, die auch die Dominantere war.

Urs wusste, dass diese Ziegenrasse selten geworden war. Umso höher schätzte er das wundervolle Geschenk von Andreas. Er hoffte sehr, im nächsten Jahr vielleicht ein oder zwei Zicklein zu haben.

„Mähähäääääää!"

„Es ist deine Aufgabe, dafür zu sorgen", lachte Urs, weil Karlis Gemecker genau zur passenden Zeit einsetzte.

Der nächste Morgen begann mit Nebel. Urs versorgte die Tiere, dann eilte er schnurstracks zu seiner Schatzhöhle, wie er den wiederentdeckten Keller bezeichnete. Die Scharniere der Klappe ließen sich anstandslos bewegen, als er den restlichen Schutt weiträumig abgetragen hatte. Inzwischen lugte auch die Sonne durch den dünnen Wolkenschleier. Urs spähte die hölzerne Stiege hinab. Der Handlauf war noch in Ordnung. Er erinnerte sich, dass es einst sogar kleine Glühlampen gegeben hatte. Sein Bruder hatte zwei Windräder gehabt, die genug Strom für alle lieferten, zumal es ja kaum elektrische Geräte hier oben gab. Die Lampen waren bei genauer Betrachtung auch noch da, nur der Strom fehlte, um sie zum Leuchten zu bringen.

Urs zog sein Öllämpchen hervor und begann, im Schein der kleinen Flamme hinabzusteigen. Auf dem Boden liegende Glasscherben spiegelten das Licht. Urs hob die Lampe, um herauszufinden, woher sie stammten. Starr vor Staunen blieb er mit erhobenem Arm stehen – das winzige Licht ließ nur annähernd erahnen, wie groß das Regal sein musste, das Urs mit glänzenden Augen betrachtete. Dicht an dicht reihten sich Einweckgläser und Töpfe mit Eingelegtem. Kästen voller Saftflaschen ließen sein Herz höher schlagen. Es gab sogar ein Weinregal, das

Dutzende Flaschen beherbergte. Die Scherben stammten von hier, denn das Beben des ganzen Berges beim Lawinenabgang hatte das Regal zur Seite kippen lassen, wodurch einige Flaschen herausgerutscht und auf dem Boden zerbrochen waren. Weil es müßig war, das schwere Ding aufrichten zu wollen, zog Urs die Flaschen von oben nach unten heraus und stellte sie sicher hinter der Treppe ab.

Er widmete sich lieber den Lebensmittelvorräten, die er noch vor dem Herbst in sein Haus zu bringen gedachte. Weiter hinten fand er alle Gerätschaften, die man benötigte, um Käse machen zu können. Die konnte er auch noch holen, wenn wirklich Zicklein geboren waren. Vorher hatte es nicht viel Sinn, Zeit und Kraft zu verschwenden. Hocherfreut hakte er die drei großen Kiepen von der Wand ab, die er sofort mit dem Wichtigsten zu füllen begann. Die konnte er auch beim Heutransport und Feuerholzsammeln nutzen. Bis in die Mittagsstunden schleppte er Nahrungsmittel in seine Speisekammer, die am Ende fast aus den Fugen platzte.

Zu Mittag genehmigte er sich ein halbes Glas Apfelmus, das zwar farblich, aber nicht an Geschmack verloren hatte. Die zweite Hälfte hob er sich für den Abend auf. Ein prüfender Blick auf das Heu, dann stand fest, dass es eingelagert werden konnte. Karli beobachtete Urs sehr skeptisch. Dann siegten die Erinnerung und

Fressgier: „Mähähäääääää! Mähähäääääää! Mähähääääääää!"

Urs brach in schallendes Gelächter aus. Er nahm das unerwartete Angebot natürlich an, schnitt eine wilde Rübe klein und spannte Karli vor die Rutsche mit dem Heu, nachdem er sich die volle Kiepe aufgehuckt hatte. Trine und Trudi äugten immer wieder herüber, wenn Karli seine Leckerchen bekam. Da hätten sie gern mit ihm getauscht. Nur die Rutsche hätte keine von ihnen ziehen mögen.

Als die Sonne hinter dem Kamm auf der anderen Talseite verschwand, hängte Urs die Kiepen an die Wand seiner Scheune, rollte die Folie zusammen und schob sie auf den Querbalken. Langsam nahm sein Refugium das Aussehen eines richtigen Bergbauernhofs an. Er aß das restliche Mus, schmuste mit den Ziegen und ärgerte sich ein kleines bisschen, nicht wenigstens eine Flasche Wein eingepackt zu haben. Ein Becherchen voll hätte er sich nach all der Plackerei wohlverdient gehabt. Also zog er eine Saftflasche hervor, um sich trotz allem etwas Besonderes zu gönnen.

Nach dem ersten Schluck musste er grinsen. Aus irgendeinem Grund war der ehemalige Obstsaft einer alkoholischen Gärung anheimgefallen, wie es immer wieder mal vorkam, und schmeckte auch noch ganz passabel.

Karli schnüffelte, rümpfte die Nase ... „Mäh!"

Urs kraulte ihn zwischen den Hörnern. „Keine Sorge, ich werde bestimmt nicht zum Trinker mutieren." Er verkorkte die Flasche wieder und brachte sie in die Speisekammer. Ein Becher am Abend genügte vollends. Nur musste er sie nun auch leertrinken, bevor der Inhalt verdarb. Also gab es ein paar Tage lang einen Fingerhut voll als Schlummertrunk.

Trotz der ganzen Vorräte aus dem Keller sammelte Urs weiter Pilze und wildes Getreide, aus dem er ein wenig Mehl zum Fladen backen gewinnen konnte. Luftig gelagert und gut getrocknet, war das Schüttelbrot über viele Monate genießbar.

„Ich muss mein Leben umorganisieren", seufzte Urs. „Vielleicht werde ich Mehl und andere Dinge kaufen müssen, wenn ich hier vernünftig leben will."

Ja, klar besaß er ein Bankkonto, wie jeder andere auch. Sehr gut gefüllt sogar, durch die traurigen Erbschaften. Er hatte ganz einfach seit fünf Jahren menschliche Gesellschaft gemieden. Das wollte er ändern. Ein wenig zumindest. Aber auch nicht mehr in diesem Jahr. Er musste seinen Stall winterfest bekommen, Streu für die Ziegen sammeln und all die Nahrung aus der Natur, die er immer für den Winter zusammengetragen hatte.

Wenn er jetzt mit seiner Kiepe auf Tagestour ging, lief immer die Sorge mit, ob zu Hause alles in Ordnung sei. Kehrte er wieder, führte der

Weg immer sofort zu den Tieren, erst dann setzte er seine Last ab.

So machte er sich schließlich doch die Mühe, aus dünnen Baumstämmen einen großen Pferch zu zimmern, den die Ziegen weder überspringen noch trickreich überklettern konnten. Eine Ecke wurde überdacht, um die drei vor Regen zu schützen und ein Wassereimer festgebunden, damit sie ihn nicht umwarfen. Gegen wilde Tiere gab es Trine, die recht schnell dabei war, die Hörner zu senken, wenn ihr etwas nicht passte.

Bei Karli hatte sie es auch schon versucht, aber gnadenlos Prügel von ihm bezogen, denn seine Hörner waren um einiges länger und es steckte geballte Kraft dahinter. Zudem stand er der ruhigen Trudi stets bei, wenn Trine stänkerte. Irgendwann begriff Trine, die Chance verspielt zu haben, die Lieblingsfrau des Bocks zu werden. Seitdem herrschte Frieden im Ziegentrio.

In den letzten Tagen war es merklich kälter geworden. Nachts sogar bis tief unter den Nullpunkt. Die Wände des Stalls waren dicht, dort, wo sich die Tiere aufhielten, hatte er zwei Lagen Bretter geschichtet und gut befestigt, weil er nicht genug Einstreu hatte. Die vernünftigste Notlösung für diesen einen Winter. Im nächsten Jahr musste er beizeiten schauen, dass er seine weiter entfernten Wiesen mähte, um nicht zukaufen zu müssen. Er brauchte ja keine

Scheune mehr vom Nullpunkt aus dem Boden stampfen. Mit einigen Wochen Zeitplus für alle Vorhaben konnte er schon richtig was anfangen. Tagsüber werkelte er jetzt vorwiegend in den Schutthaufen, fand einen zerborstenen Handwagen, dessen vier Felgen noch in Ordnung waren.

Nach dem ersten Flockenfall kam Urs eine geniale Idee, wie er auch im Tiefschnee das Kellergewölbe wiederfinden konnte. Er trieb zu beiden Seiten des Weges in kurzen Abständen drei Meter lange Stangen in den Boden, wie man anderorts im Gebirge die Straßenränder markierte. Nun konnte der Winter ruhig beginnen. Er hatte die bestmöglichen Vorkehrungen für alles Erdenkliche getroffen. Als letzte Aktion versetzte er das Ziegengatter genau vor das Tor, sodass die Tiere bei milder Witterung den Stall nach Gutdünken verlassen konnten.

Drei Tage später lag der Schnee bis an die Fensterbretter und keiner hatte Lust, hinaus zu gehen. Urs schaufelte sich unverdrossen den Weg zu seinen Lieblingen frei. Die dicke Flockenpackung isolierte die Gebäude von außen und hielt den Stall frostfrei. Der Ziegenurin sickerte durch die Bretter, den Kot kehrte Urs zusammen, beste Voraussetzungen, die Kältewochen ohne Verluste zu überstehen. Wie er es sich vorgenommen hatte, fing er an, den Boden der Scheune zu pflastern. Die Ziegen freuten sich über seine Anwesenheit und er genoss es ebenfalls, nicht allein im stillen Kämmerlein zu hocken. Zwischendurch nahm er hier und da kleine Änderungen vor, plante größere Umbauten und sogar Anschaffungen, um sich das Leben zu erleichtern. Am meisten wünschte er sich eine Schubkarre, um nicht ständig die schweren Kiepen schleppen zu müssen. Ob er den defekten Handwagen je wieder zum Laufen bringen werde, stand in den Sternen. Vielleicht konnte er im nächsten Ort Schläuche und Reifen kaufen. Bis dahin blieb das marode Gefährt in der Ecke stehen.

Urs grinste. Dass es den nächsten Ort überhaupt noch gab, verrieten ihm die Kirchenglocken, die er bei günstigem Wind hören konnte. Während die im nächsten Ort sicher keine Ahnung hatten, dass es ihn noch gab. So wie er deren Schornsteine nicht rauchen sehen konnte, war es umgekehrt bestimmt genau so. Ob sie ihn heimlich beobachteten, wusste er nicht. Es interessierte ihn auch herzlich wenig.

Karli gab ein schmetterndes „Mähähäääääää" von sich, als wolle er kundtun, dass ihm andere auch an seinem fellbedeckten Hintern vorbei gingen.

Urs streichelte seine Rasselbande, beendete die Arbeiten in der Scheune und trollte sich in seine warme Küche, die im Augenblick der einzige beheizte Raum war. Sorgfältig wählte er die Kräuter für seinen Abendtee aus, spähte in die Speisekammer, stellte fest, dass er sich auch wieder einmal ein Stück Schüttelbrot gönnen könne, und steckte schließlich die hochgelegten Füße behaglich dem Herdfeuer entgegen.

Großvater hatte das auch so getan, aber dazu noch geruhsam sein Meerschaumpfeifchen geraucht. Dem Rauchen hatte Urs nie etwas Gutes abgewinnen können, genau wie maßlosem Trinken, und so war es kein Wunder, dass die Zufriedenheit mit in seinem Haus zu wohnen schien. Großmutter hatte im Winter Schafwolle versponnen und später für alle warme Socken, Handschuhe und Mützen gestrickt. Oh, wie hatte das manchmal auf der Haut gejuckt! Sein Vater schaffte später vier Ziegen an und borgte sich jedes Jahr einen Bock zum Decken, weil er den penetranten Gestank nicht immer um sich haben wollte. Urs hätte Karli jedenfalls nicht mehr hergegeben, egal wie streng er roch.

Als der Winter den Scheitelpunkt überschritten hatte, bemerkte Urs, dass beide Geißen rundlich wurden. Dann war es irgendwann nicht mehr zu übersehen, dass sie trächtig waren, denn Breite und Länge ihrer Körper nahmen sich nicht viel. Er erinnerte sich, dass die elterlichen Ziegen immer nur ein Junges bekommen hatten und ein Fest gefeiert wurde, als es einmal Zwillinge waren. Bei Klassenkameraden hatte er sogar erlebt, dass drei Zicklein von einem Muttertier zur Welt kamen.

Klassenkameraden ... Urs schürzte die Lippen, als er an seine Schulzeit dachte. Die ganze Woche im Internat und nur am Wochenende bei der Familie. Er hatte es gehasst. Ein besser betuchter Vater fuhr ihn freitags immer mit dem Geländewagen nach Hause und brachte ihn sonntags wieder zurück ins Internat. Soweit sich Urs erinnern konnte, wurde er dafür in Naturalien bezahlt, was hieß, er bekam wagenradgroße Laibe Ziegenkäse.

Als Urs endlich eine Lehre als Schreiner begonnen und wirklich Spaß daran hatte, störte es ihn kaum noch, nur Samstag und Sonntag zu Hause zu sein. Kam er Freitagabend heim auf seinen Berg baten ihn alle um kleine und große Reparaturen. Es war eine schöne Zeit gewesen. Man hatte seine Gesellenfreisprechung feucht-fröhlich gefeiert, tausend Pläne gemacht, weil er gern Meister werden wollte ...

Urs zog die Nase hoch. Es war einmal. Es war auch einmal, dass er ein Moped hatte, auf dem er rasch von A nach B gekommen war. Dessen Reste hatte er noch nicht gefunden. Vielleicht war es ja sogar ins Tal gestürzt und das tosende Frühjahrswasser hatte es mitgerissen. Er zog den Schub des Küchenschrankes auf, nahm das Portmonee heraus und betrachtete wehmütig seinen Führerschein. In ein paar Tagen würde er 25 werden. Ein Geburtstag, den er mit seinen Ziegen auf jeden Fall feiern wollte.

Urs strich mit den Fingerspitzen über seinen Gesellenbrief. Nicht ohne Stolz. Er hatte viel gelernt und war so in der Lage gewesen, ganz allein das Haus wiederzuerrichten, sich Möbel zu fertigen und die Scheune zu bauen.

Eine Woche später begann es zu tauen. Die Ziegendamen wurden unleidlich, weil sie sich nicht zum Werfen ihrer Zicklein verstecken konnten, wie es arttypisch gewesen wäre. Urs ließ sie deshalb in der Scheune frei laufen. Mochte sich jede ein passendes Plätzchen suchen. Karli suchte indes Urs' Nähe, sodass der ihn einmal sogar mit in seine Küche nahm. Nicht wirklich alltagstauglich, weil der Bock schneller über Tische und Stühle sprang, als Urs bis drei zählen konnte.

„Jetzt weiß ich, wie es sich anfühlt, wenn man den Bock zum Gärtner macht", grinste Urs.

„Mähähäääääää!" Selber schuld, sollte das sicher heißen.

Irgendeiner von Karlis Vorfahren musste wohl ein Hund gewesen sein, meinte Urs mit lustig verdrehten Augen. Der trottete nämlich ständig hinter ihm her. Also erließ er ihm die Kette, weil ziemlich sicher war, dass der Bock abends freiwillig zum Haus zurückkommen werde. Ein hoher Weidezaun wäre nicht übel, überlegte Urs, dies auf seine Wunschliste für die Zukunft setzend.

Als Karli am nächsten Morgen jämmerlich meckernd vor der Haustür stand, machte sich

Urs auf alles Mögliche gefasst. Mit einer angenehmen Überraschung hatte er nicht gerechnet. Die stille Trudi hatte Zwillinge geboren und die Kleinen staksten auf wackeligen Beinen durch die Scheune. Urs füllte die Futterraufe auf, schmolz Schnee für den Wassertrog und freute sich buchstäblich tierisch über den Zuwachs seiner Herde.

Trine setzte, wie immer, noch eins oben drauf, um Trudi zu übertrumpfen. Sie gebar einen Tag später drei kerngesunde Zicklein. Urs blieb den halben Tag in der Scheune, um zu schauen, dass auch wirklich jedes von ihnen Milch bekam. Diva Trine war eine fürsorgliche Mutter und wahrscheinlich die Ziege, welche die meiste Milch für den zukünftigen Käse liefern werde. Eines der Kleinen bekam immer seine Ration, wenn die anderen getrunken hatten, wurde aber dennoch satt. Urs konnte sich beruhigt wieder den Arbeiten auf dem Hof widmen.

Das tat er mit einem Lächeln auf den Lippen. Seine Herde war nicht nur plötzlich doppelt so groß, die Lämmer waren durchweg weiblich. Ein Problem für Karli, aber sicher nicht unlösbar. Urs mauerte die Einfassungen der Hochbeete, setzte erste Nutzpflanzen ein, die er zwischen den alten Höfen fand. Aber auch Zierpflanzen, die es irgendwie geschafft hatten, sich durch die Schuttberge zu arbeiten. Zwei Tage später hatte Karli alles leergefressen. Urs knirschte mit den Zähnen und baute eine ziegensichere Absperrung, die einem Käfig glich. Schließlich war es sein Fehler gewesen, dass er daran nicht gedacht hatte. Der Wunsch nach einem elektrischen Weidezaun, für ein wirklich großes Areal mit Sträuchern und Büschen, wuchs.

Als die Zicklein anfingen, Gras zu fressen, wollte Urs diesen Plan in die Tat umsetzen, aber wieder schien der Wettergott anderes vorzuhaben. Es trübte sich ein, um fast zehn Tage ohne Unterlass zu regnen. Es wäre Selbstmord gewesen, den Zwei-Tage-Marsch zu beginnen und dabei bis auf die Knochen nass zu werden. Mit Sorge beobachtete Urs die Berghänge, denn die herabflutenden Wassermassen waren durchaus imstande einen Bergrutsch auszulösen. Das ständig durchnässte Gras, welches eigentlich hatte Heu werden sollen, begann an einigen Stellen zu gären, als endlich die Sonne wieder hervorkam. Der große Rest war minderwertig, aber die Ziegenmägen würden damit fertig werden. Urs lagerte es abseits, um es in erster Linie als Streu zu verwenden, solange das gute Futter reichte.

Das Jahr hatte es wieder mal in sich – Freude und Leid lagen verdammt eng beieinander. Zu den freudigen Ereignissen zählte, dass er in der Schrott- und Abfallkiste seines Bruders passende Bereifung für den Handwagen fand. Zwar gefühlte tausend Mal geflickt, aber dicht. Mit den völlig abgefahrenen Decken konnte man auch keinen Schönheitspreis gewinnen, aber den

Wagen wenigstens wieder rollen. Etwas größer als ein Bollerwagen für Männertagsumzüge, war das Gefährt eine riesengroße Hilfe für den Einsiedler auf dem Berg. Um dieses kleine Glück nicht zu gefährden, belud er es auch nur sparsam mit Steinen und lief lieber öfter. Immer noch mehr und besser, als sie auf dem Rücken in der Kiepe zu schleppen. Urs mauerte ein Schutzhaus für den Kellereingang, um Wettereinflüsse fernzuhalten und den Lagerraum dauerhaft nutzen zu können.

Seine ersten beiden kleinen Käselaibe lagen schon dort, im eigens dafür vorhandenen Regal. Einen Teil der frischen Ziegenmilch hatte er gleich pur getrunken oder sich daraus Quark mit Kräutern bereitet. Niemand wusste diese herrlichen Gaben höher zu schätzen, als er. Die ausgewogene Ernährung und die viele körperliche Arbeit an der frischen Luft hatten Urs zu ansehnlichen Muskelpaketen verholfen, die ihrerseits einige Dinge sehr viel leichter vonstattengehen ließen, als das noch vor einem Jahr der Fall gewesen war. Seine Ziegenherde wanderte seitdem Sommer frei herum, kam aber zum Schlafen meist von allein in den sicheren Stall oder wenigstens auf die Wiese direkt vorm Haus. Er musste selten nach einzelnen Tieren suchen.

## II.

„Es wird heuer einen frühen Winter geben", murmelte Urs, mit Sorge die viel zu zeitig reifen Samenstände einiger Pflanzen betrachtend. Sein Blick schweifte über den Berghang, wo noch Heu in der Sonne trocknete und am nächsten Tag in die Scheune sollte, die schon zu drei Vierteln gefüllt war. Seinen Ziegen werde es zumindest an nichts fehlen. Er tätschelte einem Zicklein den Hals. Bevor die Wege unpassierbar wurden, wollte Urs in der hübschen Kapelle des übernächsten Ortes um Schutz für seine Tiere und sich für die kalte Zeit bitten, denn das Jahr war schwer gewesen und ein wirklich strenger Winter würde ihm alles abverlangen.

Doch zuerst sollte das letzte Heu eingebracht, die Kräuterbündel an die Balken gehängt und die Schüttelbrotfladen in die luftigen Regale geschichtet werden. Auch den selbst gemachten Ziegenkäse musste er ab und zu wenden. Die Brennholzstapel vorm Haus reichten aus, die Wohnstube und den angrenzenden Stall einen langen Winter über mit Wärme zu versorgen.

Urs' Gedanken schweiften zu jenem Tag im vergangenen Jahr zurück, wo er einem Verletzten auf der anderen Seite des schmalen Tales das Leben gerettet hatte. Es war nicht unbelohnt geblieben, denn ihm verdankte Urs die drei erwachsenen Ziegen, die ihn reichlich mit Lämmern beschenkten. Alles hatte sich seitdem geändert. Die Tiere ließen ihn die Einsamkeit vergessen und es machte Spaß, dafür zu sorgen, dass es ihnen gut ging.

Zur Kapelle war es ein langer Marsch, und bis er wieder zurück war, musste das Ziegengatter mit dem festen Unterstand Schutz für seine Tiere geben. Er wollte sie einen Tag vorher hinein locken, um sie wirklich in Sicherheit zu wissen. Gras gab es noch zur Genüge und die kleine Quelle hinterm Haus sprudelte zuverlässig, wie schon seit Jahrhunderten.

In Anbetracht der Lage, dass sich Urs in die Zivilisation begeben wollte, badete er ausgiebig. Er bändigte seine Mähne mit einem Gummi zum Pferdeschwanz und stutzte sogar seinen Bart, wobei er sich eines halb blinden Spiegels bediente, den er vor Jahren aus den Trümmern gezogen hatte. Kariertes Hemd und eine, für seine Begriffe, fast neue Jeans, vervollkommneten das Bild. Als der Rucksack mit Proviant gepackt war, schaute er noch einmal nach den Ziegen, dann stieg er ins Tal hinab.

Obwohl er schon ewig nicht mehr hier gewesen war, grüßten ihn die Leute und er grüßte erfreut zurück. Sie hatten akzeptiert, dass er ihre Hilfe nicht annehmen, den Schmerz lieber allein verarbeiten wollte. Die Einladung zur Übernachtung bei einem alten Freund seines Vaters lehnte er aber nicht ab. Und auch auf die Frage, ob er auf seinem Adlerhorst irgendetwas brauche, nickte er.

„Nägel, Schrauben, Muttern kann ich immer gebrauchen. Vielleicht schaffe ich mir irgendwann ein paar Hühner an. Da kann ich wenigstens einen festen Stall bauen. Besonders dringend benötige ich aber vier Schläuche und Reifen für meinen Handwagen." Er zog den Zettel mit den Maßen aus der Tasche.

„Wir stellen dir etwas zusammen. Wirst doch hoffentlich wieder bei uns schlafen, wenn du nach Hause gehst."

Urs sagte erfreut zu. Schön, dass er sich um ein Dach überm Kopf für eine Nacht, keine Gedanken machen musste. Er erzählte, was ihm in den letzten Jahren widerfahren war, wobei er sich wunderte, dass die Sache mit dem Bruchpiloten nichts Neues hier im Tal war.

„Das hat in der Zeitung gestanden", lachte der alte Mann. „Zwar kein genauer Ort und kein Name, aber jeder von den Alteingesessenen wusste sofort, wer gemeint war. Wir sind alle mächtig stolz auf dich."

„Ach herrje!", murmelte Urs. „Hoffentlich wächst mir kein Heiligenschein!" Er saß abends mit vor dem Fernseher und schaute den Wetterbericht. „Ha! Es soll jetzt schon erste leichte Schneefälle geben! Genau das habe ich meinem Karli gestern auch prophezeit!", rief er triumphierend.

„Wer ist Karli?"

„Mein Ziegenbock. Der beste Helfer bei der Heuernte, den ich mir wünschen kann." Er berichtete, wie er ihn vor die Rutsche gespannt hatte.

„Was ist es denn für eine Rasse?", staunte der Freund des Vaters.

„Pinzgauer Gebirgsziegen", erwiderte Urs voller Stolz, um dann seufzend zu sagen: „Ich möchte meinen Karli gern behalten. Das heißt aber, ich muss die Junggeißen weggeben. Es ist zum Verrücktwerden!"

„Hm, dann hilft nur, ihn kastrieren zu lassen, und einen fremden Bock zum Decken zu holen."

Urs zog die Augenbrauen zusammen. „Oder ... oder aber Karli in Ruhe zu lassen, die fünf Jungtiere zu tauschen und alle weiteren zu verkaufen oder zu schlachten."

„Ich horche mal mit herum!", versprach Anton. „Pinzgauer sind selten, da sollte was zu machen sein."

In der Nacht begann es tatsächlich leicht zu schneien.

„Wir sollten dich ‚das Orakel vom Berg' nennen", lachte Marianne, die Frau des Hausherrn.

Urs bedankte sich für Unterkunft, Essen und zusätzliche Wegzehrung, zog die Mütze über die Ohren und wanderte weiter. Die Sonne leckte rasch die leicht bepuderte Landschaft schneefrei. Urs kam gut voran. In den Mittagsstunden erreichte er die Kapelle am Waldrand. Mehrere

Nobelkarossen parkten zwischen den hohen Bäumen und Stimmengewirr erfüllte die Luft.

Urs überschritt die Schwelle, womit er in eine andere Welt eintauchte. Stille und sanfte Energien taten der Seele gut. Er trat vor den Altar, bekreuzigte sich, dann suchte er sich einen Platz, wo man ihn nicht sofort sehen konnte. Zuletzt war er hier gewesen, als sein zweitältester Bruder heiratete, und damit hatten ihn die Erinnerungen wieder in ihren Bann geschlagen. Er stützte die Stirn auf die gefalteten Hände und hielt stumme Zwiesprache mit den geliebten Toten. Dass mehrere Personen hereinkamen und sich ebenfalls in die Bankreihen setzten, registrierte er nur wie durch eine Watteschicht.

Ungewohnte Geräusche ließen ihn und die anderen die Köpfe heben. Draußen bellte ein Hund wie toll. Er schien irgendein Tier zu hetzen, denn das Gekläffe änderte ständig die Richtung. Schließlich erklang es genau vor der kleinen Kapelle. Laut polternd flog die Tür auf und ein kapitaler Hirsch sprang in den Altarraum. Einige Frauen flüchteten kreischend in die hinteren Reihen.

Urs war sitzen geblieben, den wundervollen Hirsch mit großen Augen bestaunend. Der kam direkt auf ihn zu, nervös tänzelnd, unschlüssig, was es als Nächstes tun solle. Urs streckte die Hand aus. Er berührte die Nase des Hirsches, der wie gebannt stehen blieb. „Warte, ich bringe dich hinaus. Das ist kein Ort für dich", sprach er leise auf ihn ein. „Du gehörst in den Wald. Die Schutzengel, die dich hier hinein geführt haben, werden auch da draußen über dich wachen." Er wand sich aus der Sitzreihe, legte dem Hirsch eine Hand auf den Rücken, worauf dieser gehorsam mit zur Tür lief und wenig später mit schnellen Sprüngen im Wald verschwand. Urs ging wieder in die Kapelle zurück, wo man nun ihn wie ein Wundertier betrachtete.

„Er sieht verändert aus. Aber ich bin fast sicher, dass das Urs ist", hörte er es aufgeregt von der anderen Seite der Bänke flüstern und drehte sich erstaunt um.

Er sprang auf. Der dort saß, war jener Mann, den er im letzten Winter mehr tot als lebendig aus dem Schnee gezogen hatte. „Andreas! Schön, dich zu sehen! Wie geht es dir?"

„Blendend. Darf ich dir meine Schwester Mina vorstellen?"

Urs begrüßte die hübsche Brünette mit einem Handkuss. Er hatte sich Andreas' Schwester völlig anders vorgestellt.

„Lass dich nicht täuschen", lachte Mina, sich über das Mienenspiel des Mannes vom Berg köstlich amüsierend. „Highheels und Hochsteckfrisur sind nur Tarnung. Komm, setz dich zu uns!"

Dass sie es mit dem Outfit ernst meinte, bewies sie schon beim Essen, denn sie trafen sich mit Urs in einer bodenständigen Wirtschaft, wo Mina ebenfalls in karierter Bluse, Jeans und derben Wanderschuhen erschien. Das lange Haar hatte sie zu einem kunstvollen Zopf geflochten. Andreas brach über Urs' Staunen in schallendes Gelächter aus.

Natürlich kam die Sprache auch auf den Hirsch. Urs beteuerte immer wieder, das Tier vorher noch nie gesehen zu haben. Dass er selbst von dem Ereignis schwer beeindruckt war, konnten die Geschwister deutlich spüren.

„Ich möchte gern mehr über dich und dein Leben mit der Natur erfahren. Darf ich dich auf deinen Berg begleiten?", fragte Mina am Ende des Abends. „Ich nehme auch ein Zelt mit, wenn kein Platz im Haus ist."

„Äh, ja, nein, doch … ich weiß nicht", stotterte Urs, worüber Andreas erneut losprustete.

Das enttäuschte Gesicht der jungen Frau rührte Urs schließlich doch mehr, als er zugegeben hätte. „Es sind zwei Tagesmärsche", versuchte er zu erklären. „Die alte Straße ist verschüttet, es geht nur querfeldein. Und nachts ist es empfindlich kalt."

„Aber du würdest mich mitnehmen?"

„Ja, schon deinem Bruder zuliebe. Ich bin ihm unendlich dankbar für die Ziegen", erklärte Urs.

Andreas spendierte ihm eine Übernachtung, damit sich Mina mit allem Nötigen für die Wanderung eindecken konnte. Und so bekam Urs am nächsten Morgen noch größere Augen. Mina war nicht nur schon um sechs Uhr putzmunter, sie trug gefütterte Hosen, Wollsocken in den Bergschuhen und einen wasserfesten Rucksack voller nützlicher Dinge.

„Pass gut auf sie auf", bat Andreas mit einem fröhlichen Blinzeln und Urs versprach es ihm in die Hand.

Er tauschte mit Mina den Rucksack, weil seiner noch fast leer war. Erst am nächsten Tag werde sie ihn allein tragen müssen. Andreas sah ihnen lange hinterher. Am Ende bekam Mina immer, was sie wollte.

Die drehte sich unterwegs mehrmals um.

„Was hast du?", fragte Urs schließlich.

„Ich fühle mich beobachtet", flüsterte sie. „Irgendetwas schleicht um uns herum."

Urs hatte nichts bemerkt, in seinem Kopf kreisten die Gedanken. Minas Anwesenheit hatte ihn völlig aus dem Konzept gebracht. Nun lauschte er mit geschlossenen Augen. „Du hast recht", pflichtete er ihr bei. „Wir werden wirklich belauert. Ich habe es mehrmals im trockenen Gras rascheln hören. Da!"

„Was ist das?", raunte Mina. „Ein Wolf?"

„Unwahrscheinlich", gab Urs leise zurück. „Locken wir es doch einfach an." Er zog ein Stück Brot aus der Tasche, brach ein wenig ab und warf es dem Tier zu.

„Ach du großer Gott", rief Mina, als ein völlig ausgemergelter verwahrloster Schäferhund-Mix auftauchte und die unverhoffte Gabe eilig verschlang. „Der braucht Hilfe", erkannte sie mit einem Blick.

„Scheint so", murmelte Urs, der Jammerge-stalt noch ein Bröckchen hinwerfend. „Würde mich nicht wundern, wenn der gestern den Hirsch gehetzt hätte. Junge, du siehst furchtbar aus!" Er hockte sich hin und hielt dem Hund den Rest des Brotes entgegen.

Mina wagte kaum, zu atmen, als dieser mit ein-gekniffenem Schwanz heranschlich und Urs ganz vorsichtig das Brot aus der Hand zupfte. Von da an folgte er ihnen mit wenigen Schritten Abstand. Trotzdem konnte Urs sein Verspre-chen einhalten, den Freund des Vaters noch ein-mal zu besuchen und seine bestellten Waren abzuholen.

Sie lockten den Hund, den sie Struppi nann-ten, mit etwas Fleisch in den Garten und schlos-sen die Tür. Struppi bekam einen Platz im Schuppen, einen Knochen und einen Wasser-napf. Ihm wäre es im Traum nicht eingefallen, einfach zu verschwinden.

Durch den Freund des Vaters erfuhr Urs auch erst, mit wem er reiste. Als Mina den Finger vor den Mund hielt, war es bereits zu spät.

„So, so ... Millionenerbin." Urs betrachtete lange Minas Gesicht. Es strahlte Lebensfreude und wohltuende Ehrlichkeit aus. Er hatte ja nicht nach ihren Lebensumständen gefragt.

„Kannst du diese Informationen nicht ganz einfach vergessen?", bat sie.

„Ich versuche es", versprach er. „Aber jetzt geht mir endlich ein Licht auf, dass Andreas nicht irgendein Flugzeug, sondern sein eigenes zerlegt hat", murmelte er nicht unzufrieden. „Hab mich doch wirklich gewundert und noch mehr gefreut, dass man mir nicht wegen der Sache auf die Nerven ging."

Mina lächelte. „Daran dürfte ich schuld sein. Ich habe Andreas verboten, dir Reporter auf den Hals zu hetzen. Dann wäre es nämlich für lange Zeit mit der Ruhe auf deinem Berg vorbei gewesen."

„Herzlichen Dank! Das ist ein weiterer, sehr triftiger Grund, dich mitzunehmen", schmunzelte Urs.

Mina kicherte fröhlich. „Den habe ich mir sogar ganz allein erarbeitet."

Als sie morgens weiterwandern wollten, begrüßte sie Struppi mit wildem Schwanzwedeln. Er ließ sich sogar streicheln. Ein paar Bröckchen Brot besiegelten endgültig, dass er mit ihnen, ohne zögern, überallhin gehen werde.

„Wir sollten Futter kaufen", schlug Mina vor.

Urs überrechnete seine Barschaften und schüttelte traurig den Kopf.

Mina winkte ab. „Ich bin in einer halben Stunde zurück", erklärte sie, nur ihre Geldbörse mitnehmend.

Struppi hockte mit Urs auf einer Bank und passte auf Minas Rucksack auf. Urs begann sich Sorgen zu machen. Die Zeit war bereits abgelaufen, als Mina mit einem Esel, der links und rechts einen Packsack trug, erschien.

„Du hast doch bestimmt noch Platz im Stall",
lachte sie. „Sag Hallo zu deinem neuen Haus-
tier."

„Du bist verrückt!", rutschte es Urs heraus,
der zu träumen glaubte.

Mina lachte ausgelassen. „Dachtest du, dass
ich das Futter schleppe? Oder Struppi? Dem
armen Kerl bläst doch fast der Wind durch die
Rippen. Na kommt schon, ihr beiden. Wir
haben einen langen Weg." Sie huckte sich ihren
Rucksack auf, streichelte die Vierbeiner, blinzelte Urs zu, nahm die Leine des Esels und zog
los. Struppi schloss sich sofort an. Urs beeilte
sich, die Spitze des Zuges zu übernehmen.

Als die ersten Sterne funkelten, erreichten sie
das einsame Häuschen am Berg. Der Weg nach
Hause war für Urs noch nie so kurzweilig
gewesen. Mina wusste, wovon sie sprach und
Urs machte es Spaß, ihr zuzuhören. Dass sich
alles um Urs' Leben am Berg drehte, verstand
sich fast von selbst.

Karli begrüßte die Ankömmlinge mit einem
überaus erfreuten „Mähähääääääää!". Er ließ sich
auch seelenruhig von Struppi beschnüffeln,
während Trine gleich wieder die Hörner senkte.
Sepp, der Esel, wartete geduldig, bis man ihm
das Gepäck abnahm, dann trottete er, als wäre
es schon immer so gewesen in den Stall und
labte sich an der Heuraufe. Karli leistete ihm
Gesellschaft. Struppi bekam ein wenig Futter,
dann zog es ihn auch in die Scheune. Als Urs

nachschauen ging, lagen alle drei friedlich schlafend zusammen in einer Box, während die Geißen missmutig meckerten. Urs zuckte mit den Schultern und widmete sich lieber seinem Gast.

Mina zauberte eine Flasche Wein und Schinken aus einem der Packsäcke hervor. Urs holte Schüttelbrot, dann saßen sie die halbe Nacht beisammen und erzählten.

„Du kannst mein Bett haben", sagte Urs, als Mina langsam die Augen zufielen.

Mina spähte in den Schlafraum. „Und du?"

„Ich rolle mich im Spitzboden zusammen."

„Blöde Idee." Mina taxierte das Bett. „Wenn du nicht quer schläfst, ist Platz für uns beide."

Urs' Unterkiefer klappte herunter.

„Ich beiße auch nicht", versprach Mina blinzelnd, mühsam das Gähnen unterdrückend.

„Wie du willst. Ich wasche mich völlig in Unschuld", gab Urs schließlich nach.

„Ja, ich weiß, Beschwerden dreifach schriftlich beim Heizer einreichen", grinste Mina, ihren aufgerauten Flanell-Schlafanzug aus dem Rucksack ziehend.

Urs kratzte sich an der Stirn. Mit Schlafanzügen hatte er in den letzten Jahren selber nichts am Hut gehabt. So kroch er auch jetzt in Unterwäsche ins Bett. Mina war klar, dass er hier oben ums nackte Überleben gekämpft hatte und es immer noch tat. Ihr wäre unter solchen Bedingungen auch völlig schnurz gewesen, was man woanders im Bett anzog.

„Ich werde aber meinen Schlafsack holen, um dir nicht ständig die Decke zu klauen", erklärte sie, den Worten die Tat folgen lassend.

Urs grinste vergnügt. Sein Unterbewusstsein hätte wahrscheinlich sehr rabiat um die Decke gerungen. Mina öffnete den Reißverschluss und wickelte sich locker in den ausgebreiteten Schlafsack. Sie musste erst testen, ob es so warm genug oder schon zu viel des Guten war. Urs wünschte eine angenehme Nacht und staunte, weil Mina bereits während der Antwort einzuschlafen schien. Er hingegen lag noch lange wach, kaum fassen könnend, welch himmlisches Wesen das Bett mit ihm teilte.

Er glaubte fest an einen Wink von oben, denn ohne den Hirsch in der Kapelle, wäre er in seiner Ecke vor allen Blicken verborgen geblieben und hätte Mina irgendwann oder vielleicht sogar nie kennengelernt. Gut möglich, dass ihm der Himmel einen Engel ohne Flügel gesandt hatte, um den bevorstehenden, und wie er vermutete, sehr strengen Winter gut zu überstehen.

Am Morgen schlug bereits das Wetter um. Sturm kam auf, es schneite ohne Unterlass und die Temperaturen gingen weit in den Keller.

Urs schaute im Stall nach dem Rechten. Kaum öffnete er die Tür, sauste Struppi heraus, ungebremst im Tiefschnee verschwindend. Seinen Gassigang hatte er sich sicher anders vorgestellt.

So war er nach vollbrachter Tat sofort wieder im Stall, sich angewidert den Schnee aus dem Fell schüttelnd. Urs lachte herzlich. Alle anderen Tiere waren auch da und es ging ihnen gut.

Mina heizte inzwischen den Küchenofen an. Sie schmolz Schnee, um Wasser für den Morgentee zu haben.

„Du lächelst so ...", stellte Urs fragend fest.

Mina lachte. „Das Leben schlägt manchmal Haken, wie ein Hase. Statt auf einer saunawarmen einsamen Tropeninsel, sitze ich auf einem eiskalten, tief verschneiten Berg genau am anderen Ende der Welt, und freue mich auch noch darüber."

„Darüber, freue ich mich auch", gab er lächelnd bekannt. „Hoffentlich vergeht dir die gute Laune nicht so schnell, weil es hier wirklich äußerst einfach zugeht."

Mina grinste breit. „Ich habe ein Überlebenstraining in den Rocky Mountains hinter mir. Sechs Wochen allein und ohne Vorräte in der Wildnis. Einzige Bewaffnung ein Dolch, ein Seil und ein Schlafsack. Ich trinke auch aus Pfützen, wenn anderes Wasser nicht verfügbar ist. Sonst hätte mein Bruder gestern lautstark protestiert, als ich das Abenteuer, mit dir zu gehen, ansprach."

„Du warst allein in den Rockys?!", stotterte Urs.

„Das kann man durchaus so sagen. Wir waren fünf Personen. Zwei Frauen und drei Männer, die einzeln, und Meilen voneinander entfernt, ausgesetzt wurden. Klar trugen wir Tracker, damit man uns orten konnte. Wir haben aber erst hinterher erfahren, dass man uns auch beobachtete. Nur zwei haben den Trip bis zum letzten Tag durchgehalten. Ich war eine davon. Ich hatte mich darauf spezialisiert, Schlangen zu jagen. Die anderen Tiere waren mir zu schnell. Bei der ersten habe ich beim Abhäuten und Ausnehmen meinen Mageninhalt hochgewürgt, wie ein Reiher. Aber man gewöhnt sich dran, wenn man überleben will. Ich habe mich sogar an den Beuteresten der Wölfe bedient, um nicht zu verhungern. Das Wichtigste war, ein Feuer zu haben und es mitnehmen zu können. An einem Bachufer habe ich Ton gefunden und mir ein Feuerkörbchen geformt. So eine Art brennende Handtasche für unterwegs. Raubtiere habe ich mit kleinen Feuergruben rund um meinen Schlafplatz in Schach gehalten, damit ich wenigstens stundenweise im Halbschlaf dösen konnte. Als das Abenteuer glücklich überstanden war, habe ich volle drei Tage durchgeschlafen, so fertig war ich.

Deshalb konnte ich auch Tee kochen, ohne nach dem Wasser zu fragen. Fenster auf, einmal mit der Topföffnung durch den sauberen Schnee und ab mit der Füllung auf die Kochstelle. Du hättest es nicht anders gemacht."

„Richtig!", strahlte Urs, tief beeindruckt, wie Mina ans Überleben heranging. „Deshalb bist du

50

auch so cool geblieben, als Struppi um uns herumschlich. Andere hätten einen Schreikrampf bekommen oder sich vor Angst in die Hosen gemacht."

Mina schmunzelte. „Stilettos mit Stahlabsätzen sind, richtig angewendet, auch tödliche Waffen. Unterschätze niemals eine Lady."

„Ich werde es mir merken", kicherte Urs.

Mina strich eine Messerspitze Marmelade auf ihr Schüttelbrot und deutete mit der Schulter zum Fenster. „Ich glaube, da draußen sind gleich andere Waffen gefragt."

Sie griffen nach dem Frühstück zu den Schaufeln und legten alle paar Stunden gemeinsam den Weg zum Stall frei. Zwei Tage später war die Berghütte restlos eingeschneit. Mina nahm die Kunde, dass sie nun praktisch hier gefangen war, mit stoischer Ruhe entgegen.

„Der liebe Gott wird schon wissen, was er tut", sagte sie mit gleichmütigem Schulterzucken. „Ich bin nicht böse, wenn ich hierbleiben muss."

Urs rieb sich die Hände. „Und ich freue mich von ganzem Herzen."

Das „Wuff" von Struppi sollte wohl das Gleiche bedeuten.

„Nur dein Bruder wird sich Sorgen machen ..."

„Ich schreibe ihm jetzt eine Nachricht", blinzelte Mina. „Dann packe ich das Handy sofort wieder weg." Eine Antwort kam im Bruchteil von Sekunden.

„Und?", fragte Urs.

„Er meint, ich hätte einen bärenstarken Mann an meiner Seite, da müsste der Winter auf dem Berg doch ein Vergnügen sein."

„Vergnügen klingt gut!" Urs zog Mina an seine Brust, die das nur zu gern geschehen ließ. Dann saßen sie mit Struppi am Fenster und schauten dem immer dichter werdenden Schneetreiben zu. Am Abend klarte es auf. Millionen Sterne funkelten am samtschwarzen Himmel. Urs erzählte, wie es früher einmal gewesen war und dass er, seit sie hier sei, davon träume, die alte Straße zu beräumen und auf seiner Alm Wanderer zu beherbergen.

„Vielleicht brauchst du ja eine Magd? Ich würde mich gern bei dir verdingen", erklärte Mina.

„Magd??? Bist du von allen guten Geistern verlassen? Wenn du hierbleibst, dann als Bärin an meiner Seite", rief Urs.

Mina kuschelte sich an. „Darüber lässt sich reden."

Dass in diesem Moment eine einsame Sternschnuppe ihre Bahn zur Erde zog, ließ beider Augen freudig funkeln.

„Bärenstark", sagten sie völlig synchron und es war klar, dass Urs' Wünsche gute Chancen hatten, schnell wahr zu werden.

Er strahlte über das ganze Gesicht. „Winter ist was Feines!"

Was er damit meinte, war Mina sonnenklar. „Dein gutes Herz ist schuld, dass dein ganzes Leben umgekrempelt ist, weil du einen Verrückten aus dem Schnee gepult hast", schmunzelte sie.

„Auf alle Fälle graben wir beide uns hier für ein paar Monate im Schnee ein, bauen ein bisschen das Haus und den Stall um, päppeln Struppi auf und genießen zum Feierabend die weiße Pracht, wenn alle Tiere versorgt sind", freute sich Urs. „Ich glaube, ich wiederhole mich, aber Winter ist was Feines."

## III.

Ganz nebenbei erfuhr Urs, dass Mina mit Erfolg Agrarwissenschaften studiert hatte, eben weil sie auf einer Insel hatte allein wirtschaften wollen. Ihre neuen Pläne, ihm mit allem zur Seite zu stehen, damit sein Traum von Feriengästen wahr werden konnte, hörten sich weniger utopisch an.

In einem ruhigen Moment beim abendlichen Becher Wein schob Urs seine Wunschliste über den Tisch, die in den letzten Monaten entstanden war. Mina las sie mehrmals durch, ehe sie sich räusperte. „Du hast die Straßenberäumung vergessen. Sonst wäre meine Reihenfolge: Der Geländewagen – am besten Pick-up, wo man viel aufladen kann, der elektrische Weidezaun und die Solaranlage. Die Ziegen stehen vor dem ganzen Technikkram zur Debatte, falls du nicht jetzt schon Inzuchtträchtigkeiten hast."

„Dann hilft nur, die Lämmer schlachten", murmelte Urs düster.

Mina nickte. „Und du hast noch ein Problem. Deine nachgezogenen Tiere haben keine Ohrmarken."

Urs wurde blass und hielt sich eine Hand vor den Mund. „Ich habe nicht gewusst, dass die Pflicht sind."

„Leider schützt das nicht vor Strafe", sagte Mina mehr für sich. „Auch wenn es dir vielleicht nicht gefällt, ich muss telefonieren."

„Ohne Strom?"

„Ich weiß mir zu helfen." Mina legte ihre kleine Solarzelle aufs Fensterbrett, bis das Handy grün anzeigte.

Nach dem Hinweis, dass Urs mithörte, einem Smalltalk mit Andreas und Grüßen hin und her, kam sie auf den Punkt. „Brüderchen, wir brauchen dringend ..."

Urs Augen wurden groß und immer größer und hätten es schließlich locker mit dem Durchmesser der Ziegenkäselaibe aufnehmen können. Am anderen Ende der Verbindung schien das genau so zu sein, denn es herrschten einige Sekunden Ruhe. Dann die Vermutung: „Du richtest dich dauerhaft ein."

„So ist es", verriet Mina.

Ein schallender Lacher als Antwort und der Ausruf: „Von der Umpolung der Erde redet man ja schon lange, aber mein Gott, wie schnell sich heutzutage der tropische Meeresboden hebt!"

Urs grinste vergnügt.

Mina setzte eins obendrauf. „Das hast du ja selber erlebt. Du bist hier ganz friedlich durch die Gegend geflogen ... und wusch, schoss ein Berg vor dir in die Höhe."

Andreas ließ vor Lachen sein Handy fallen, Urs japste nach Luft und Mina grinste ihn vergnügt an.

„Ich kümmere mich", sagte Andreas schließlich. „Du müsstest nur auch mal erreichbar sein."

Urs nickte heftig und Mina versprach: „Ich bin es ab sofort. Zumindest werde ich immer gleich zurückrufen, falls ich nicht auf der Stelle rangehen kann. Heißen Dank und bis demnächst." Sie schob das Gerät in die Ecke des Fensterbrettes. „Manchmal ist es besser, man hat den technischen Kram", seufzte sie.

„Du hast das Handy meinetwegen ausgeschaltet? Ich dachte immer, weil hier kein Strom zum Aufladen ist", staunte Urs.

„Deinetwegen", bestätigte Mina und fragte: „Was sagst du zu meiner Bestellung?"

„Nichts. Ich bin sprachlos", gab Urs zu. „Das ist so unglaublich, dass ich es erst mal begreifen muss."

Mina schmunzelte. „Mit dem leichten Multi-Traktor kann ich umgehen. Hab so ein Ding beim Praktikum bedient. Wir werden damit nicht alle Wiesen befahren können, aber die auf dem Plateau und dem flachen Hang da drüben. Den Greifer brauchen wir nicht nur für die Beräumung der alten Straße, sondern können ihn zum Transport von Baumaterial und Heuballen einsetzen. Wenn wir alle Zusatzgeräte abbauen, können wir mit dem kleinen Ding auch erst mal in die umliegenden Dörfer zum Einkaufen fahren."

„Ich werde eine Garage auf der alten Tenne errichten. Da können auch die Fässer mit dem Diesel unterbracht werden", überlegte Urs laut.

„Bau sie gleich etwas größer. Außer den ganzen Geräten wird irgendwann auch ein Auto oder Motorrad Platz brauchen", schlug Mina vor.

„Was wird alles zusammen kosten?", fragte Urs vorsichtig.

„Werden wir es sehen, wenn uns Andreas die Rechnung präsentiert. Er kennt mich. Wenn er mit Billigschrott kommt, gibt es genau so Ärger, wie bei Überteuertem, das nichts taugt. Wegen der Ziegen muss sich dann derjenige um die Ohrmarken kümmern, der uns die Austauschgeißen überlässt. Ich hoffe, dass Andreas nicht vergisst, ihn darüber zu informieren. Wenn wir für deine fünf nur vier Geißen bekommen, ist das immer besser, als Strafe zu bezahlen. Und beim Geld fällt mir ein, was ich noch sagen wollte. Das geht auf meine Kosten. Nur, wenn es wegen der Ziegen etwas teurer wird, schiebe ich diesen einen Teil auf dich ab. Ganz nach dem Motto: Strafe muss sein."

„Urteil angenommen", sagte Urs sofort, sie fest an seine Schulter ziehend und sie minutenlang im Arm haltend. Wie gern würde er irgendwann noch viel näher auf Tuchfühlung gehen.

„Versuch's doch", flüsterte Mina, die scheinbar auch Gedanken lesen konnte.

„Ich werde es mir ganz sehr merken", blinzelte Urs, sie fürs Erste zärtlich küssend. Dass es abends mehr werden würde, versprachen seine Augen.

„Oh je, ich glaube wir müssen schon wieder Schnee schippen", seufzte Mina, als eine kleine Dachlawine genau vor der Tür landete und Struppi wegen des lauten Rumpelns wie ein Verrückter in der Scheune bellte, worauf die ganze Ziegenherde zu meckern begann. Nur Sepp ließ sich nicht hören. Der hatte in seinen vier Lebensjahren schon so viel Kummer erlebt, dass er froh war, wenn er selber unbehelligt blieb. Auf seinem neuen Hof fühlte er sich wohl. Mina und Urs waren die ersten Menschen, die ihn gut behandelten. Wenn sie eine Hand hoben, dann um ihn zu streicheln oder ihm eine Rübe zu reichen. Und das kam oft vor, während er bei seinem alten Herrn stets geschlagen worden war, wenn er nicht sofort alles richtig machte, was mehrmals täglich praktiziert wurde. An der Seite von Karli oder Struppi traute er sich jetzt sogar, die immer offene Box zu verlassen, und in der Scheune auf Wanderschaft zu gehen. Es tat gut, nicht Tag für Tag auf einem Fleck angebunden zu sein.

Als Urs und Mina den Weg wieder freigeschippt hatten und das Tor zum Stall öffneten, kam Sepp sogar angetrottet, um einen Blick auf die tief verschneite Welt zu werfen. Karli huschte aus der Tür und spazierte den Pfad mit den meterhohen Schneewänden entlang. „Mähä-häääääää!"

„Ih-ahhhhhh", antwortete Sepp, Mina einen fragenden Blick zuwerfend.

„Na geh schon. Karli wartet." Sie streichelte den Esel zwischen den Ohren und trat einen Schritt beiseite. Sepp ging in vorsichtigen kleinen Schritten bis zum Haus. Struppi flitzte an ihm vorbei, um sich aus Übermut mit Karli einen Scheinkampf zu liefern. Urs schmunzelte, weil Struppi nun auch Sepp zum Spielen aufforderte.

„Lass den armen Sepp in Ruhe!", forderte Mina, sich Struppi greifend und ihn herzhaft knuddelnd.

Karli stupste Urs mit den Hörnern an. Das ging ja gar nicht, dass der Hund beschmust wurde, und er nicht. „Mähähäääääää!"

„Aha, hier ist einer eifersüchtig!" Urs nahm den Bock in den Arm und kraulte das dicke Winterfell kräftig durch.

Sepp stand noch immer an der Hausecke, nur die Ohren bewegend, das fröhliche Treiben beobachtend. Struppi gelang es, sich frei zu machen. Er rannte in den Stall, wo er die Geißen aufmischte.

Mina ging zu Sepp hinüber. „Du siehst aus, als könntest du auch ein paar Streicheleinheiten gebrauchen." Sie kraulte seine Wangen, dann den Hals, um ihn schließlich in den Arm zu nehmen, wie es Urs mit Karli machte, und die Flanken zu massieren, so weit die Arme reichten.

Sepp stand ganz still, dann wagte er es, Mina den Kopf auf die Schulter zu legen, den er bis jetzt mühsam in die Luft gehalten hatte.

„Na siehst du, es geht doch. Hier wird dir keiner wehtun", flüsterte sie.

„Woher weißt du, dass er misshandelt wurde?", fragte Urs.

„Weil ich gerade dazu kam, wie er Prügel bezog", verriet Mina. „Mir war eigentlich ein anderer Hof empfohlen worden, aber bei sowas sehe ich dunkelrot. Ich habe mit einem Schein gewinkt und den armen Kerl hier ohne Diskussion bekommen, Name und Alter erfahren und ihn so, wie er war, mitgenommen. Als Zugabe bekam ich die fast neuen Packsäcke."

„Vielleicht stammt Struppi ja auch von dort?", überlegte Urs. „Die beiden haben sich doch von Anfang an bestens verstanden."

„Wundern würde es mich nicht", erwiderte Mina.

Bei den Ziegendamen war inzwischen wieder Ruhe eingekehrt und die meisten nutzten die Möglichkeit, dicht gedrängt die paar Meter auf dem Weg spazieren zu gehen. Urs mistete aus, Mina füllte Raufen und Tränken.

„Hier riecht es nach Maus", stellte sie plötzlich fest, herumspähend, ob der Nager zu entdecken sei. „Falls eines Tages Hühner hier einziehen, sollten wir auch eine Katze anschaffen, weil sonst die Mäuse das teure Winterfutter fortschleppen."

„Ich glaube, wir werden noch zu Großbauern", kicherte Urs.

„Deinem Landbesitz nach, bist du das schon", erklärte Mina, die sich ganz genau hatte erklären lassen, wo die Grenzen lagen. „Zahlst du denn gar keine Steuern?"

„Doch. Irgendwie schon", stammelte Urs. „Da wird immer was abgebucht. Denke ich."

Mina schüttelte belustigt den Kopf. „Sobald die Wege passierbar sind, gehen wir zu deiner Bank, der Versicherung und einigen Behörden, wo wir einige Dinge klären werden, ehe man dir staatlicherseits das Fell über die Ohren zieht! Besitz verpflichtet."

„Versicherung?", echote Urs irritiert. „Ich bin froh, dass du da bist. Ich habe in den letzten Jahren so viel ausgeblendet, obwohl ich weiß, wie der Hase laufen müsste."

„Wir kriegen es wieder hin", versprach Mina, ihn auf die Nasenspitze küssend.

Ein paar Tage später begann es, gemächlich vor sich hin zu tauen. Die Ziegen sprangen hocherfreut im niedriger werdenden Schnee herum, balgten sich mit Struppi und es wurde wirklich Zeit, dass sie wieder dauerhaft ins Freie kamen. Dann klingelte das Telefon ...

Mina stellte wieder auf Mithören.

„Hallo ihr Berggeister!", meldete sich Andreas. „Übermorgen, in den sehr frühen Stunden, seilt euch ein Hubschrauber diverse Sachen ab. Es geht leider nicht anders, ohne Ärger mit irgendwelchen Behörden zu bekommen. Wir deklarieren es als Bergrettungsübung. Es wäre toll, wenn der Pilot das Zielgebiet auch in völliger Dunkelheit erkennen könnte."

„Wir werden alles bestmöglich vorbereiten", versprachen Mina und Urs völlig überrascht, zumal Andreas partout nicht verraten wollte, was alles in der Überraschungslieferung stecken werde. Stehenden Fußes eilten sie zu den Schaufeln, um sich durch den immer noch hüfttiefen Schnee zum Plateau zu wühlen, wo sie in mehrstündiger Arbeit ein riesiges Karree freischaufelten, das man aus der Luft einfach sehen musste. Sie beschlossen, ab Mitternacht dort zu wachen und Fackeln zu entzünden, sobald sie den Hubschrauber hörten.

Urs spitzte zwei lange Metallstangen an, die er zuletzt als kräftige Haken umbog. Auf Minas fragenden Blick erklärte er: „Damit können wir die pendelnden Kisten in Position ziehen, bevor sie endgültig abgesetzt werden."

„Gute Idee!", freute sich Mina. „Zumal Andreas ja alles zuzutrauen ist. Der ist ja noch um einiges verrückter als ich."

Urs lachte. „Ja, das habe ich live und in Farbe erlebt. Wobei du nur geplanter an Abenteuer herangehst. In der Verrücktheit nehmt ihr euch sicher nicht viel."

Mina grinste, auf ihre Schaufel gestützt. „Mist. Ich dachte, du merkst das nicht." Schmunzelnd schippten sie weiter. Ein Weg bis zur Scheune war sicher hilfreich, um die Lieferung bergen zu können. Am nächsten Tag waren sie fertig. Nicht nur mit dem Schaufeln, auch auf den Knochen.

„Tiere versorgen. Ruhetag", legte Urs fest.

Mina dachte nach. „Hm, so ganz kriege ich das nicht hin. Oder vielleicht doch! Ich borge mir mal die Rutschfolie."

„Willst du rodeln?", fragte Urs irritiert.

„Nein. Ein Sonnenbad nehmen."

Dass sie es ernst meinte, merkte Urs recht schnell. Sie breitete die Folie aus, legte ihren Schlafsack als Polster darauf und genoss kurzärmelig die wärmenden Strahlen. Struppi packte sich mit Körperkontakt neben sie und döste. Die Ziegen und Sepp erkundeten indes das schneefreie Stück Wiese. Sie hatten lange auf so einen Augenblick warten müssen.

„Appetit auf kühle Milch?", hörte sie Urs fragen.

„Klingt gut!" Mina richtete sich auf und bekam prompt einen herrlich kalten Becher gereicht.

„Ich habe Quark angesetzt", verriet Urs.

„Wie war das mit dem Ruhetag?", fragte Mina.

Urs grinste. „War doch nur Haushaltskram."

Mina streichelte den Hund. „Ah ja! Hast du das gehört, Struppi?"

„Wuff!"

„Fällst du mir jetzt etwa in den Rücken, du pelziges Etwas?", lachte Urs, Struppi unterm Kinn kraulend.

Der wedelte fröhlich mit dem Schwanz. Er liebte es, wenn sein Rudel auf einem Fleck hockte. Das Telefonklingeln schreckte alle auf.

„Andreas, was gibt's?", fragte Mina. „Ja, wir haben alles fertig." Sie schickte ein Bild der freien Fläche.

„Hervorragend. Sie könnten also mit einem kleinen Hubschrauber landen." Andreas wirkte überaus zufrieden. „Ich denke, die Ankunft wird gegen 2:30 Uhr sein. So haben sie es jedenfalls im Plan."

„Wir sind bereit." Mina brachte das Handy wieder ins Haus.

Sie stellte ihren Wecker auf kurz nach Mitternacht ein. Keiner wusste, wie lange die Aktion dauern werde und sie wollte nicht mit leerem Magen der Dinge harren. Urs sah es genau so. Ein heißer Kräutertrunk und etwas Schüttelbrot mit Honig gaben genug Energie, um die nächtliche Kälte besser zu ertragen. Diesmal war der Wettergott gut gelaunt, oder er schlief, denn es regte sich kein Lüftchen am sternklaren Himmel.

2:17 Uhr erklang von irgendwo das flappende Geräusch der Rotoren. Rasch zündeten sie die Fackeln an. Fast auf die Minute genau tauchte der Heli auf. Urs erkannte ihn sofort. Es war jener, der damals die Ziegen gebracht hatte. Der Pilot setzte exakt in der Mitte auf, den gut erkennbaren Landeplatz lobend.

Auch diesmal hatte er Ziegen geladen und gab bekannt: „Ich soll die anderen gleich mitnehmen. Der große Helikopter kommt in einer Stunde und seilt euch den Rest ab."

Es war auch in der Dunkelheit nicht schwer, die richtigen Ziegen aus der Herde zu fangen, weil die ja keine Ohrmarken trugen. Mina führte sie an Stricken hinaus, wobei ihr Struppi assistierte, die fünf Tiere einigermaßen in Schach zu halten. Urs übernahm sie, während Mina die drei Neuen neben dem Helikopter festhielt. Ihr tat es zwar leid, dass nicht wenigstens vier Tiere ankamen, aber der Behördenärger, den der andere Landwirt haben werde, rechtfertigte das.

Als sich die Luke schloss, brachten sie die Neuankömmlinge sofort zum Stall, der Hubschrauber hob ab und machte Platz für den nächsten, den man schon in weiter Ferne hören konnte. Dem Geräusch nach, musste es ein ziemlich großes Fluggerät sein. Mina sperrte die neuen Ziegen separat, dann verriegelte sie das Tor besonders sorgfältig. Sie rechnete damit, dass Panik ausbrechen könne, wenn der Helikopter ankam.

Die Fackeln brannten zuverlässig, als sich das laute Wummern zielstrebig näherte. Urs kniff die Augen zusammen. „Sag mal, sehe ich richtig? Hat der eine Riesenkiste unter sich hängen?"

„Irrtum ausgeschlossen", murmelte Mina. „Jetzt bin ich aber neugierig!" Sie umklammerte den Metallhaken, genau wie Urs, bereit, damit sofort die Kiste an den Rand des Platzes zu dirigieren.

Und diese Kiste war wirklich riesig, genau wie der Helikopter, der sie trug. In meisterhafter Millimeterarbeit flog er sie direkt an den Rand des Karrees. Urs löste die Ketten. Sie wurden hochgezogen und aus der Ladeluke eine Palette abgefiert, die mit einer großen Plane fest verschnürt war. Die Luke schloss sich, der Hubschrauber stieg auf und verschwand so schnell, wie er gekommen war.

Die jungen Leute standen vor der übermannshohen Holzkiste und rätselten, was sich darin verbergen möge. Mit der Palette ging es ihnen nicht anders. Das, was darauf festgezurrt war, musste mindestens einen Meter hoch sein. Mit von außen betasten, kamen sie auch nicht weiter.

„Erst die Ziegen, dann die große Kiste, zuletzt die Palette", brachte es Urs auf den Punkt. Er löschte die Fackeln, legte Mina einen Arm um die Schulter und schlenderte mit ihr zum Stall. Die drei neuen Ziegen hatten sich etwas beruhigt. Karli schnüffelte sehr interessiert,

Trine und Trudi irritiert. Der Hund hatte die neuen Mitbewohner schon eingehend begutachtet, Sepp waren sie egal, so lange sie ihn in Ruhe ließen. Er hatte sich daran gewöhnt, dass die Ziegen öfter auf seinen Rücken sprangen, damit sie besser an das eingelagerte Heu herankamen, und ließ es mit stoischer Ruhe über sich ergehen. Überhaupt war nur selten sein Ruf zu hören, was ihn zu einem angenehmen Mitbewohner für Mensch und Tier machte. Urs ließ die drei Geißen aus ihrer Box und Karli begann, zu Flehmen.

„Sieht so aus, als hättest du in wenigen Wochen wieder eine große Herde", freute sich Mina, weil die drei Neuen eindeutig trächtig waren. „Da ist auch der Verlust wegen der Ohrmarken leichter zu verschmerzen."

Urs stimmte zu. Er war dankbar, dass sich Mina, als verwaltungstechnisch versiert, des ganzen Rechtlichen angenommen hatte. So hatte sie sich schon notiert, wohin sie sich wenden musste, um Neugeborene registrieren und kennzeichnen zu lassen und recherchiert, was das kosten werde.

„Ja, ich weiß, normalerweise würde man das in einen Laptop hämmern", sagte Urs kleinlaut.

Mina legte ihren Kopf an seine Schulter. „Du musst dich nicht rechtfertigen. Es ginge aus in Papierform. Nur müsstest du den Krempel dann stets zum Finanzamt bringen. Elektronisch brauchst du nicht mal aus dem Haus zu gehen und sie lassen dich in Ruhe. Ich besorge mir einen neuen Laptop und eine größere Solarzelle, bis wir wissen, was wir brauchen, um wirklich aufzurüsten."

Urs schaute zum Fenster. „Die Sonne geht auf."

Wie von Stahlfedern getrieben, sprangen sie von ihren Stühlen und mussten herzhaft lachen. Die Neugier, was ihnen Andreas geschickt hatte, war gar zu groß. Urs fasst nach seinem Werkzeugkistchen und einem Brecheisen. Als sie sich auf den Weg zur Wiese machten, schloss sich ihnen Struppi an, den ebenfalls die Neugier trieb.

„Aha, nur das obendrauf ist Holz!", rief Urs. „Die Bodenplatte und die Holme sind aus Metall. Muss wohl auch so schwer sein, wie die Transportkonstruktion aussieht. Mann, bin ich neugierig!"

„Hier geht es rein!" Mina hatte den Container umrundet und eine Art Scharnier auf der Grundplatte entdeckt.

Urs löste oben, am Dach, die Muttern, dann öffneten sie, auf drei, gemeinsam die Klappe. Urs stolperte zwei Schritte rückwärts. „Ich träume!"

Mina riss triumphierend die Faust in die Höhe. „Ja, ja, jajajaaaa! Es ist genau der, den ich mir innigst gewünscht habe!" Sie streichelte den Kühlergrill des knallroten Multifunktionstraktors.

„Mit Straßenzulassung!", strahlte Urs, auf das Nummernschild zeigend.

„Das war Bedingung." Mina hob beide Daumen. Sie quetschte sich in den Container, um hinter das Fahrzeug zu spähen. „Greifer und andere Module sind in einer Kiste extra verzurrt", tönte es dumpf von innen. Urs konnte sehen, wie sie am Tankdeckel drehte. „Riecht nach Diesel und dürfte voll sein." Sie kam wieder heraus. „Andreas hat sogar an die Gabel gedacht, mit der man ihn als Stapler einsetzen kann. Wenn alles klappt, können wir die Palette mit der halben Ladung zum Stall bringen und bei der zweiten Fuhre den Rest holen. Lassen wir den Süßen erst mal in seinem Häuschen und lugen unter die Folie."

„Das sind zwei Paletten", stellte Urs überrascht fest, als sie die wiederverwendbaren lSpanngurte lösten.

„Zwei Fässer Diesel, zwei Motorsägen, ein großer Benzinkanister, ein Ölkanister, drei Kisten Weiß-nicht-was", zählte Mina auf. „Ach, hier ist noch ein großer Sack mit ... mit ... wir werden sehen, was drin ist, wenn wir die schwarze Zusatzhülle abmachen."

Urs stand da, die Hände vor das Gesicht geschlagen und schüttelte stumm mit dem Kopf. Mina hatte die komplette Ausstattung, um die alte Straße freizulegen, die nächsten Orte zu erreichen und auf den Wiesen zu wirtschaften.

„Tja, andere Millionärstöchterchen kaufen sich einen Ferrari, um Spaß zu haben, ich mir einen feuerroten Traktor", lachte sie. „Sobald es irgendwie möglich ist, beräumen wir die Straße. Wir können ja nicht immer den Diesel per Luftfracht anfordern."

Ehe sie irgendetwas anderes taten, rief sie Andreas an, um sich zu bedanken. Der kicherte schon wieder vergnügt, weil sie noch nicht ergründet hatten, was in den kleineren Verpackungen steckte. Er gab nur den Hinweis, damit vorsichtig zu sein, warum auch immer.

Urs nahm den Handwagen, um die Kisten und den Sack zu holen, wobei er alles wie rohe Eier behandelte. Ganz vorsichtig öffneten sie die schwarze Umverpackung. Es kamen vier kleinere Säcke zum Vorschein, die ebenfalls wasserdicht verschlossen, aber gut beschriftet waren: je zwei Mal Weizen- und Roggenmehl und obenauf in einem Zipperbeutel mehrere Tütchen Trockenhefe.

„Brot backen!", jubelte Mina. Urs nickte begeistert.

Mina nahm sich den kleinsten, der drei Kartons. Zuerst sah sie nur dicke Noppenfolie. Dann ein A4-Blatt mit der Notiz: ein Gruß aus der Zivilisation. Zuletzt hielt sie ihren Laptop, die dazugehörende Solarladestation und ihren einfach Dokumentendrucker in der Hand. Sogar mit USB-Kabel. Urs lachte sich über ihr Mienenspiel fast scheckig. Der zweite Karton enthielt komplett Schuhe. Trekking-, Hiking-, Lederhalbschuhe, Gummistiefel und diverse flache Sandalen. In jedem Schuh steckte ein randvoller Zipperbeutel mit Schokolade oder anderen Süßigkeiten, die sie sehr mochte.

„Das nenne ich Geschwisterliebe!", staunte Urs und vermutete im letzten Karton Kleidung.

Er hatte sich nicht geirrt. Mina schmunzelte vergnügt, weil beim schnellen Durchschauen auch feuerrote Dessous zum Vorschein kamen. Urs hob erfreut eine Augenbraue. Weil sich der Foliebeutel seltsam anfühlte, nahm ihn Mina heraus. Sie zog eine Flasche Whisky hervor, die einen neongelben Aufkleber trug: kleine Herz-stärkung für Urs, bei so viel Aufregung. Die beiden schauten sich an und prusteten los. Sie konnten Andreas' verschmitztes Grinsen geradezu vor sich sehen, als er die Kiste packte.

„Jetzt lassen wir den Traktor frei", schlug Mina vor.

Urs fügte hinzu: „Sein Häuschen stellen wir erst mal neben den Stall und lagern darin die Dieselfässer ein. Wenn wir ihn selber in die Scheune stellen, klettern bestimmt die Ziegen auf ihm herum."

„Das überlegen wir uns noch. Erst mal muss er tun, was er tun soll. Du musst auch was tun, nämlich die Aktion filmen." Sie reichte ihm ihr Handy. Urs signalisierte Bereitschaft und Mina quetschte sich wieder in den Container. Sie wand sich wie eine Schlange, um durch den Tür-

71

spalt auf den Sitz zu kommen. Zünd- und Ersatzschlüssel fand sie in der kleinen Ablage auf dem Armaturenbrett. Man hatte beide mit einem kräftigen Klebestreifen gesichert. Urs hielt den Atem an. Würde das kleine rote Wunder anspringen? Ja, es sprang an. Mina jubelte und ließ den Traktor zentimeterweise aus der Box rollen, um die eingeklappten Spiegel nicht zu ruinieren, neben denen nur ein Hauch von wenigen Millimetern Platz war. Die Rampe, aus der Tür bestehend, war kein Hindernis. Touchdown. Die Vorderräder berührten das Gras und dann ging es schnell, das wendige Gefährt seitlich der Box abzustellen.

„Feines Teil", staunte Urs.

Sämtliche Zusatzgeräte des Frontladers waren vorhanden. Mina checkte, was auf dem Container stand, dann das Handbuch. „Er kann die Box nicht heben", gab sie bekannt. „Aber ziehen könnte er sie."

„Wir bauen sie auseinander. Es wäre fatal, wenn der Kleine Schaden nähme." Urs widmete sich lieber erst einmal den Fässern.

Wenig später montierten sie die Gabel an den Traktor. Mina nahm die erste Palette auf. Langsam arbeitete sich das Gefährt durch den sulzigen Schnee. Ein paarmal drehten die Räder durch, bekamen aber schnell wieder Grip und nach einer halben Stunde standen beide Fässer auf sicherem Boden in der Scheune.

„Es ist was anderes, auf einer leicht geneigten Wiese zu fahren, deren Ende in einen zig Meter tiefen Abgrund übergeht, als auf ebenem Boden", erklärte Mina. „Gerade bei Schnee habe ich ordentlich Respekt vor dieser Tatsache. Auch bei nassem Gras wäre ich eher als Schleicher hier unterwegs."

„Du warst perfekt", lobte Urs. „Ich hätte mich mit tödlicher Sicherheit bis auf die Knochen blamiert, weil ich nie Vorderlader gefahren bin. Ich habe nicht einmal erwartet, dass der kleine Rote mit dem hohen Schneematsch fertig wird."

„Die Sägen kannst du holen. Schlüssel steckt", sagte Mina.

Urs lächelte breit. „Das mache ich. Aber mit dem Handwagen. Schade um jeden Tropfen Diesel."

„Hast recht."

„Ich probiere mich morgen aus, wenn die Containerteile transportiert werden müssen", versprach Urs. Er lief mit dem kleinen Wagen los. Ehe er den Container mit einer Mutter verschließen konnte, musste er drei vorwitzige Ziegen herausjagen, die missmutig meckernd abzogen. Als Urs zurückkam, sichtete Mina gerade die Speisekammer. „Siehst unglücklich aus", murmelte er.

„Wehmütig. Nicht unglücklich", berichtigte Mina. „Wenn wir Salz hätten, würde ich frische Nudeln machen und wie Makkaroni essen wollen. Tomatenmark ist nämlich da und auch

73

noch haltbar. Da könnten wir Kräuter rein machen", fiel ihr plötzlich ein.

„Und ein bisschen harten Ziegenkäse reiben", schlug Urs vor.

„Stimmt. Der ist herb und gibt ein bisschen Geschmack auf die nackten Bandnudeln. Muss ja keiner unserer Notkreation bewerten." Mina krempelte die Ärmel hoch und holt Mehl. „Es geht auch ohne Eier und ohne Öl. Nicht gut, aber es geht."

„Nutzt alles nichts, wir brauchen Hühner", brummte Urs. „Oder eine freie Straße, um regelmäßig einkaufen zu können, sodass wir auch für den Winter richtige Vorräte einlagern können."

„Am besten beides", meinte Mina, unverzagt den zähen Teig knetend.

Urs rührte indes die Trockenkräuter in das Tomatenmark, dann hackte er den Käse klein. Eine Reibe hatte er nämlich gar nicht, das war ein Gurkenhobel, wie er erschreckt feststellte. Mina kicherte. Das fertige Mahl konnte man durchaus als genießbar bezeichnen.

„Ich mache jetzt ein Bild und hänge es an das Traktorvideo an", schmunzelte Mina.

„Warte, dazu gibt es einen wirklich guten Wein!", rief Urs, in den hintersten Winkel der Speisekammer abtauchend.

„Eine Monteverro?! Der ist megateuer!" Mina riss Urs die Flasche fast aus der Hand und studierte das Etikett.

„Dann ist er diesem verrückten Tag angemessen. Du bist die tollste Frau, die es überhaupt geben kann. Ich liebe dich!" Urs' blaue Augen strahlten.

Mina setzte die Flasche ganz langsam auf den Tisch. „Bist du sicher?"

Urs nickte heftig.

„Ich dachte immer, du kommst nur zu mir ins Bett, um mich bei Laune zu halten, wenn mir gerade nach Sex ist", versuchte sie zu erklären.

Diesmal schüttelte er genau so heftig den Kopf. „Ich habe ganz einfach Angst, dass ich dich verschrecken könnte, wenn ich ständig den Drang nach Zweisamkeit habe. Ich bin ein Bergfex und du bist Besseres gewöhnt."

Mina wusste nicht, ob sie lachen oder weinen sollte. „Was verstehst du unter ‚Besseres'? Du gehörst doch selber zu oberen Schicht. Du bist Großgrundbesitzer. Du musst nur endlich was draus machen. Ich liebe den Mann vom Berg. Das andere ist nur Beiwerk. Genau wir du versprochen hast, zu vergessen, dass ich auf einem Haufen Kohle sitze. Und damit es wirklich bei dir ankommt: Ich liebe dich, du verkappter Rübezahl! Und wenn es dich im Stall überkommt, dann treiben wir es auf dem Heuboden! Punkt. Nun, mach endlich den Wein auf!"

Grinsend erfüllte Urs den gestrengen Wunsch. Dann rückten sie Teller, Flasche und Becher ins rechte Licht, bis alles zusammen mit ihren breit lächelnden Gesichtern aufs Bild passte.

Nach dem Essen kuschelten sie sich in die Ecke der Bank und Urs schaute interessiert zu, wie Mina den Film schnitt, das Foto etwas bearbeitete und hinten anhängte. „So, jetzt schiebe ich ihn in die sozialen Medien, denn Neugier ist genau das, was wir hier brauchen, wenn wir wirtschaftlich den Hintern hochkriegen wollen. Und ich werde den Spruch vom Ferrari als Überschrift bringen", witzelte Mina.

Andreas reagierte als Erster mit Daumen nach oben. „Wenn mit Hilfe des roten Flitzers eure Straße wieder eine ist, komme ich euch besuchen", schrieb er, um die Neugier der anderen anzustacheln.

„Nimm den Geländewagen und bringe uns eine Handvoll Hühner mit", antwortete Mina.

Urs schmunzelte.

„Lasst was vom Fortgang der Aufräumarbeiten an der Straße sehen", bat eine andere. „Wir sind im April zu viert in der Gegend und können helfen."

„Nehmen wir mit Kusshand an", gab Mina zurück. „Bringt euch Vorräte mit, wir kämpfen noch ums Überleben."

„Sechs Leute sollten eigentlich ein bisschen was schaffen. Sie haben Abenteuerurlaub und wir zuverlässige Helfer", blinzelte sie Urs zu, der staunte, wie schnell man Hilfe bekommen konnte, wenn man wusste, wie man es anstellen musste.

Und so hatte er auch nichts dagegen, dass Mina mehrmals in der Woche Bilder von den Tieren oder der idyllischen Alm postete. Wobei das meiste Aufsehen dem Trio Karli, Struppi und Sepp geschenkt wurde, die oft zusammen unterwegs waren. Sie wurden von den Besuchern auf Minas Profil schnell zu Maskottchen stilisiert. Oder das Gespann aus Karli und Sepp, die buchstäblich zu siamesischen Zwillingen wurden.

Struppi hatte sich zu einem wahren Kraftpaket von Hund entwickelt. Seit ihn sein alter Besitzer verstoßen hatte, war er es lange Zeit gewohnt gewesen, nur Unrat zu fressen, und kam mit den kargen, aber nahrhaften Futterrationen des Winters bestens aus. Er begriff recht schnell, wo die Ziegen unerwünscht waren, und mutierte zum wachenden Hütehund. Traktor war tabu, Gemüsebeete auch und alles, was Mina und Urs an Technik irgendwo hinstellten oder -legten, erst recht.

Der Tag nach dem Traktorenbegrüßungsfest, wie es Urs nannte, begann mit strahlendem Sonnenschein, es taute zusehends und die kleinen Rinnsale entwickelten sich zu reißenden Bächen. Am Rand der westlichen Wiese rauschte jetzt ein Wasserfall zu Tal, welchen Mina filmte. Die Sonne ließ einen Regenbogen darüber funkeln.

Sogar Urs unterbrach seine Arbeit, den Container zu zerlegen, um sich an dem Naturwunder zu erfreuen. „Es ist lange her, als ich das letzte Mal so etwas erspäht habe", gab er zu.

Mina trug das Handy ab sofort in der Gürteltasche, um auf der Stelle die ungewöhnlichsten Schnappschüsse zu machen, denn es gab Dinge, die genau so nie wiederkehren würden. Nachdem sie es wieder eingesteckt hatte, half sie Urs bei der Demontage. „Jetzt solltest du den Traktor holen", meinte sie blinzelnd.

Urs trabte los. Ein bisschen mulmig war ihm schon, war er doch sechs Jahre lang nicht mehr Auto gefahren. Es fühlte sich an, wie bei der ersten Tour mit dem Firmentransporter der Schreinerei. Die hatte er jedenfalls gut überstanden. „Auf geht's!", flüsterte er, den Motor startend. Kupplung, Gang rein, Gas und schon tuckerte der Trecker durch den Schneematsch, der es wirklich in sich hatte.

Mina nickte zufrieden. Alles super. „Setz noch mal zwei, drei Meter zurück", bat sie. „So kommst du nicht mit der Gabel in die vorgesehenen Löcher." Sie schaufelte rasch den Matsch aus den kurzen Spuren. „Du kannst!"

Knirschend schob sich die beiden Gabelausleger in die Aussparungen, schauten auf der anderen Seite ein paar Zentimeter heraus.

„Du hast ihn!", rief Mina.

Urs taxierte die Knöpfe und Hebel am Armaturenbrett.

„Der rechte ganz unten ist es. Nach oben drücken und loslassen, wenn die Gabel hoch genug ist. Beim Absenken runter drücken. Er stoppt dann automatisch."

„Danke!" Urs folgte der klaren Anweisung. Er hob die Gabel wenige Zentimeter über Matschniveau und lenkte den Traktor rückwärts durch die gut ausgefahrenen Spuren. Vor der Scheune wendete er, um die Bodenplatte exakt, mit Scharnier nach vorn, so daneben abzusetzen, dass man ringsum arbeiten konnte. Dann fuhr er wieder zu Mina. „Der liefert ja fast chirurgische Präzision!", begeisterte er sich.

„Andreas hat mir in einer Nachricht verraten, wie er den Süßen gekauft hat – nach einem Bild von meinem Praktikumsabschluss. Darauf bin ich mit so einem Traktor zu sehen. Er wusste ja, wie begeistert ich jedes Mal erzählt habe, was ich damit alles machen durfte", schmunzelte Mina.

„Er sollte einen Namen bekommen", blinzelte Urs.

„Max."

„Passt", kicherte Urs.

Sie hoben die Seitenteile per Hand auf die Gabeln. Mina fuhr auf der Gerätekupplung mit zu Scheune und kommentierte in Nachrichtensprecherton: „Nicht zur Nachahmung empfohlen, liebe Kinder."

Am Ende bauten sie die Gabel ab, um mit der Schiebemulde alle anderen Zusatzteile zu transportieren.

„Damit könnte ich doch auch vorsichtig die Hauptwege freimachen", sinnierte Urs laut.

„Nicht jetzt, vom Matsch, sondern im nächsten Winter, wenn der Schnee wieder bis an die Dachkante liegt."

„Warum nicht?" Mina setzte sich hinters Lenkrad, um die Frontausleger in Montageposition zu bringen.

„Noch zwei Zentimeter", gab Urs bekannt und staunte erneut über die Präzision, mit der man arbeiten konnte.

Mina klappte die Wanne mit der Öffnung nach oben und sie deponierten alles, was nicht auf die Wiese gehörte, darin. Diesmal fuhr Urs auf der Gerätekupplung mit.

„Was ist das eigentlich für ein langer Metallkasten?", wollte er wissen, weil dieser vollkommen leer war.

„Den kann man hinter der Kabine anmontieren. Das ist sozusagen unsere Einkaufstasche", verriet Mina kichernd. „Normalerweise kommen da aber Ketten, Seile und Laschen rein."

Urs lachte mit. Ja, da konnte man schon ordentlich was unterbringen, wenn man es richtig einschichtete. „Die Ketten finden wir mit etwas Glück unter den restlichen Trümmern. Der Hof meines Bruders birgt noch einige Überraschungen, denke ich. Da müsste auch irgendwo die Klärgrube sein, oder etwas, das wie ein funktioniert. Wenn wir Zeltgäste bekommen, sollten die ja wenigstens auf den Donnerbalken gehen können."

„Stimmt." Mina schaute Urs an, aber doch durch ihn hindurch. „Eine einfache Gießkannendusche wäre auch nicht verkehrt."

„Pass auf! Wir legen ein flexibles und frostsicheres Rohr in den Ablauf des Tränkebeckens Richtung Tenne. Wir suchen gezielt die Fundamente ab, ob wir die Toilettenöffnungen finden und bauen ein Herzelhäuschen darüber, mit Dusche daneben. Zum Waschen ist das Wasser gut. Trinkwasser müssen sie sich direkt aus der Quelle schöpfen. Später bauen wir ja vielleicht eines der Häuser wieder komplett für Sommergäste auf. Ausschließlich Selbstversorger. Zeltwanderer sind ebenfalls willkommen."

Mina nickte. „Du, die Ideen gefallen mir! Lass uns aber erst mal die Straße freiräumen."

# IV.

„Wie lang ist der verschüttete Abschnitt?",
fragte sie, weil darüber noch gar nicht gesprochen wurde.

„Zweihundert Meter, schätzungsweise", erwiderte Urs. „Geröll, Erde, Bäume, Sträucher ..."

„Also Bau- und Heizmaterial", konstatierte
Mina.

„So kann man es liebevoll nennen", seufzte
Urs. „Der Wall da drüben gehört übrigens zu
den Aufschüttungen, die wegmüssen. Das ist der
Beginn der Straße."

„Ach du Scheiße!", rutschte es Mina völlig
undamenhaft heraus. „Ist etwa die ganze Straße
so hoch verschüttet?"

„Nein. An der Stelle hat ein Haus gebremst,
das etwas unterhalb der Straße gestanden hat",
erklärte Urs düster. „Es war komplett aus Stein
und ließ sich nicht so leicht wegschubsen, wie
die Holzhäuser der anderen Verwandten. Wenn
wir was wegschaufeln, wird von oben reichlich
nachrutschen."

„Bange machen gilt nicht. Versuchen wir es
wenigstens." Mina lief los, um sich den Schaden
aus der Nähe anzuschauen.

Urs folgte ihr sofort, begierig ihre Meinung zu
hören. Sie erklomm den zwei Meter hohen Wall
und schaute sich um. „Hm. Nicht schön, aber
Glück im Unglück. Das sind zwar Tonnen von
Geröll, aber wenigstens keine Kolosse darunter,

soweit ich das beurteilen kann. Schade, dass wir nicht auf der anderen Seite beginnen können."

„Warum?"

„Weil man da wenigstens sehen könnte, dass die Arbeit vorwärts geht. Dort liegen ein paar Bäume und einzelne große Brocken, die der Traktor schubsen könnte", seufzte Mina. „Ach was soll es! Fangen wir an!" Sie wuchtete demonstrativ einen schweren Stein von der unsichtbaren Straße auf den sanften Hang darunter. Er rollte auch nicht weit.

„Wir haben noch ganze drei Stunden, bis die Sonne untergeht", sagte Urs. „Wir können also testen."

Kurz darauf rückten sie mit Traktor, Spitzhacke, Brecheisen und Schaufel an, um den Kampf gegen das Geröll aufzunehmen. Dabei bedienten sie sich einer etwas unorthodoxen, aber wirksamen Technik: Sie bohrten die Gabel an der unteren Hangseite in die oberste Schicht der Walls, die so ins Rutschen kam.

„Sei bloß vorsichtig!", rief Mina, weil es ein paar Mal so aussah, als würde der Traktor mitgerissen.

Bevor es finster wurde, sammelten sie ihre Utensilien ein und wollten zum Hof zurückkehren. Nach fünfzig Metern knirschte es hinter ihnen durchdringend.

„Gib Gas!", schrie Mina. „Der Hang rutscht ab!"

Sie stellten den Traktor an der Scheune ab, um sofort noch einmal hinüberzulaufen. Mina zückte das Handy, um die Voher-Nacher-Bilder auswerten zu können.

Urs stemmte am Ort des Geschehens die Fäuste in die Hüften. „Ich würde fast sagen, da hat uns jemand ganz sehr geholfen. Der komplette Lawinenrest ist mit abgeglitten und der Haufen auf der Straße nur noch ein Drittel so hoch, weil das meiste auch der Schwerkraft nicht widerstehen konnte."

Mina filmte und fotografierte. „Das hast du aber nett ausgedrückt. Deine Worte sind im Video deutlich zu hören. Fantastisch!"

Auf dem Hof hörten sie Struppi bellen und beeilten sich, nachzuschauen, was es Aufregendes geben mochte. Beim Blick in die Scheune schlug Urs die Hände überm Kopf zusammen. Es gab vier neue Zicklein. Das fünfte wurde soeben geboren. Die stolzen Mütter Trine und Trudi, wobei die Anzahl der Lämmer diesmal umgekehrt war.

„Hier wird es nie langweilig", lachte Mina. Zur Feier des Tages gab es wieder Nudel mit Kräutern und Käse. Dazu den Rest Monteverro und das obligate Foto der spontanen Party.

Andreas meldete sich diesmal telefonisch, als er die Videos und Bilder mitsamt Tagesbericht gesehen hatte. „Passt bloß auf euch auf! Langweilig scheint es euch jedenfalls nicht zu werden."

„Das hat Mina vorhin auch gerade festgestellt", schmunzelte Urs.

„Ist aufregender, als eine Tropeninsel", blinzelte Mina. „Traktor Max ist unser Überflieger."

„Ich wusste ziemlich gut, ich werde gelyncht, wenn ich einen anderen anschleppe", feixte Andreas. „Fabian und seine Bande wollen im April gleich bei euch ihr Zelt aufschlagen. Das Auto wird ihnen, da mitten in der Pampa, sicher keiner klauen, wenn sie es vor dem verschütteten Stück stehen lassen."

„Ganz meine Meinung", bekräftigte Mina.

Urs orakelte am Morgen das Gleiche, was wenig später Minas Wetterapp verkündete: „Wir haben eine stabile Hochwetterlage mit vielen Stunden Sonnenschein."

Nachdem sie den Stall ausgemistet und die Tiere versorgt hatten, fuhren sie auf die Baustelle, wobei sie diesmal die Ladewanne anmontierten, in der sie das restliche Werkzeug transportierten. Was jetzt an Geröll auf der Straße lag, werde ganz sicher nicht freiwillig abrutschen. So hieß die Devise: mit dem Schieber aufnehmen, drei Meter zurückfahren und das Gestein den Hang hinunter kippen. Stunde um Stunde. Sie wechselten sich immer mal ab, weil einer stets mit der Brechstange völlig verkantete Steine lösen musste, damit sich Max beim Aufnehmen keinen Schaden tat. Jeder Brocken, der von allein hinunter rollte, wurde bejubelt. So ging es fast fünf Tage am Stück, ehe endlich, endlich, die Oberfläche der Straße zu erkennen war.

„Wir brauchen eine Kette, sonst haben wir gegen die Baumstämme da vorn keine Chance", stöhnte Urs. „Ich möchte das gute Holz auch nicht einfach den Hang runterwerfen."

Ein verständlicher Wunsch, aber nicht zu erfüllen. So sägten sie in mühevoller Arbeit das Stück Straßenbreite aus dem Stamm, in der Hoffnung, auch die Reste irgendwann bergen zu können. Urs trieb eine riesige Krampe in das Holz, um es mit einem Seil zum Hof zu schleppen. Der Plan ging auf. Er hackte die Krampe frei und tuckerte wieder zur Straße zurück. Mit gesenkter Wanne schob er die Erde zusammen und kippte sie den Hang hinunter. Bis ein ziemlich großer Strauch die Arbeit unterbrach. Das Zersägen dauerte fast eine Stunde, obwohl sie zu zweit arbeiteten.

„Tankstopp und ausgiebige Pause", legte Urs fest, als er mit der vollen Wanne rückwärts zum Hof fuhr, wo er das Holz neben einer Ruine abkippte, um es später zu sortieren und zu stapeln.

Inzwischen hatte die drei neuen Ziegen fünf Lämmer geworfen und auf der Wiese ging es zu, wie in einem Bienenkorb. Struppi wurde der Lage nicht mehr Herr.

Zu Mittag gab es Brennnesselspinat und Fladenbrot mit Stachelbeerkompott, der auch besser schmeckte, als er nach so vielen Jahren aussah. Dann telefonierte Mina, weil die Zicklein dringend registriert werden mussten. „Wenn Sie sportlich sind, können sie die letzten beiden Stämme überklettern, die noch liegen. Der Rest ist inzwischen gut begehbar", erklärte sie die Situation.

„Und Sie sind?"

„Die Geschäftspartnerin von Herrn Schücht."

Als sie aufgelegt hatte, erklärte sie: „Flucht nach vorn, ehe der hier irgendwelche Dinge erspäht, die ihn und andere nichts angehen."

„Es ist ja zudem die Wahrheit", meinte Urs. „Er würde es, zum Beispiel, nicht glauben, wenn wir sagen, der Traktor ist uns zugeflogen."

Mina brach in schallendes Lachen aus. „Die Wahrheit klingt oft am unwahrscheinlichsten."

Am nächsten Tag schafften sie es, bis zum letzten querliegenden Baumstamm vorzudringen.

„Ich glaube, ich spinne!", rief Mina.

„Was?"

Sie zeigte die Serpentine hinunter. „Da unten kommt ein schnuckeliger Geländewagen, bepackt, wie für eine Weltumrundung."

„Der Veterinär wird das ganz bestimmt nicht sein", mutmaßte Urs. „Das sieht eher nach deinen Freunden aus."

„Machen wir weiter. Mit ein bisschen Glück können sie bis zu uns durchfahren", sagte Mina.

„Der Baum ist dünn, den kriegen wir im Ganzen", stellte Urs fest und schlug die Krampe oberhalb des Wurzelstocks ein. Das Seil reichte aus, um an beiden Seiten des Laders ordentlich befestigt zu werden. Das Straßenstück war gerade. Wenn Urs sehr langsam fuhr, war nicht zu befürchten, dass sich der Baum unversehens drehte. Mina wollte hinterherlaufen und Gefahren sofort melden. Sie wagten einen ersten Zugversuch, der sie zuversichtlich stimmte. Wie die Transporte vorher, fegte auch die Krone dieses Baumes wieder Steine von der Straße, sodass man sie wirklich als passierbar für Geländewagen einstufen konnte.

„Sie sind da!", gab Urs bekannt, als das blaue Fahrzeug die letzte Biegung nahm und Augenblicke später bei ihnen hielt.

Die Begrüßung war herzerwärmend. Und Mina witzelte: „Wir haben Tag und Nacht durchgearbeitet, nur damit ihr nicht hier stehenbleiben müsst."

„Man könnte es wirklich denken", sagten die Männer sichtlich geschockt, wie es am Hang aussah.

„Seid vorsichtig, wenn ihr uns folgt, und achtete auf den oberen Hang. Einer sollte auch die Straße im Auge behalten. Ich kann nicht garantieren, dass ich jetzt alles wegfege", erklärte Urs und kletterte wieder in den Traktor.

Mina hielt gebührenden Abstand, denn das Seil konnte jederzeit reißen. So kamen sie bis an den ersten großen Stamm, der vom oberen Hang ein paar Zentimeter nachgerutscht war.

„Stopp!" Mina griff sich die Motorsäge und kappte zwei Äste der angehängten Baumkrone. „Weiter!" Sie winkte die Freunde auf einen freien Platz an der Tenne, wo sich die Ziegen seltener herumtrieben.

„Oh, mein Gott", flüsterte die Frauen, als sie die Ruinen gewahrten. Hier kämpfte man wirklich noch ums Überleben. Die Straße hatte schon Horrorbilder entstehen lassen.

„Willkommen in unserem Zuhause!", rief Mina.

Urs verstaute den Baum, brachte den Traktor zur Scheune und räumte das Werkzeug weg. Struppi kam mit Bock und Esel im Gefolge zu den Gästen heran, was sofort für Heiterkeit sorgte. Die Bilder waren keinesfalls gestellt gewesen, wie viele vermutet hatten. Da erklangen eindeutig Fahrgeräusche auf ihrer Straße.

„Der fehlt jetzt gerade", flüsterte Mina. „Wartet bitte mit dem Zeltaufbau, bis der Veterinär weg ist. Der kann alles essen, muss aber nicht alles wissen."

„Geht klar! Wir werden ihm schon ein Jammerlied singen", lachte Martin.

So kam es dann auch. „Ach, Sie haben Gäste?", stellte der Veterinär in fragendem Tonfall fest.

Martin grinste verlegen. „Nee, nicht wirklich. Sowas kommt raus, wenn man aufs Navi, statt auf seine Frau hört. Zumindest sieht es hier nicht aus, als wäre der Zeltplatz, den wir schon vor einer Stunde hätten erreichen müssen."

Marlies zog die Augenbrauen zusammen. „Ist ja wirklich sinnlos, was man sagt! Nun stehen wir hier mitten im Lawinengebiet und ich könnte vor Wut ausrasten! Drei Mal habe ich gesagt, er soll abbiegen, weil da der Hinweis zum Zeltplatz war. Aber neiiiiiin! Was macht der Herr?! Er fährt geradeaus weiter!"

Der Veterinär begann schleunigst mit seiner Arbeit, während da hinten gleich die Fetzen zu fliegen schienen. Er sah auch zu, sofort zu verschwinden, als alle Formalitäten erledigt waren. Die Rechnung könne Herr Schücht ja per Überweisung bezahlen.

„Schicken Sie sie bitte per Mail", forderte Mina, ihre Adresse angebend.

Martin lugte um die Ecke.

„Er ist weg!", gab Urs Entwarnung.

„Den haben wir unten im Ort überholt", erzähle Marlies. „Da guckte er schon so schadenfroh, wie, die werden sich wundern, wo sie rauskommen".

„Dann wird er jetzt seinen Triumph genießen", lachte Martin. „Wo dürfen wir aufbauen?"

„Am besten da drüber, wo die Sonne noch drauf scheint. Da ist es am trockensten und der Wind wird von den Gebäuden gebremst", sagte Urs. „Ich komme mit dem Handwagen, damit ihr nicht alles schleppen müsst."

Karli musste natürlich danebenstehen und zuschauen, wie das Viermannzelt errichtet wurde. „Mähähääääääää?"

„Bist ein niedlicher Stinker", schmunzelte Ramona.

„Mäh!" Karli fand es super, angesprochen zu werden. Logisch, dass er sich dafür auch streicheln ließ.

Marlies verzog das Gesicht, worauf Ramona grinste: „Morgen riechen wir alle so und nehmen es auch mit nach Hause, also entspanne dich." Die Männer lachten.

Mit welcher Leichtigkeit Urs das schwere Gepäck handhabe, ließ die anderen staunen.

Mina lächelte vergnügt. „Er heißt nicht nur so, er ist Urs, der Bär."

Karli schwänzelte noch immer um Ramona herum, die sich gleich mit ihm kuschelnd ablichten ließ. Dass er dafür einen Apfel bekam, quittierte er mit einem hocherfreuten: „Mähähäää-äääää! Mähähäääääää! Mähähäääääää!"

„So einen will ich auch haben!", rief Ramona kichernd.

„Na toll. Ich dachte, du hast mich", grummelte Fabian gespielt theatralisch, worüber die Freunde feixten.

„Kannst ja mal fragen, wo Karli sein Parfüm einkauft, vielleicht wirst du mit seiner Duftnote wieder interessant", schlug Martin vor.

Fabian hielt sich den Bauch vor Lachen. „Dann heißt es, noch bevor ich überhaupt zu sehen bin, da kommt wieder der alte Bock. Einen Vorteil hätte es aber. Mir würden nicht laufend klugscheißende Kunden bei der Arbeit zusehen."

„Er ist Elektriker", verriet Ramona auf Urs' fragenden Blick.

Der winkte ab, als habe er sich verbrannt. Genau solches war ihm beim Schreinerhandwerk auch mehrmals passiert.

Struppi jagte mit lautem Gebell die Ziegen aus der Nähe des Geländewagens. „Wir brauchen dringend den Weidezaun", murmelte Urs. „Die Geißen können richtig penetrant werden. Karli ist dagegen der reinste Engel."

„Mähähääääääää!"

„Deswegen kommst du auch lieber zu uns, als zu deinen Zicken", grinste Ramona, ihn zwischen den Hörnern kraulend.

„Mäh!"

„Sag ich doch!", kicherte sie. „Ist der herrlich!"

Fabian zog einen Flunsch. „Ich glaube, ich kann einpacken."

Urs wischte Lachtränen weg.

Die Gäste machten sich nach dem Aufbau mit den Örtlichkeiten bekannt. Auf Toilette würden sie im Haus gehen müssen, oder gleich runter zum Misthaufen.

„Wir müssen morgen suchen, wo wir das Herzelhäuschen installieren können", seufzte Urs. „Bei der Dusche sehe ich noch nicht mal das größte Problem. Ein Rahmen mit einer vernagelten Plane und eine große Gießkanne mit Kette zum Ziehen."

„Wir werden es überleben!", waren sich alle einig. „Wir haben doch selber gesehen, dass ihr erst seit heute wieder Anschluss an den Rest der Welt habt."

„Ich fahre morgen früh runter ins Tal und besorge Weidezaun", erklärte Mina. „Auf dem Rückweg halte ich am Supermarkt und schaue, was ich dann noch transportieren kann."

„Womit?", staunte Martin, sich umschauend.

„Mit Max, unserem roten Traktor", erwiderte Mina. „Ich muss nur die Ladearme arretieren und an die Höhe denken, wenn ich etwas unterfahren will."

Gleich nach dem Frühstück bereitete sich Mina auf die Shoppingtour vor, wie sie es nannte. Urs wollte allein die Tiere versorgen, damit sie sich auf ihr Vorhaben konzentrieren konnte. Die Einkaufsliste war geschrieben, die Adresse in Google Maps eingespeichert. Das Blubbern des kraftvollen Motors lockte die anderen aus den Schlafsäcken.

„Sie tut es wirklich", hauchte Marlies verblüfft. Da standen sie nun alle und starrten dem roten Traktor hinterher.

Mina fuhr langsam, denn sie musste erst einmal ein Gefühl dafür bekommen, wie der Traktor die steile Gebirgsstraße meisterte. Auf der Fahrt durch den Ort erkannte sie das Haus wieder, wo sie mit Urs übernachtet hatte. Das Tor stand offen und so tuckerte sie hinein.

Natürlich war im Bruchteil eines Augenblicks der Hausherr da, um zu fragen, ob sich Bauer verfahren habe. Ihm blieb der Mund offen stehen, als eine junge Frau vom Bock sprang und noch mehr, als er sie erkannte.

„Hallooooo, liebe Grüße von Urs!", rief Mina.

„Wo kommen Sie denn her?", staunte Anton.

„Von zu Hause, vom Berg. Wir haben gestern das letzte Stück Straße befahrbar gemacht und jetzt muss ich Weidezäune für unsere Ziegenherde besorgen. Wir haben die Geißen getauscht und die neue Generation ist auch schon da", erzählte Mina. „Nun fehlen uns noch ein paar Hühner und eine Katze. Oh, ich glaube, ich muss los, sonst fallen Ihre Nachbarn aus den Fenstern", lachte sie und verabschiedete sich herzlich.

Die liefen auch sofort bei Anton zusammen, kaum dass der rote Traktor um die nächste Kurve verschwunden war. Man hatte endlich wieder über was zu tratschen, das nach echten Sensationen roch. Im Agrarhandel war man es eher gewohnt, dass auch Frauen mit dem Traktor kamen. Nur waren die meist nicht so hübsch, wie dieses langbeinige Exemplar.

Als Mina nach Sonderangeboten jedweder Art fragte, rissen sich die Verkäufer darum, sie beraten zu dürfen. Sie hatten nur nicht damit gerechnet, dass in dem hübschen Köpfchen ein

pfiffiges Gehirn arbeitete. Mina reizte alle Spar-
möglichkeiten aus und bekam obendrein ihren
Einkauf gratis in den Traktor gepackt, oder viel-
mehr in den kleinen einachsigen Hänger, den sie
auf einen Apfel und ein Ei runter handelte.

Mit breitestem Grinsen machte sie sich wieder
in die Spur und parkte ihren Lastesel am Supermarkt. Den Inhalt des schier überquellenden
Einkaufswagens stapelte sie tetrisartig in die Box
hinterm Fahrerhaus und robustere Dinge mit
auf den Hänger. Als sie den Parkplatz verlassen
wollte, schnitt ihr ein Ferrari die Vorfahrt.

„Pass auf deine Flunder auf! Wenn sie unter
meinen Flitzer gerät, ist sie ganz platt", rief sie
wütend hinaus.

Der Crashpilot wäre fast noch an die Hauswand gefahren, als er in den Rückspiegel schaute. „Du, die heiße Schnecke sah aus wie Mina!",
stotterte er.

„Andreas' Schwester?"

„Genau die! Kannst du dich an letztes Jahr
erinnern? An den Hirsch in der Kapelle? Du, die
ist garantiert bei dem Rübezahl geblieben!" Er
zückte sein Telefon und kontaktierte Andreas.

Der lachte sich halb kaputt über seine Freunde. „Stellt euch nie meiner Schwester in den
Weg, egal ob sie mit oder ohne Traktor unterwegs ist!", warnte er am Ende amüsiert.

Als Mina gegen Mittag wieder auf dem Hof
erschien, wurde sie wie eine Heldin empfangen.

„Na, wollte sich Macho Karsten mit Max anlegen?", lachten die Freunde.

Mina grinste. „Ich wusste doch, dass ich den bescheuerten Fahrstil kenne! Wer hat es euch verraten?"

„Andreas. Karsten fiel nichts Eiligeres ein, als ihn anzurufen, weil er dich erkannt hatte. Nun scheint er Schiss zu haben, dass du das nächste Mal Monstertruck mit seinem Plattfisch spielst."

Mina brach in schallendes Lachen aus. Urs stand bereits mit großen Augen neben Max. Der Anhänger gefiel ihm ausnehmend gut, damit konnte man richtig viel anstellen. 3000 Meter Weidezaun mit allem drum und dran, eine Kette mit Laschen, Aluprofil für eine provisorische Duschkabine nebst fester Plane, zwei große Gießkannen aus Kunststoff, Sämereien, Hundefutter ... Dann öffnete Mina die Box und reichte die Lebensmittel heraus. Kaffee, Cappuccino, Obst, Brot, jedwede Sorte Nudeln, Ketchup, Olivenöl, Sonnenblumenöl, Gewürze und viele, viele andere Sachen, die ohne Kühlschrank haltbar blieben.

Schließlich erzählte sie, wie sie Anton besucht hatte und die Nachbarn aus den Fenstern hingen. Sie richtete die Grüße aus und fügte hinzu: „Würde mich nicht wundern, wenn er in den nächsten Tagen hier erscheint. Sie werden ihn schon so lange stacheln, bis er's tut. Und weil heute so ein schöner Tag ist, habe ich noch eingelegte Steaks, Soßen und einen Sack Grillkohle mitgebracht. Mehr passte wirklich nicht in Box und Anhänger."

„Schatz, du bist wundervoll!" Urs gab Mina einen zärtlichen Kuss.

„Wir haben seit Monaten weder Wurst noch Fleisch gehabt. Nicht mal Nudeln, wenn uns Andreas kein Mehl mitgeschickt hätte", verriet er den anderen.

Mina wurde blass. „Ich habe die Eier vergessen."

Urs winkte mit beiden Händen ab. „Vergiss die Eier."

Während die Frauen die Sämereien in die Beete brachten, begannen die Männer, den Weidezaun zu installieren. Genau da, wo sich die Ziegen im Augenblick sowieso aufhielten, das überdachte Eckchen inbegriffen. Als alles angeschlossen war, durfte Fabian, der Elektriker, Saft auf die Leitung geben, was regelrecht zelebriert wurde. Das fiel mit den letzten Strahlen der untergehenden Sonne zusammen und Felix schaltete, seinen salbungsvollen Worten zufolge, soeben das Licht im Gebirge aus. Urs amüsierte sich prächtig.

Auf der Wiese vor dem Zelt stellten die Frauen bereits den Grill auf. Struppi, der Wanderer zwischen den Welten, weil er unterm Weidezaun durchschlüpfen konnte, erinnerte sich wohl an alte Zeiten, denn er blieb in gewissem Abstand zum Grill hocken. Es schien eine Mischung aus Angst und Vorfreude zu sein.

Urs kraulte ihn liebevoll unterm Kinn. „Na komm schon mit!"

Das machte Struppi auch, nur mit eingezogenem Schwanz.

„Schade, dass er nicht berichten kann, was ihm alles zugestoßen ist. Es würde sicher eine interessante Geschichte sein. Genau wie die von Sepp", vermutete Mina.

Als das Fleisch auf dem Grill lag, erzählte sie, auf welche Weise Struppi und der schüchterne Sepp zu ihnen gekommen war.

Marlies schaute Urs beeindruckt an. „Du hast belegtes Brot an einen Streuner verschenkt, obwohl du selber eigentlich nichts hattest?!"

„Ich würde es immer wieder tun, eben weil ich weiß, wie schlimm es ist, Hunger zu leiden", lächelte Urs. „Genau wie Mina nicht wegsehen konnte, als Sepp geschlagen wurde."

Als habe er seinen Namen gehört ertönte ein langgezogenes „Ihhhhahhhhh" aus der Koppel.

„Ich muss ihn rauslassen. Er ist es gewohnt, im Stall zu schlafen." Urs erhob sich.

Karli ging seinem Kumpel Sepp nicht von der Seite. Sie trotteten gemeinsam auf die Scheune zu, das Grillfeuer argwöhnisch beäugend.

Martin holte den Bierkasten aus dem Auto. „Wo steckt eigentlich der Wein für die Frauen?"

Fabian schreckte auf. „Oha."

„Du hast ihn doch nicht etwa vergessen?", fragte Marlies mit steiler Falte zwischen den Augenbrauen.

„Nein. Aber stehenlassen", murmelte Fabian tonlos.

„Mach dir keinen Kopf. Ich habe ein paar Flaschen aus dem Keller geholt", schlichtete Urs die Wogen und lief los, den edelsten Tropfen zu kredenzen.

„Man gönnt sich doch sonst nix", schmunzelte Mina, weil Marlies das Etikett mehrmals betrachtete.

Urs lächelte melancholisch. „Es ist aus dem Nachlass meines ältesten Bruders. Ich habe nicht gewusst, dass solche Schätze in seinem Weinregal lagerten. Mina hat mich aufgeklärt."

Ramona schaute zu den Ruinen hinüber, dann bat sie Urs: „Erzählst du uns, wie du die Rettung von Andreas erlebt hast? Jeder hat ja seine eigene Sicht der Dinge. Hier am Ort des Geschehens bekommt ja vieles eine ganz andere Bedeutung."

Urs nickte. „Ich stand vor der Tür, als ein grauenhafter Schrei ertönte. Genau wie damals, als die Lawine meine ganze Familie auslöschte. Nur kam er diesmal von der anderen Seite des Tals. So, wie es da, gleich unterhalb der beiden Felsnadeln aussah, musste ein Mensch mit einer Schneewächte abgestürzt sein. Da habe ich ihn auch schon gesehen. Er mich ebenfalls und er begriff, als ich winkte, dass ich versuchen würde, ihm zu helfen. Er ahnte nicht, dass alles, was ich zur Verfügung hatte, Muskelkraft und ein festes Seil waren. Ich habe ein paar Stunden gebraucht, meinen Berg runter und den da drüben rauf zu klettern. Zumal der Schnee hüfthoch lag und ich jederzeit hätte eine Lawine auslösen können. Von meinem Berg zum Steg da unten, habe ich einen halbwegs begehbaren Trampelpfad, der jetzt, im Frühjahr, recht gut zu sehen ist. Da drüben hatte ich nur mein Gespür und verdammt viel Glück, dass wir uns nicht beide das Genick gebrochen haben. Andreas war bewusstlos und halb erfroren, als ich ihn endlich erreichte. Ich habe ihn wie ein Paket verschnürt und vor mir her den Berg herabrutschen lassen. Dann habe ich ihn mir auf die Schulter geladen und bin Schritt für Schritt auf meinen Berg gestolpert. Im Haus angekommen, war mir vor lauter Anstrengung selber wie Sterben. Am nächsten Morgen habe ich den Suchhubschrauber gehört und bin mit einer brennenden Fackel raus gerannt. Dann ging es ganz schnell und sie haben ihn in einer Rettungstrage hochgezogen."

„Hat er dir erzählt, wie es passiert war?", wollte Martin wissen.

„Ja. Wie und auch warum." Urs schaute in die Glut der Holzkohle. „Hat er sie denn wenigstens beeindruckt?"

Mina schüttelte den Kopf. „Der Schuss war komplett nach hinten losgegangen. Sie hat ihn einen hirnlosen Spinner genannt und das Weite gesucht. Andreas hat schon auf dem Flug ins Krankenhaus kapiert, dass der Himmel schwarz gewesen sein muss, vor lauter Schutzengeln. Er ist nach seiner Entlassung sofort in die Kirche gegangen, um Kerzen anzuzünden. Eine als Dank für seine Rettung, drei als Fürbitte für Urs, in dem er seit jenem Tag die Verkörperung eines mildtätigen Berggeistes sieht." Mina strählte mit den Fingern Urs' Lockenmähne.

„Und mir geht es manchmal genau so."

„Aha, deshalb Rübezahl", blinzelte Urs vergnügt.

Mina kuschelte sich an und nickte.

Ramona lächelte. „Ich kann verstehen, dass Urs Andreas wie der leibhaftige Rübezahl erschienen sein muss. Mitten im Gebirge, fernab der Menschen, wilde schwarze Mähne, struppiger Bart und Augen, so blau, dass ich sie für gefotoshopt gehalten habe. Helfer in der allergrößten Not, wenn kaum noch Hoffnung ist. Genau das, was den Berggeist ausmacht, der plötzlich und unerwartet auftaucht. Und weil Andreas die Wahrheit gesagt hat, wie alles gekommen ist, war der Geist milde gestimmt und hat ihm geholfen. Genau wie in den vielen Sagen."

„Ich traue mich kaum, zu stören, aber die Steaks sind fertig", warf Martin vorsichtig ein.

„Wufff", tönte es ganz leise hinter Urs' Stuhl hervor.

„Er wird sich erkälten", befürchtete Ramona und brachte eine kleine Thermounterlage samt Reisedecke.

Struppi nahm erst darauf Platz und ließ sich zudecken, als Urs es ihm befahl. Dann sah man ihm aber deutlich an, wie wohl es ihm tat.

Fabian schmunzelte. „Mich würde es kein bisschen wundern, wenn sie wirklich demnächst Ziegen samt Hütehund haben will."

„Dann hat es sich aber ausgeurlaubt", warf Martin ein.

„Bei ihnen im Ort würde es gehen, weil sich jemand während dieser Zeit um die Tiere kümmern könnte", wiegelte Mina ab. „Und wir haben in jedem Jahr Zicklein, die wir abgeben oder schlachten müssen."

„Na prima! Ermutige sie nur noch!", rief Marlies, die befürchtete, dann niemanden mehr zu haben, der immer mitfuhr, wenn es ihr gerade passte.

Auch Mina wickelte sich etwas fester in ihre Decke, denn die nächtlichen Temperaturen lagen noch immer im mittleren einstelligen Bereich.

Zuerst bekamen Urs und Mina, die seit Monaten nichts dergleichen mehr gehabt hatten. Struppi hob die Nase und wedelte vorsichtig mit der Rute.

„Keine Sorge, ich vergesse dich nicht", schmunzelte Urs, während die anderen lachten.

Struppi schien sich sehr gut an das Wort Steaks und den Geschmack selbiger zu erinnern. Als ihm Urs ein Häppchen hinunter reichte, stellte Ramona kichernd fest: „Jetzt wird er gleich abheben, so wie der Schwanz rotiert!"

Natürlich flogen ihm von allen anderen auch ‚rein zufällig' Bröckchen vor die Nase und Struppi war selig. Mit der ganzen Scheibe gerösteten Brotes, die er bekam, verschwand er schließlich im Stall, um sie mehrfach zu belecken und langsam zu verspeisen.

„Das war dann wohl das Betthupferl", blinzelte Martin, als Struppi nicht wieder auftauchte.

„Es war ja auch ziemlich viel Aufregung für einen einzigen Tag", sagte Mina.

Fabian nickte grinsend. „Für uns ebenfalls. Was ist für morgen im Plan?"

„Wir wollen versuchen, das Holz zu retten, das wir an den Hängen liegenlassen mussten. Vor allem erst mal das im oberen Bereich, weil es uns sonst bald wieder die Straße verschüttet", erklärte Urs. „Wobei ich damit rechne, dass es kleine Steinrutsche geben wird, wenn wir es herunter ziehen. Sägen, Schaufeln, Ketten, Seile und einen Haufen Humor werden wir brauchen."

„Gab es hier früher eigentlich Strom?", fragte Fabian.

„Ja, den gab es. Wir hatten zwei Windräder, die alle Häuser versorgt haben", berichtete Urs. „Solarzellen sind leider hier oben nicht wirklich tauglich."

„Ich mache euch nach dem Urlaub ein Angebot", versprach Fabian.

„Für zwei Häuser mit je zwei Wohnungen, die Scheune und den Felsenkeller", bat Mina. „Im Keller sind sogar noch alle Lampen vorhanden."

„Ihr wollt bauen?!", staunte Marlies.

„Unser Haus aufstocken, ein zweites Wiederaufbauen und an Feriengäste vermieten", verriet Urs. „Selbstversorgerurlaub auf dem Bergbauernhof oder Platz für Euch, als immer gern gesehene Gäste."

Ehe sie sich zu Ruhe begaben, schaute Urs zu den Ziegen auf der Weide und Mina nach den drei Unzertrennlichen im Stall. Alle Tiere schliefen.

Am nächsten Morgen, kurz nach dem Sonnenaufgang waren Mina und Urs schon wieder auf den Beinen, um die Ziegen zu melken und die Bottiche für die Käseproduktion zu füllen. Das Gemecker weckte auch die anderen und Ramona kam herbei, um zuzuschauen. Urs brachte die vollen hölzernen Eimer mit einem Tragjoch zum Bottich. Anschließend wusch er sie an der Quelle aus und ließ sie mit Wasser für die Geißen volllaufen. Sepp, Karli und Struppi konnten sich allein bedienen, wobei Struppi noch einen Napf Hundefutter bekam, während die anderen beiden auf der Wiese grasten und erst mit auf die Weide mussten, als die Menschen mit dem Traktor davonzogen. Struppi lief ein Stück mit, dann zog es ihn zu seinen vierbeinigen Freunden und er kehrte freiwillig um.

Der große Stamm, um den es heute vorrangig ging, war tatsächlich fast einen halben Meter auf die Straße gerutscht, hatte Erde und Steine mitgerissen. Mina bewaffnete sich mit einer Motorsäge und ließ sich mit der Schiebemulde des Traktors so hoch heben, dass sie den Hang erklimmen konnte. „Bleibt außer Reichweite, ich versuche, ihn zu zersägen", rief sie hinunter.

„Pass bitte auf dich auf!" Urs setzte den Traktor ein paar Meter zurück und die Freunde gingen hinter diesem in Deckung.

Mina setzte die Säge bei etwa zwei Metern an, immer in Bereitschaft, sich mit einem Sprung in Sicherheit zu bringen. Die Fichte blieb auf Position, wie festgenietet. Irgendwo musste sich die Krone mit einem Felsbrocken verhakt haben. Das Stück Stamm rutschte auf die Straße und blieb, vom Schutt gebremst, liegen. Mina wartete, bis Fabian die Krampe eingeschlagen und die Kette angeschlagen hatte, damit Urs das Holz bergen konnte, indem er es ein paar Meter wegschleppte und ablegte. Dann fuhr er auf seine alte Position.

Mina schlang die Kette um einen Ast, Fabian schlug die Laschen an der Aufnahme am Traktor an. Erst, als sich Mina in Sicherheit gebracht hatte, zog Urs vorsichtig an. Beim fünften Versuch löste sich der Rest des Baumes und rutschte vom Hang, einen Sturzregen kleiner Steine mitreißend. Fabian und Martin wuchteten das erste Stück in die Wanne und Urs zog alles rückwärts zum Lagerplatz. Inzwischen schaufelten und rollten die anderen den Schutt von der Fahrbahn.

Als Urs zurückkam, kletterte er aus der Kabine und überrechnete das Gewicht des Stammstückes mit der Wurzel. „Schnitt einen Meter über der Wurzel", sagte er schließlich. „Die Sicherheit geht vor. Deswegen wirst du jetzt auch den Traktor bedienen und ich werde sägen." Dann schlug er die Krampe ein, hängte die Kette an und bat: „Sofort rückwärts wenn es ruckt, hier unten bremst ihn der Felsblock!" Er nahm Mina die Kettensäge aus der Hand.

„Ihr seid verrückt!", flüsterte Marlies entsetzt.

„Nicht ganz", erwiderte Urs, sich das lange Seil um die Hüfte bindend. Das andere Ende reichte er den Männern. „Ihr beide sichert mich."

Als Mina den Motor startete, begann Urs, den Stamm zu durchtrennen. Nach zehn Minuten vorsichtiger Arbeit ein Ruck, und die riesige Wurzel polterte, sich überschlagend, in den Abgrund. Urs rutschte, aber die Männer hielten ihn zuverlässig fest, genau wie Mina den Stamm langsam rückwärts bis an den Felsbrocken zog.

Urs wurde hochgezogen. Am Felsen sicherten ihn Fabian und Martin, indem sie das Seil in der Mitte fassten, während Urs das Ende um den Stamm schlang. Als er wieder auf festem Boden stand, hievten sie zu dritt das hängende Stück auf die Straße. Fahrerwechsel und schon tuckerte er mit Max zum Lagerplatz.

„Hat jemand gefilmt?", fragte Fabian, sich die Stirn wischend.

„Na klar! Ich, wie immer", grinste Mina, ihr Handy hochhaltend. „So viel, Zeit muss sein."

„Aha, du schießt aus der Hüfte", stellte Marlies kopfschüttelnd fest.

„Das trifft es recht gut", bekannte Mina, ihnen die Bilder zeigend, bis Urs wiederkam. Dann posierten alle mit Max und Mina huschte mit vor die Linse, weil sie den Selbstauslöser eingestellt hatte.

„Ich habe einen Eimer Quellwasser mit und Becher", sagte Urs, denn die anderen hatten das noch gar nicht bemerkt.

„Super! Her damit!" Fabian teilte an alle aus.

Sogar Marlies, die meist etwas zu mäkeln fand, trank in großen Schlucken.

„Was macht ihr beide, wenn ihr nicht gerade zwei Verrückten beim Schuttschaufeln helft?", fragte Urs, denn über die Jobs von Marlies und Martin war noch gar nicht gesprochen worden. Während sich Fabian und Ramona ganz nebenbei als Elektriker und Softwarespezialistin geoutet hatten.

„Ich bin Zahnärztin und er ist Orthopäde", verriet Marlies.

„Oh, da wäre ich nicht drauf gekommen", gab Urs zu. „Ich hätte auf Modedesignerin und Manager im Autohandel getippt."

Marlies lachte herzlich. „Das ist wie bei Mina, ihr sieht auch keiner den Diplomagraringenieur an, wenn sie im kurzen Schwarzen mit Highheels auftaucht."

„Das ist wahr. Ich hätte mein dummes Gesicht sehen wollen, als ich ihr zum ersten Mal begegnete. Andreas hatte nur erzählt, dass sie am liebsten auf einer einsamen Insel leben würde. Da habe ich mir ein Pummelchen mit dicker Hornbrille vorgestellt", gab Urs lächelnd bekannt.

Mina lachte herzlich. „Sein Gesichtsausdruck war etwa so, wie Kinder einen Baum voller süßer Kirschen anschauen, wenn sie wissen, dass sie nicht an die Früchte kommen."

„Oh, dann hat mein Gesicht perfekt meinen seelischen Zustand widergespiegelt. Alles in mir schrie: Dieses Prachtexemplar will dich ganz sicher nicht kennenlernen", verriet Urs.

„Das war aber nichts zu dem, als ich ihn bat, mich mitzunehmen", fügte Mina hinzu. „Das kann ich mit Worten wirklich nicht beschreiben."

„Andreas ist vor Lachen fast unter den Tisch gefallen", grinste Urs.

„Wie kam es denn überhaupt, dass du mit Andreas hier warst?", wollte Marlies von Mina wissen.

„Andreas hat eine Begleiterin für den jährlichen Unternehmerball gebraucht, nachdem ihn seine Flamme wegen des Flugzeugcrashs in den

Wind geschossen hatte. Ich habe mich sonst immer ferngehalten, eben weil solche Konsorten wie Boliden-Karsten & Co. das Feld beherrschen. Mir dreht sich bei dem hochtrabenden Gelaber immer der Magen um. Ich habe es aber nicht übers Herz gebracht, meinem Brüderchen einen Korb zu geben, und das ist der ganze Grund, warum ich hier war. Und Urs hätten wir in seiner Ecke nicht mal bemerkt, wenn da nicht die merkwürdige Sache mit dem Hirsch passiert wäre."

„Mit einem Hirsch? Erzähle!", forderte Martin und Mina berichtete, was sich ereignet hatte.

Ramona schaute Urs verblüfft an. „Also langsam glaube ich auch an den leibhaftigen Rübezahl!"

„Warum haben Karsten und die anderen nie darüber gesprochen?", staunte Marlies.

Mina lachte. „Ganz einfach, weil ihnen das keiner geglaubt hätte. Deswegen hat auch Andreas geschwiegen, obwohl es mindestens zehn weitere Augenzeugen gab."

Marlies überlief ein Schauer. „Das ist ja fast schon unheimlich."

„Das denken die im Dorf wahrscheinlich sowieso über mich", zuckte Urs mit den Schultern. „Es kann einfach nicht sein, dass jemand mutterseelenallein fünf Jahre hier oben überlebt hat, indem er sich nur von der Natur ernährt. Der Freund meines Vaters nannte mich beim letzten Besuch im vorigen Jahr sogar ‚das Orakel vom Berg', weil ich vor dem Wetterbericht den taggenauen Beginn der Schneefälle vorhersagen konnte. Dabei beobachte ich, eben um überleben zu können, ganz einfach die Natur besser als andere. Wenn die Samen einen vollen Monat eher reif sind, als üblich, dann wird es eher kalt. Auch wenn plötzlich viel mehr Samen angesetzt werden, dann kommt ein sehr strenger Winter. Da ist keinerlei Hexenwerk dran, das prophezeien zu können. Denn so sichern die Pflanzen ihr Überleben. Es gibt mehr Samen, um die Chance zu erhöhen, dass die Art überdauern kann, denn ein paar werden aufgehen, auch wenn der größte Teil erfriert."

„Genau dieses Wissen ist es, das Stadtmenschen so erschreckt", gab Martin zu. „Jetzt, wo es im Supermarkt zu jeder Jahreszeit jedes Obst und Gemüse gibt, macht sich doch keiner mehr einen Kopf, dass das völlig unnatürlich ist. Das Radio bringt den Wetterbericht und man merkt bestenfalls, wenn die dunklen Wolken schon da sind, dass es gleich regnet, wenn man ihn nicht gehört hat. Eigentlich traurig."

„Es ist schon Mittag durch", meldete sich Ramona. „Ich gehe runter und setze einen Kessel Linseneintopf auf."

„Wir kommen in einer halben Stunde nach", versprach Urs.

Struppi empfing Ramona mit freudigem Schwanzwedeln, bekam ein paar Streicheleinheiten und beobachtete neugierig, wie sie einen

Gaskocher bereitstellte und mehrere Büchsen Linseneintopf in einen großen Kessel füllte, den sie bei kleiner Flamme erhitzte und ständig rührte. Hmm, wie das duftete!

„Nichts für Hunde", sagte sie, worauf Struppi enttäuscht abzog. Er kam erst wieder herbei, als der Traktor auf den Hof fuhr und zwei Stammstücke angehängt hatte. Die fünf hatten es tatsächlich geschafft, einen weiteren Abschnitt komplett zu beräumen. Nun lagen nur noch ein paar Sträucher, die mit den Wurzeln halb im Boden steckten und Urs beschloss, sie einfach dort zu lassen.

Alle wuschen sich die Hände, versammelten sich am Tisch, wo Ramona ihnen die Teller füllte. Struppi äugte von Ferne immer wieder, ob sich nicht doch etwas ergattern ließ. Er hatte Glück. Marlies fiel versehentlich eine halbe Brotscheibe herunter, die er sich auf Urs' Befehl hin holen durfte.

„Euer Struppi ist angenehmer Zeitgenosse", lobte Martin. „Er bellt nur, wenn es tatsächlich was zu bellen gibt, bettelt nicht und nervt nicht, durch Anspringen. Dass er auch nur Leckerli nimmt, wenn ihr es ihm erlaubt, macht ihn bei der Größe sehr sympathisch. Er würde locker den halben Tisch abräumen können. Dass er von Weitem große Augen macht, kann man ihm ja nun wirklich nicht übel nehmen."

„Wie sehen die Pläne für heute Nachmittag aus?", fragte Ramona.

„Dass ihr Urlaub macht. Ihr habt uns schon wahnsinnig viel geholfen", freute sich Mina.

Fabian breitete die Karte aus. „Ich würde mir den See hier, gern anschauen."

„Wie weit weg?" Ramona schob seinen Finger aus dem Zielgebiet und googelte in den Maps. „Eine dreiviertel Stunde Fahrzeit."

„Bin dabei!", rief Marlies.

Martin nickte. Die ultimative Gelegenheit, seine neue Spiegelreflexkamera auszuprobieren. „Es könnte spät werden."

„Macht los! Ich wasche ab!", erklärte Mina, das Geschirr in eine Schüssel stellen.

Zehn Minuten später rollte der Geländewagen langsam vom Hof.

„Das hast du gut gemacht, sie auf den Urlaub zu verweisen. Ich hatte schon ein ganz schlechtes Gewissen", verriet Urs.

Mina lehnte sich an seine Schulter. „Ich kaufe für uns auch so einen Propangaskocher. Dann können wir das Holz zum Heizen aufsparen. Bis wir eines Tages Strom haben werden, ist der hilfreich. Damit sind die paar Schlucke Kaffeewasser ganz schnell heiß."

„Ja, auch da hast du recht", gab Urs zu, sie zärtlich küssend. „Vor allem muss ich es schaffen, meinen ganzen Papierkram auf die Reihe zu bringen und endlich meine Post abzuholen. Die liegt seit einem halben Jahr und dürfte langsam das Fach sprengen."

„Wir finden sicher für alles eine Lösung", versprach Mina. „Wenn ich abgewaschen habe, kümmere ich mich, dass die Käsemasse in die Formen kommt und abtropfen kann."

„Gut, ich miste den Stall aus und schaue nach den Ziegen. Die drei Unzertrennlichen werden sicher auch nicht böse sein, wenn sie ein paar Streicheleinheiten extra bekommen. Danach überprüfe ich Max und dann dürfte es langsam dunkel werden. Wie möchtest du den Abend verbringen, um dich ein bisschen zu entspannen?"

Mina überlegte, was, außer Kuscheln, entspannend sein konnte, da die Möglichkeiten begrenzt waren, als Struppi wie ein Pfeil über die Wiese schoss und hinter der Scheune zu bellen begann.

„Fahrgeräusche?", murmelte Urs irritiert.

„Ich höre sie auch. Aber das sind nicht unsere Gäste", stellte Mina schnell fest.

Sie liefen zur Straße, um zu schauen, wer oder was sich da näherte. Struppi hörte auf zu kläffen, knurrte aber verhalten. Auf der freien Strecke vor der letzten Kurve konnten sie deutlich einen ziemlich großen geländegängigen Wagen sehen, der sich rasch näherte.

„Das Auto kenne ich nicht", sagten beide völlig synchron, was das merkwürdig beklemmende Gefühl nicht milderte. Und auch den nächsten Satz sprachen sie deckungsgleich, aber diesmal hocherfreut und überrascht: „Das ist Andreas!"

Da hielt er auch schon direkt vor ihnen. „Ich habe doch versprochen, dass ich sofort komme, wenn die Straße frei ist! Hallo, meine Lieben!"

„Fantastisch! Stell das Auto gleich hier ab." Mina streichelte Struppi. „Alles gut, Großer. Bist ein toller Wachhund."

Andreas parkte, stieg aus und drückte Mina und Urs fest an sich. „Ist das schön, euch zu sehen! Ich habe mein Zelt mit. Ich würde gern ein paar Tage bleiben."

„Na gerne doch!", freute sich Urs. „Auf der Wiese ist noch ein Haufen Platz. Ich helfe beim Aufbau."

„O, die anderen haben ja auch gleich ihr Zelt hier aufgeschlagen. Wo stecken sie?", fragte Andreas überrascht.

„Auf Fotosafari", erklärte Mina. „Sie haben genug geschuftet, um unsere Straße zu sichern."

„Sieht aus, als störe ich euch mitten in der Arbeit. Macht weiter, ich kann allein aufbauen." Andreas packte gemächlich aus, von Struppi argwöhnisch beobachtet. „Kann man ihn bestechen?", blinzelte er.

„Das klappt nur, wenn wir es ihm erlauben", verriet Mina, worauf Andreas eine Packung Kaustangen aus der Türablage des Autos zauberte. Er öffnete sie und hielt Struppi eine hin. „Na hol's!"

Der schaute fast schon verzweifelt Mina an, weil doch wieder so gut roch. Die sagte auch: „Na hol's!", worauf Struppi sehr vorsichtig Andreas das Leckerli aus der Hand zupfte und spornstreichs in der Scheune verschwand.

„Ein cooler Typ", schmunzelte Andreas.

„Sogar Martin mag ihn", verriet Mina.

„Martin?! Na, das will wirklich was heißen!", staunte Andreas, sein Zelt aufrichtend.

Mina werkelte derweil in der Küche weiter. Andreas ging zuschauen, als das Zelt stand, denn es interessierte ihn sehr, wie die beiden das Leben hier draußen meisterten. Mina schnitt mit der Käseharfe die eingedickte Milch in gleichmäßige Brocken, die sie abschöpfte und in die Formen presste. „Wir haben auch schon reifen Käse. Da können wir heute Abend ein paar Scheibchen zu einem guten Wein verkosten", schlug sie vor, emsig weiterarbeitend. Andreas schüttelte staunend den Kopf.

„Die Tiere sind okay, jetzt checke ich Max", rief Urs zum Fenster herein.

„Geh mit über Fahrzeuge fachsimpeln", forderte Mina Andreas auf, der sich sofort Urs anschloss, genau wie Struppi.

Andreas erspähte den kleinen Anhänger, der Max viel größer erscheinen ließ und Karsten ziemlichen Respekt eingeflößt hatte. Zu zweit schauten sie alle sichtbaren Teile an. Urs erklärte, wie sie den Steinwall zum Abgleiten gebracht und die Baumstämme geborgen hatten. „Mina hat mich gut auf Max eingearbeitet", strahlte er. „Die riskanten Rückwärtsfahrten auf der schmalen Straße, überlässt sie freiwillig mir."

„Habt ihr schon über einen Mähwerkadapter nachgedacht?", wollte Andreas wissen.

„Haben wir. Der wäre auch sehr hilfreich, selbst wenn er nur auf eine feste Höhe eingestellt werden kann. Viele Tiere brauchen viel Futter und der nächste Winter kommt gewiss." Urs streichelte Max' Karosserie. „Und natürlich möchten wir auch einen Heuwender haben. Ach, wir haben tausend kleine und große Wünsche."

„Das kann ich mir lebhaft vorstellen", erwiderte Andreas mit einem Rundumblick. „Wenn ich mir jeden Tag die Bilder anschaue, was ihr schon alles geschaffen habt, packt mich regelrecht die Ehrfurcht. Wenn ihr irgendwas Größeres vorhabt, sagt es mir ..."

„Weil er Leute kennt, die kennen sich nicht mal selber", hakte Mina blinzelnd ein.

Andreas nickte lachend.

„Wie ist es dir in den letzten Monaten ergangen?", fragte Urs.

Auf diese Frage schien Andreas gut vorbereitet zu sein, denn er antworte mit der Gegenfrage: „Soll ich hinten oder vorn anfangen?"

„Beim Neusten", bat Mina, den Abendbrottisch deckend.

„Okay. Das Letzte, vor zwei Tagen, war eine unschöne Auseinandersetzung mit Bert und Arne, denen es am liebsten gewesen wäre, wenn ich im Schnee verreckt wäre. Jetzt glaubten sie, dass sie an deinen Anteil kommen, weil du für sie von der Bildfläche verschwunden bist."

Urs riss die Augen auf. „Wer sind die?"

„Zwei Onkel mütterlicherseits", gab Mina Auskunft. „Unsere Mutter war noch nicht einmal tot, sie lag aber seit Monaten im Koma, als sie bereits über ein Erbe stritten, das ihnen gar nicht zustand und von dem sie auch nie etwas bekommen werden. Wie hast du reagiert?"

„Indem ich die Bilder von euch und dem Hof auf dem riesigen Bildschirm an meiner Bürowand angezeigt habe, Traktor, Hund, Esel und Ziegenherde." Andreas grinste. „Wirklich schade, dass ich die entgleisenden Gesichtszüge nicht filmen konnte. Ich hab nur etwas zynisch gesagt, dass du für jemanden, den sie für verschollen erklären wollen, ziemlich gut zu orten bist und zudem auffallend lebendig aussiehst. In den Daten der Bilder konnten sie sehen, dass diese topaktuell sind und sie sich weitere dümmliche Versuche sparen können."

„Darauf trinken wir!" Mina schenkte den gut gekühlten Wein aus, den sie extra für Andreas' Besuch reserviert hatten.

Urs schüttelte immer wieder stumm den Kopf. „ Unglaublich", flüsterte er schließlich.

„Bei den Summen, um die es geht, werde andere sogar zu Mördern", gab Andreas zu bedenken.

„Ja, ich weiß", seufzte Urs.

Mina streichelte Urs' Hand, als sie Andreas aufforderte, weiter von sich zu erzählen.

„Ich schaue täglich mehrmals, ob es neue Bilder und Berichte von euch gibt, freue mich über jeden noch so kleinen Fortschritt. Ansonsten habe ich mir durch meine Dummheit eine Hochzeit zerschlagen, was einen ganzen Rattenschwanz an geschäftlichen Einbußen hinter sich her zog. Jedenfalls überlege jetzt immer drei Mal, ob ich ein Risiko wirklich eingehen muss."

„Dann war es wohl auch nicht die richtige Frau, sonst hätte sie dir verziehen", murmelte Urs. „Zudem wärst du gar nicht auf die Schnapsidee mit dem Flug gekommen, wenn du sicher gewesen wärst, dass sie dich und nicht dein Geld oder deinen ökonomischen Erfolg liebt."

„Ich bin froh, dass du das gesagt hast", seufzte Mina. „Auf mich hört er ja nicht."

Andreas verzog das Gesicht, als habe er in eine Zitrone gebissen. „Ich gelobe Besserung!"

„Ich habe es genau gehört!", erklärte Urs. „Du kannst dich glücklich schätzen, dass du ein Schwesterchen hast, das sich um dich sorgt."

„Das weiß ich wirklich erst zu schätzen, seit ich dich kennengelernt habe", gab Andreas zu. „Ihr zwei seid meine ganze Familie und daran hänge ich. Der Besuch der beiden Aasgeier fiel genau mit der Meldung zusammen, dass man mit einem Geländewagen eure Straße schon passieren kann. Ich habe sofort gepackt, kaum dass sie die Tür hinter sich geschlossen hatten." Andreas nahm sich noch eine Scheibe Käse.

Struppi hob lauschend den Kopf.

„Ich glaube die Ausflügler kehren heim", schmunzelte Mina.

# V.

„Da steht ein Auto hinter der Scheune“, staunte Ramona, auf der geraden Strecke zum Hof.

„Quatsch, wer weiß, was du gesehen hast“, grinste Fabian.

„Ist viel zu dunkel, um was zu erkennen“, meldete sich Marlies.

„Und ich bin mit Fahren beschäftigt“, fügte Martin hinzu.

„Wetten, dass da ein Auto steht?“, rief Ramona angriffslustig.

Marlies verdreht die Augen. „Ja, ja, wenn es dasteht, miste ich morgen mit Urs den Stall aus.“

Wenige Augenblick später bereute sie den Satz zutiefst. Ramona lachte Tränen und auch die Männer brachen in schallendes Gelächter aus. Die Scheinwerfer schälten einen tiefschwarzen Geländewagen aus der Dunkelheit.

„Die Preisklasse sieht nach Andreas aus“, überlegte Fabian laut.

Er hatte sich nicht geirrt. Andreas wurde überschwänglich begrüßt. Von den Damen bekam er sogar Küsschen auf beide Wangen.

„Ich hätte auch wetten sollen“, grinste Fabian, als sie später alle zusammen um ein kleines Lagerfeuer auf der Wiese saßen und noch einmal über Marlies‘ Missgeschick lachten.

„Um einen Kasten Sekt oder eine Kiste Bier?",
grinste Andreas.

„Am besten um beides, sonst lynchen mich
die Frauen", blinzelte Fabian.

„Na gut, ich spendiere eine Runde", schmunzelte Andreas, sich unter dem Applaus der
Freunde erhebend. Martin half beim Tragen. Er
überlegte, warum die Kiste so schwer war. Ganz
einfach: Andreas hatte richtige Sektgläser und
Bierhumpen eingepackt. „Gönnt mir doch die
kleine Macke. Bei sowas bin und bleibe ich ein
Snob", grinste er vergnügt und fügte hinzu:
„Wein aus Steingutbechern ist hingegen völlig
okay."

Urs ließ Sepp und Karli von der Weide, weil es
höchste Zeit war. Während der Esel wie an der
Schnur gezogen im Stall verschwand, stattete
Karli der fröhlichen Runde einen Kurzbesuch
ab. Vor allem musste er Andreas in Augenschein
nehmen, den er noch gar nicht kannte. Der war
sich auch nicht zu schade, den stattlichen Bock
zu streicheln, der anschließend mit einem erfreuten „Mähähäääääää!" Karli folgte. Struppi gähnte
herzhaft.

„Geh schlafen, Wauzi", schlug Andreas vor.

„Hast du noch einen Betthupfer für ihn?",
fragte Mina.

Andreas tastete seine Taschen ab. „Hab ich."

Struppi trug die Kaustange in den Stall.

„Hätte nicht gedacht, dass das wirklich
funktioniert", staunte Andreas. „Aber so ein

Hund ist ja auch nur ein Mensch. Und manchmal bestimmt ein besserer."

„Hast Federn gelassen", vermutete Martin.

Andreas nickte. „Aber daraus lernt man. Zumindest sollte man es."

„Reden wir lieber über was Schönes", schlug Ramona vor. „Zum Beispiel, das Wetter."

„Drei Tage wird es sich noch halten, dann wird's feucht werden", sagte Urs.

Marlies schüttelte den Kopf. „Meine App sagt vier Tage."

„Ich vertraue auf das Orakel vom Berg", erklärte Andreas rigoros, womit er sogar Mina überraschte, die Urs' Treffsicherheit täglich erlebte.

„Du solltest dir morgen mit ihnen einen schönen Tag machen", regte Urs an.

„Und du?"

„Ich freue mich auf den Abend, wenn du wieder da sein wirst." Er streichelte zärtlich Minas Wange.

„Weiß nicht ..."

Andreas wechselte einen langen Blick mit Urs, in dem eindeutig eine stumme Zwiesprache steckte, dann nahm er Minas Hand. „Sogar du solltest manchmal auf die Stimme der Vernunft hören."

„Okay."

„Na, es geht doch", blinzelte Urs. „Man muss auch mal Pause machen."

„Sagst du ...", staunte Mina.

„Das heißt nicht, dass ich mir nicht ebenfalls eine kleine Auszeit gönne und mit dem Traktor runter in den Ort tucker, um ein paar lange fällige Wege zu erledigen. Ich werde gleich unten tanken, um hier Diesel zu sparen."

Das Ziel für den Ausflug der anderen stand schnell fest. Sie wollten zu einer Burg wandern und hinterher, irgendwann am Nachmittag, ein Einkaufszentrum stürmen.

„Ich habe einen Sechssitzer, da können wir mit einem Auto fahren und die Einkäufe passen auch noch rein", meinte Andreas.

„Super! Da kann ich unterwegs schon fotografieren", jubelte Martin.

„Dann setzt du dich am besten gleich vorn hin, wo du freie Sicht hast", erklärte Mina. „Ich kann Andreas auch von hinten die Ohren vollsäuseln."

„Ich muss morgen früh nur rasch alle Kisten und Tüten ausladen, die ich mitgebracht habe", schmunzelte Andreas.

„Da helfe ich, weil Urs ja Marlies im Kampf gegen den Mist beisteht."

„Ich dachte, ihr hättet das schon vergessen", stotterte Marlies.

„Nichts da! Wettschulden sind Ehrenschulden!", rief Martin. „Ich werde die Aktion sogar filmen."

„Wehe!"

„Und wie ich das machen werde!", rief er grinsend.

Andreas zauberte noch eine Runde aus dem Auto.

Urs lehnte dankend ab. „Ich bin es nicht gewöhnt."

„Eine Limo?", fragte Andreas kurz und lief auf das zustimmende Nicken sofort los, sie zu holen.

„Er hat sich sehr verändert", staunte Martin. „Und keinesfalls zum Nachteil."

Andreas hatte die Worte in der nächtlichen Stille bis zum Auto vernommen. „Es gab da eine Begebenheit, an jenem Tag, als ich Urs wiedertraf, die hat sich mir so eingebrannt, dass vieles andere Nebensache geworden ist", berichtete er. „Ich glaube seitdem ganz fest an Zeichen."

„Du meinst die Sache mit dem Hirsch?", fragte Marlies.

Andreas stutzte, dann nickte er. „Genau den meine ich. Für mich war das, was geschah, es ein Zeichen. Ein großes, unübersehbares Zeichen und ihr wisst, ich habe nie viel auf sowas gegeben."

„Für mich war es auch eins", verriet Urs, „denn am selben Tag trat ein Engel ohne Flügel in mein Leben." Er streichelte Mina sanft, die die noch immer an seine Schulter gelehnt saß.

„Möge es ein ganzes langes, langes Leben lang so bleiben!", rief Andreas mit Blick zu den Sternen, hob seinen Humpen und trank einen langen Schluck auf diese Hoffnung.

„Prost!" Die anderen taten es ihm gleich.

Der nächste Morgen begann für alle sehr zeitig, denn jeder wollte sehen, dass Marlies ihre Wettschulden wirklich einlöste. Kaum öffnete sich die Haustür, kamen alle aus ihren Zelten. Mina ließ Sepp und Karli auf die Weide, wobei der Bock ein erstauntes „Mähähäääääää" von sich gab, als Marlies mit Forke und Schaufel erschien. Andreas brachte die Eimer am Tragjoch herbei. Mina fütterte Struppi, wechselte das Trinkwasser der Tiere, wobei sie das alte Wasser gleich zum Gießen der Beete nahm, auf denen erste Pflänzchen zu sehen waren. Auch an den abgefressenen Zier- und Beerenstauden zeigte sich endlich Neuwuchs. Karli hatte zumindest keinen Totalschaden verursacht.

„Das nächste Mal wette ich um harmlose Sachen", gelobte Marlies, die auch zugab, wie schwer die Arbeit war, obwohl den Hauptanteil Urs erledigt hatte.

Dann gab es gemeinsames Frühstück. Hinterher packte Andreas randvolle Lebensmittelkartons und Getränkekästen aus dem Auto, die Urs dankbar in der Speisekammer stapelte. Mina bekam ein Abschiedsküsschen und Andreas versprach, gut auf sein Schwesterchen aufzupassen. Jeder fand seinen Platz im Auto und schon bald verschwand es hinter der Biegung der oberen Serpentinenkurve.

Urs verriegelte die Tür und sagte zu Struppi: „Schön aufpassen! Ich bin bald wieder da." Er kuppelte den Hänger an, tastete seine Taschen ab, ob er alles dabei habe, dann schwang er sich in die Kabine, startete den Motor und zuckelte los. Dass ihm Struppi noch fast zweihundert Meter folgte, hatte er vorausgesehen und fuhr extra vorsichtig. Schließlich sah er, wie der Hund mitten auf der Straße sitzen blieb, um ihm hinterherzuschauen. Was dabei in seinem Kopf vorging, hätte Urs zu gern gewusst.

Als Urs seinen Traktor bei Anton in der Einfahrt parkte, hingen die Nachbarn sofort wieder aus den Fenstern, was er mit einem breiten Grinsen quittierte. Er konnte sich allerbestens das aufgeregte Getuschel vorstellen, als Mina hier gewesen war.

„Heh, heh, das Orakel ist vom Berg herabgestiegen!", rief Anton erfreut. „Was gibt es Neues?"

„Du solltest übermorgen Nacht deine Ohren festbinden, es könnte ziemlich windig werden", schmunzelte Urs.

„Wirklich?" Anton schaute in den strahlenbauen Himmel, an dem eine maximal goldene Sonne strahlte.

„Wetten? Ich liebe Wetten. Wir hatten heute früh sogar eine Helferin beim Ausmisten, weil eine unserer Gästedamen eine verloren hatte."

„Ihr habt Gäste?", stotterte Anton überrascht.

„Minas Bruder und Freunde. Sie haben uns geholfen, das Holz von den Hängen zu bergen. Sie zelten auf der Wiese neben der Ziegenweide." Anton schaute auf die Uhr, die er, erst seit es Mina für ihn gab, wieder trug. „Ich muss los! Hab einen Haufen zu erledigen. Grüße deine Frau! Bis demnächst." Er lenkte den Trecker vorsichtig auf die Straße zurück.

Post und Bank waren im selben Gebäude, sodass Urs Max nicht noch einmal umsetzen musste. So früh am Morgen war es kein Problem, einen Parkplatz zu finden. Er zog sich Auszüge am Automaten, steckte sie sorgfältig ein und betrat den Schalterraum der Post.

„Ach schau an, der Einsiedler ist da! Sie haben doch hoffentlich einen Tieflader für die vielen Briefe mit?"

„Etwas Ähnliches", grinste Urs, auf den Traktor deutend, worauf ein herzliches Gelächter ausbrach. Er nahm einen großen gelben Kunststoffcontainer in Empfang, den er gerade noch in der Kabine unterbringen konnte. „Die Straße ist wieder frei und ich werde nun regelmäßig unsere Post abholen", erklärte er. „Zumindest in der schneefreien Zeit. Denn meine Geschäftspartnerin wird auch einiges hier abgeben lassen." Er ließ Mina mit in sein Postfach eintragen und erteilte ihr die Vollmacht, es leeren zu dürfen. „Kann ich meinen Roten ein paar Minuten hier stehen lassen? Ich muss mal rüber in den Krimskramsladen."

Das war kein Problem und Urs begann seine Suche zwischen den Regalen mit Bürozubehör. Der Korb füllte sich zusehends mit Ordnern, Blöcken, Kugelschreibern, Stiften einem Locher, einem Kalender, Klebezetteln und diversem Kram aus der Haushaltsabteilung. Zwei Akkulaternen mussten mit, weil sie praktisch waren und überdies richtig gut aussahen. Der komplette Einkauf fand im Kasten hinter der Kabine Platz. Von da fuhr Urs zum Landhandel, um etwas länger durch die Regale und Ausstellungen zu flanieren.

„Kann ich helfen?", fragte schließlich ein Verkäufer.

„Ich hoffe es", erwiderte Urs. „Ich suche eine wetterfeste Plane für den Hänger, einen Propangasherd mit großer Flasche, möglichst zum sofort Mitnehmen, und Hühner."

„Alles kein Problem!"

„Aha", staunte Urs, der zumindest bei den Hühnern eine Hürde vermutet hatte.

Er erstand einen fünfflammigen Herd mit Backröhre und Flaschenfach, zusammen mit zwei Gasflaschen. Die Plane wählte er in Grau. Vier klappbare Campingstühle mit standfestem Tisch, um nicht ständig die Küchenstühle heraustragen zu müssen. Damit war der Hänger fast voll.

„Für den Hühnerkäfig und einen Sack Futter, ist sicher noch Platz, wenn Sie etwas umschichten. Zumindest ist der Hänger dann noch nicht vom Gewicht her überladen", erklärte der Verkäufer und Urs folgte ihm zu den Hühnern.

„Araucana?", fragte Urs gleich am ersten Stall. „Sind das nicht die mit den grünen Eiern?"

„Stimmt."

„Dann brauche ich nicht weiter suchen", gab Urs bekannt. „Drei Hennen und einen Hahn hätte ich gern. Sind die reinrassig?"

„Ich schwöre es", lachte der Verkäufer. „Sie würden es sofort merken, falls denen ein Kamm und Schwanzfedern wüchsen."

„Oder beim Braten, wenn zu viele Schwanzwirbel auftauchen, die gar nicht da sein dürften", grinste Urs, der sich schon als Kind mit genau dieser Rasse beschäftigt hatte, weil ihm die Farbe der Eier so gefiel. Das ungewöhnliche Aussehen der Eier und der genau so exotische Habitus der Hühner – schwanzlos, fast kammlos und mit Backenbart – hatten dafür gesorgt, dass die ganze Verwandtschaft geschlossen gegen die Araucana gewesen war. Nun konnte er seinen Traum leben, denn Mina würde ganz bestimmt kein Drama inszenieren.

Urs zahlte und deckte den Hänger gleich mit der neuen Plane so ab, dass der Käfig frei blieb. Dann fiel ihm noch etwas ein. Er glaubte, eine Pinnwand gesehen zu haben, mit Angeboten und Suchen. Die gab es tatsächlich und so setzte er seine drei jungen Ziegenböcke und eine Geiß mit Mindestpreis in die Verkäufe, wobei er Minas E-Mail-Adresse angab, weil er selber noch keine hatte. Er war ja nicht mal im Besitz eines Handys. Das musste sich alles schleunigst ändern! Aber nur in Absprache mit Mina, ehe er einen Vertrag an der Backe hatte, an dem vielleicht ein Pferdefuß hing. Sein Blick streifte die Angebote. Urs hielt inne. Da verschenkte jemand junge Katzen und ein anderer ein Auslaufgehege mit Netzabdeckung für Junggeflügel.

Warum selber bauen, wenn man bekommen kann? Urs fragte nach dem Weg und war innerhalb einer Viertelstunde stolzer Besitzer des Geheges. Er gab fünf Euro für die Sparbüchse der kleinen Tochter und wollte gerade weiterfahren, als sein Blick auf eine Katze mit sechs Jungen fiel, die bereits der Milch entwöhnt waren. „Behalten Sie die alle selber?", fragte er.

„Eigentlich hatten wir das nicht vor. Wollen Sie eine haben?"

Urs hob zwei Finger. „Möglichst Katerchen, falls welche dabei sind."

„Der Schwarze, die beiden Getigerten und der schwarz-weiß Geflechte sind Kater", bekam er Auskunft und entschied spontan: „Ich nehme den Schwarzen und den Gefleckten."

„Und gleich zwei Sorgen weniger", freute sich die junge Bäuerin.

Urs zückte noch einen Schein für die Sparbüchse, nahm den verschnürten Schuhkarton mit Luftlöchern mit in die Kabine und fasste das letzte Ziel, die Tankstelle ins Visier. Vollbeladen und mit einem zufriedenen Fahrer zuckelte Max am frühen Nachmittag nach Hause.

Struppi kam ihm auf der Straße entgegengerannt, führte einen wilden Freudentanz mit regelrechtem Wolfsgejaule auf und lief dann mit wedelndem Schwanz vor ihm her bis zur Scheune.

„Bin doch wieder da", schmunzelte Urs, den absolut aufgeregten Hund liebevoll kraulend. Wenn er sich so dessen Spuren anschaute, dann musste er wohl ohne Unterlass um das bebaute Grundstück und das Ziegengehege patrouilliert sein. „Du darfst kleine Hühner und junge Kätzchen bewachen", versprach Urs, das Jungtiergehege direkt vorm Haus aufbauend.

Oh, was für große Augen Struppi bekam! Die Hühner waren ja ganz interessant, aber was aus dem Schuhkarton zum Vorschein kam, war grandios. Urs hielt ihm die mauzenden Katerchen direkt vor die Nase und Struppi schleckte sie ab. „Na das läuft ja besser, als ich es mir in meinen kühnsten Träumen ausmalen konnte", staunte Urs und mahnte: „Gut aufpassen!"

„Wuff!" Na klar doch, die sind ja noch so winzig, schien das zu heißen. Dann hockte sich Struppi neben das Gehege und beobachtete die Neuankömmlinge.

Auch Sepp gesellte sich dazu, als er Freigang bekam. Beim Anblick des für sie riesig wirkenden Esels fauchten die Katerchen, beruhigten sich aber schnell wieder, weil Sepp ganz still stehen blieb. Urs packte inzwischen seine Einkäufe aus, wobei er nur den Herd auf der Ladefläche ließ. Bei dem mussten die Männer mit anpacken, genau wie er Hilfe brauchte, um das Regal zu versetzen, damit der Herd Platz hatte.

Als die Ausflügler zurückkamen, hatte Urs schon die Auszüge abgeheftet und auch die Kassenzettel seiner Einkäufe sortiert, in Klarsichthüllen verfrachtet und in einem Ordner untergebracht, der nun beschriftet im Regal stand.

„Oh, wie süß!" Mina stand mit offenem Mund vor den neuen Tieren und konnte so viel Glück kaum fassen. Dass gleich daneben Gartenmöbel standen, merkte sie erst auf den zweiten Blick.

„Ich habe noch etwas", sagte Urs geheimnisvoll und führte sie zu Max.

„Eine Plane! Fantastisch!" Mina freute sich sehr. Als Urs die Plane lupfte, stieß sie einen Jubelschrei aus, der die anderen herbeilockte.

„Männer, anpacken!", befahl Andreas. Sie hoben die schwere Kiste von der Ladefläche und setzten sie erst vor der Haustür wieder ab. Gemeinsam verschoben sie auch das Regal, während die Frauen den Herd bereits auspackten.

„Fünf Flammen und eine kleine Backröhre!", jubelte Mina, als tatsächlich zum Vorschein kam, was das große Bild an der Vorderfront der Kiste zeigte. Sie fiel Urs um den Hals und küsste ihn ab.

Es dauerte nicht lange, da stand das Haushaltsgerät exakt ausgerichtet in der Küche. Handywasserwaagen sei Dank. Urs schloss es an, wobei er mehrmals den Sitz der Dichtungen kontrollierte. Probelauf. Alles funktionierte einwandfrei und er bekam noch einen Kuss.

„Du hast ihr gefehlt", verriet Andreas mit tiefer Zufriedenheit in der Stimme.

„Wir werfen den Grill an!", rief Ramona durch das Fenster.

„Wir werden pünktlich sein!", antwortete Urs.

Mina sah die beschrifteten Ordner im Regal stehen und das Büromaterial liegen. „Hast du denn heute überhaupt was gegessen, außer am Morgen?"

Er schüttelte den Kopf. „Ich habe gar nicht gemerkt, wie schnell die Zeit verging." Weil sich nur noch Andreas im Haus aufhielt, erklärte er sehr detailliert, was er in die Wege geleitet hatte.

Mina lachte. „Jetzt kapiere ich die Mails auf meinem Handy. Ich wollte sie schon als Spam löschen. Es interessieren sich wahrscheinlich drei Leute für die vier Ziegen." Sie zog das Gerät hervor und las laut vor.

„Ich hätte dich wohl lieber anrufen sollen, um es dir zu sagen. Ohne Handy leider etwas schwierig. Ich brauche unbedingt auch so ein Ding mit Internet. Aber darüber wollte ich erst mit dir reden, sonst hätte mir heute gleich noch eins zugelegt."

Andreas begann schallend zu lachen und Mina stimmte ein. Sie fasste in einen der großen Einkaufsbeutel. „Schau mal, was ich dir mitgebracht habe!"

„Ich fasse es nicht! Ein Smartphone!" Urs begann ebenfalls zu lachen.

„Das Orakel hat wieder gespürt, dass es besser war, zu warten", schmunzelte Andreas.

„Das ist die richtige Erklärung. Alle anderen Käufe sind spontan und ohne Federlesen vonstattengegangen, genau wie die Aufnahme der beiden Katzen. Beim Handy hatte ich spürbares Bauchgrummeln und habe die Finger davon gelassen", erzählte Urs.

„Was sind das eigentlich für putzige Küken?", fragte Mina.

Urs strahlte auf. „Es sind Araucana, ein alter Kindertraum von mir."

„Die mit den grünen Eiern?", platzte Andreas heraus.

„Richtig!", staunte Urs.

Mina schaute ihren Bruder völlig verdattert an. Der berichtete, dass er neulich erst eine Reportage über die seltsame Rasse gesehen und gleich an sie beide gedacht habe.

„Dann sind sie hier perfekt", war sich Mina sicher. Sie trug die Bierkrüge hinaus. Urs folgte mit den Sektgläsern. Er wunderte sich kein bisschen, dass sich Mina und Ramona die beiden Kätzchen aus dem Gatter griffen, und auf den Schoß nahmen. Urs brachte die Küken in die Scheune, ließ Karli und Sepp frei, wartete ab, wie beide auf die Hühner reagierten, und fand sich wieder am Tisch ein, wo Mina soeben verkündete: „Ich möchte die Katerchen Tom und

Jerry nennen." Dabei zeigte sie zuerst auf den schwarzen, dann den zweifarbigen.

„Genehmigt", grinste Urs, „solange sie nicht den gleichen Unfug anstellen ..."

„Mit den merkwürdigen Hühnern haben sie sich zumindest schon arrangiert, weil sie im selben Knast einsaßen", witzelte Fabian.

Andreas kicherte. „Ich muss jetzt mal für Erwachsene klugscheißen, sonst sterbe ich an Herzdrücken." Dann berichtete er haarklein, was er in der Reportage über die ,merkwürdigen' Hühner erfahren hatte.

Mina lauschte aufmerksam, denn sie hatte bis vorhin nicht einmal gewusst, dass es auch grüne Hühnereier gab. Die kannte sie nur von Nandus. Und beim Studium war nie darüber die Rede gewesen. Urs nickte immer wieder bestätigend. Andreas schaute beifallheischend in die Runde und bekam auch reichlich, denn es hatten alle ziemlich viel aus seinen Worten gelernt.

„Fantastisch. Nun haben wir zu seltenen Ziegen auch noch ungewöhnliche Hühner", freute sich Mina, worauf sie den anderen erst einmal erklärte, was für Raritäten sie hier in einer erstaunlich großen Herde hielten. „Morgen fahre ich nicht mit", sagte sie auch gleich noch. „Wir müssen die letzten trockenen Stunden nutzen, um einige Arbeiten abzuschließen."

„Meine App sagt immer noch einen Tag mehr", verkündete Marlies, sich sofort selber den Mund zuhaltend. Eine verlorene Wette reichte und ganz tief drinnen begann sie auch, an das zu glauben, was Urs sagte, denn der beobachtete die Natur wirklich unter völlig anderen Aspekten.

„Ich bleibe auch hier, um die wenige Zeit mit den beiden bis zur letzten Sekunde auszunutzen", ließ sich Andreas vernehmen.

Struppi legte ihm die Schnauze auf den Oberschenkel, nachdem er sich durch einen Blick vergewissert hatte, dass er es tun durfte. Wie erhofft, wurde er beidhändig gekrault.

„Ist schon klar, du bekommst einen Wurstzipfel", versprach Andreas. „Du bist auch ein seltenes Exemplar. Was mag nur noch drin stecken, außer einem Schäferhund?"

„Püh, Struppi ist ein reinrassiger Waldundwiesenkreuzer. Das sieht man doch auf den ersten Blick", gab Mina bekannt.

„Wuff", machte Struppi wie zur Bestätigung.

„Spaß beiseite. Es scheint was Großes gewesen zu sein. Vielleicht ein Labrador. Von dem hat er das Schmusige und die Gestalt geerbt. Vom Schäferhund die Ohren, Farbe, Fellstruktur und den Bewacherinstinkt."

„Eine interessante Analyse", meinte Martin. „Ich hatte den Labrador wegen der Ohren verworfen, aber es ist ja nicht unmöglich."

„Wer weiß, was die Elterntiere schon für Mischungen waren", winkte Mina ab. „Wir lieben unseren Großen genau so, wie er ist."

Sie beantwortete noch in der Nacht die Mails der Interessenten, wobei sie ihre Telefonnummer angab, weil man Urs' Handy erst am nächsten Tag ganz in Ruhe einrichten wollte. Einer der Ziegenliebhaber schien es kaum erwarten zu können, er rief gegen acht Uhr an, als alle beim Frühstück saßen. Es war jener, der Bock und Geiß haben wollte, wobei Mina mehrmals erklärte, was auch in ihrer Mail gestanden hatte, dass es Geschwistertiere waren. Er wollte sie trotzdem haben und am besten noch am selben Tag vorbeikommen. Mina sagte zu und beschrieb den Weg zu ihrem Hof.

Nur gut, dass Ramona wirklich Adleraugen hatte, sie erspähte das Fahrzeug mit dem kleinen Pferdeanhänger in der ersten Kurve und nötigte Fabian, anzuhalten und die rund 50 Meter zurückzufahren.

„Das hätte verdammt dumm ausgehen können", stöhnte er, als wirklich nach zehn Minuten ein Auto mit Hänger auftauchte.

„Und ich habe es wieder nicht geglaubt", murmelte Marlies.

Der Ankömmling schaute genau so bedeppert aus der Wäsche, als er merkte, dass man wohl seinetwegen mit laufendem Motor stand und auf eine freie Strecke wartete. Er bedankte sich mit Gesten, Fabian antwortete und rollte langsam los.

Urs war es mit Minas und Andreas' Hilfe gelungen, die vier Abgabekandidaten zu separieren, die stinksauer vor sich hin meckerten, weil man sie in ihrer Freiheit beschnitt. Die drei Unzertrennlichen beäugten die Aktion argwöhnisch. Als das Auto mit dem Pferdeanhänger vor der Scheune hielt, galoppierte Sepp, so schnell ihn seine Beine trugen, in den hintersten Winkel der Weide und versteckte sich zwischen ein paar Sträuchern. Mit so etwas musste er wohl zu seinem letzten Herrn gelangt sein, wo er die Hölle durchlebt hatte.

Der Fremde stellte sich vor und zeigte sogar seinen Mitgliedsausweis von einem Zuchtverein für Pinzgauer, um zu beweisen, dass er die Tiere nicht aus Schabernack haben wollte. Beim Anblick der imposanten Erscheinung Karlis bekam er vor Ehrfurcht feuchte Augen. „Meine Güte, ist das ein Prachtexemplar!"

„Er ist der Vater dieser vier Tiere", erklärte Urs und ordnete jedem das entsprechende Muttertier zu. Trines Zwillinge zeigten jetzt schon, dass ihnen gewaltige Hörner wachsen würden und der Käufer nahm nach kurzer Untersuchung beide. Als er mitbekam, dass auch noch zwei andere junge Geißen die Herde verlassen mussten, trat er wie festgenagelt auf der Stelle. „Drei längs, einer quer", murmelte er und Urs ahnte, dass er die Hängerbelegung überdachte. „Eine Stunde geht das schon", seufzte er schließlich. „Ich kann nicht anders. Ich muss sie haben!"

Er zückte sein Portmonee, um Geld zu zählen, während die drei auf Jagd nach den jungen Geißen gingen. Mina schnappte sich schließlich einen Apfel, auf den die ganze meckernde Bande scharf war, um die Prozedur abzukürzen. Als die Ziegen verladen wurden, stellte sie die Kauf- und Meldepapiere aus. Nur gut, dass Andreas den Drucker mitgeschickt und Urs Papier gekauft hatte.

„Das ging aber fix", staunte Andreas, weil keiner um den Preis feilschte, der recht hoch angesetzt war.

„Ich habe, in der Anzeige, das als Mindestpreis angeben", verriet Urs. „Wenn er es akzeptiert, weil er so scharf auf die Tiere ist, werde ich nicht künstlich bremsen."

„Mal sehen, ob die Böcke weggehen, ehe wir sie dauerhaft von den Geißen trennen müssen", seufzte Mina.

Als Ruhe auf dem Hof einzog, ließ Mina die Kätzchen aus dem Gehege. Sofort war Struppi zur Stelle, um sie zu beaufsichtigen. Auch Sepp kam wieder hervor, um sich dem Fressen zu widmen. Karli schien es nicht zu stören, dass sich die Herde plötzlich verkleinert hatte. Nur die einzeln gesperrten Böcke irritierten ihn gewaltig.

Zwei Käselaibe sollten in den Keller gebracht werden, der dort lagernde Käse musste gewendet werden und die Mittagszeit rückte auch langsam heran.

„Koche doch einfach Spaghetti", schlug Andreas vor. „Ketchup steckt in irgendeiner Kiste und Käse hast du auch."

Urs nickte erfreut. Nudelgerichte gingen immer. „Wir bringen jetzt den Käse rüber, damit du Ruhe vor uns hast."

Und weil sie schon mal drüben waren, durchsuchten sie gemeinsam zwei Ruinen, die den meisten Erfolg beim Wiederaufbau versprachen. Sie hoben Mauerstücke beiseite und fanden endlich das, was Urs schon ewig suchte: einen Zugang zur alten Klärgrube, den sie gleich weiträumig frei schaufelten. Dabei stießen sie auf einen schweren metallenen Quader, den Andreas als Panzerschrank bezeichnete, obwohl keine Tür zu sehen war.

„Da liegt er sicher drauf", sagte er. „Wir sollten versuchen, ihn mit dem Traktor umzudrehen. Dann wissen wir ganz genau, ob es einer ist oder nicht. Wessen Haus war das?"

„Es gehörte meinem zweitältesten Bruder", gab Urs Auskunft. „Was sollte der mit einem Safe? Aber wer sagt, dass der ursprünglich in diesem Haus stand?", fügte er einen Augenblick später selbst hinzu. „Hier ist ja alles wild gemixt worden. Ich denke, dass der aus dem Gebäude mit dem Felsenkeller stammt, also von meinem ältesten Bruder, der hier in der Hautsache das Sagen hatte."

„Wir sollten die ganze Aktion sehr genau filmen", sagte Andreas aus dem Bauchgefühl heraus. Er zückte sein Handy und lichtete die aktuelle Situation ab.

Mina hieß das eindeutig gut. Sie ließ sich die Bilder übertragen und speicherte sie auf dem Laptop. Kaum stand das Essen auf dem Tisch, fand sich Struppi mit seinen beiden Zöglingen ein und dann klingelte Minas Handy, genau wie beim Frühstück. Weil es eine fremde Nummer zeigte, ging sie sofort ran. Es war der nächste Ziegenkäufer.

„Na, wenn das kein gutes Omen ist", lachte Urs. „Ich glaube, ich habe gerade eine Art Déjà-vu gehabt."

Andreas nickte heftig, weil es ihm genauso ging. Der Mann wollte gegen 17 Uhr erscheinen. Da war es noch hell genug, um etwas zu erkennen. Es stand auch kaum zu befürchten, dass ihm jemand auf der Straße entgegenkam.

„Ich glaube fast, wir können das Handy erst einrichten, wenn der Regen losgeht", seufzte Mina.

Urs winkte ab. „Bis jetzt ist es auch irgendwie ohne gegangen, da werde ich wegen ein paar Stunden keinen Aufstand proben."

Weil Mina das Telefon noch in der Hand hielt, machte sie ein paar niedliche Aufnahmen von den Kätzchen, die eng an ihren Hundepapa gekuschelt schliefen. Der Gasherd war mit drauf und die abendliche Berichterstattung würde sich heute besonders lohnen. „Ich liebe den Herd schon jetzt", verriet Mina.

„Ich hoffe sehr, dir noch mehr Arbeit erleichtern zu können", erwiderte Urs.

„Wenn wir Strom haben, mein Schatz", gab sie zurück. „Wir haben es doch schon richtig gemütlich."

Die Spaghetti schmeckten lecker, sogar Mina holte noch einmal nach. Ganz plötzlich gab sie bekannt, Brot backen zu wollen, wenn das schlechte Wetter begann. Sie könne sich ja aus Alufolie und etwas Draht eine Einmalform basteln. „Ihr müsst den Gedankensprung nicht nachvollziehen", kicherte sie. „Es ist eine Spiegelung in der Backröhrenscheibe schuld, die genau wie ein Brotlaib aussah. Fertigmehl habe ich. Es sollte funktionieren."

„Ich wäre schon froh, wenn es funktionieren würde, das Stahldings umzudrehen", seufzte Urs.

Mina ließ sogar den Abwasch stehen, um zu filmen. Urs schlang die Kette um das Metallding und hob sie mit den Zähnen der Schiebemulde an. Der Quader kippte auf die Kante, Mina und Andreas brachten ihn in Position zum Abrollen. Er hatte auf der unten liegenden Seite tatsächlich eine Tür, die nun wie mit sieben Siegeln verschlossen war. Urs hob das Ganze wieder an, um es vor der Scheune abzusetzen, mit Tür nach oben. Mina filmte unverdrossen. Dann kamen die Ausflügler an und standen mit ihnen rätselnd um den Safe.

„Ich habe Werkzeug im Auto", überlegte Fabian laut, sich zu seinem Wagen begebend. Als er wiederkam, hielt er einen kleinen Trennschleifer in der Hand. „Ist doch sicher egal, ab das Ding am Ende ein Loch hat. Hauptsache, ihr kommt an den Inhalt. Bringt mal Wasser und ein Handtuch zum Kühlen. Das da drinnen soll ja schließlich nicht in Flammen aufgehen."

„Bei Franz Jäger wäre es einfacher", kicherte Martin.

Ramona hatte den Safe abgeklopft. „Der ist ziemlich einfach gestrickt. Sein einziges wirkliches Plus ist, dass er bei einem Brand feuersicher wäre. Fabian, versuche mal, das Schloss aufzuschneiden."

„Dein Wunsch ist mir Befehl", lachte Fabian, weil es gar keine sinnvollere Alternative gegeben hätte.

Hin und wieder musste Urs kühlen, weil der Schließmechanismus gehärtet und nicht gewillt war, sich einfach so zerschneiden zu lassen.

„In der Ruhe liegt die Kraft", verkündete Fabian, weil alle kribblig waren. „Verkohlte Papiere nutzen keinem was."

„Du hast recht", bekräftigte Urs, noch einmal für einige Minuten das kalte feuchte Tuch auflegend.

„Ich bin drin", schmunzelte Fabian, als es deutlich hörbar klackte.

„Und wie kriegen wir jetzt die Tür auf?", fragte Marlies.

„Mit dem Traktor", gab Mina bekannt, sich auf den Fahrersitz schwingend, während Urs die Kette oberhalb der Tür anbrachte. Sie setzte den Tresor schräg auf, sodass man bequem die auffallende Tür stoppen und den Inhalt entnehmen konnte. Andreas achtete mit Argusaugen darauf, dass nicht einmal eine Büroklammer verloren ging.

Fahrgeräusche von der Straße schreckten alle aus dem Schatzsuchermodus. Urs trug die geborgenen Dokumente und Behältnisse ins Schlafzimmer, Mina hob den Tresor durch das Scheunentor, wo sie ihn absetzte, und die anderen begaben sich zu ihrem Zelt, um den Abend vorzubereiten.

„Oh, Sie haben Gäste", murmelte der potenzielle Käufer überrascht.

„Kein Problem, sie haben sich daran gewöhnt, dass die Arbeiten auf dem Hof Vorrang haben", erwiderte Mina.

Auch diesmal stach Karli mit seinem imposanten Kopfschmuck hervor und der Züchter wagte sogar, nach dem Preis zu fragen.

„Der ist bei jeglicher Verhandlung außen vor", sagte Urs. „Weil er fast schon ein Familienmitglied ist."

„Mähähäääääää!" Karli stupste Urs mit den Hörnern an.

„Keine Sorge, mein Großer, dich gebe ich um kein Geld der Welt her."

„Mähähäääääää!"

Der Käufer schmunzelte. Der stattliche Bock war putzig, aber die Jungspunde auch nicht zu verachten. Denen sah man an, wen sie zum Vater hatten. „Was passiert, wenn ich beide nehme?"

Urs grinste. „Dann haben die anderen mehr Platz im Stall."

Mina lächelte vergnügt, als sie die Papiere für beide Böcke zusammenstellte. Urs half beim Verladen, das Geld wechselte den Besitzer und schon fuhr das Auto davon. Sepp taucht aus den Sträuchern auf, Karli inspizierte seine Damenherde und die Hühner waren froh, dass endlich Ruhe einzog. Struppi brachte Tom am Schlafittchen angeschleppt und Jerry lief hinterher. Wer weiß, wo sich die Kleinen herumgetrieben hatten. Fabian ging mit Martin Auto ausräumen. Sie hatten am Morgen belegte Brötchen bestellt und am Nachmittag abgeholt. Bier und Wein waren vorhanden, Limonade und Wasser. Dann saßen alle wieder am Lagerfeuer, um zu essen, sich zu unterhalten und von kleinen und großen Plänen zu träumen.

„Mein Favorit ist ein Pick-up mit sechs Sitzen und großer Ladefläche", verriet Urs, als es um geländegängige um Autos ging. „Kaufen könnte ich ihn mir. Aber! Es muss erst mal regelmäßig Geld reinkommen. Da haben wir im Augenblick nur den Käseverkauf. Den könnten wir als Einstieg in den Markt mit dem Landhandel vereinbaren. Das nächste Aber: Wir müssen eine

Käseküche bauen, in der wir ordentlich loslegen können, denn in unserer Privatküche sind Platz und Möglichkeiten eng begrenzt."

Mina nickte versonnen. Urs hatte in allen Punkten den Finger genau in der Wunde. „Dann wäre es gut, sie auf der alten Tenne zu errichten, um direkten Zugang zum Keller zu haben."

„Es wäre überhaupt gut, wenn wir das Wirtschaftsgebäude zumindest außen original wiedererrichten", überlegte Urs laut. „Innen können wir ja durchaus modernisieren. Es wissen nur die alten Freunden meiner Familie, wie es darin ursprünglich ausgesehen hat. Wir können also jede Raumaufteilung unter der äußeren Schale als Urzustand deklarieren."

„Das schafft ihr nicht allein", warf Andreas ein.

Urs nickte. „Das ist mir bewusst. Ich werde eine Firma nehmen müssen, die sich in den alten Techniken auskennt."

Martin rieb Daumen und Zeigefinger aneinander.

„Es geht nicht anders." Mina hob beide Hände.

Der Wind frischte auf und drehte. Marlies zog eine dickere Jacke an.

„Der Vorbote. Morgen Mittag ist es da", sagte Urs scheinbar ohne Zusammenhang.

Martin horchte auf. „Wird es sich festsetzen?"

„Ziemlich sicher. Ich denke, es wird vier Tage am Stück regnen", prophezeite Urs.

Fabian kratzte sich an der Wange. „Wäre es sehr vermessen, wenn wir morgen abbauen und in weiterhin sonnige Gefilde verschwinden?"

„Keineswegs! Ihr habt uns so viel geholfen. Es wäre von uns unfair, euch den Urlaub zu vermiesen", erklärte Mina.

„Ich ziehe auf den Spitzboden um", legte Andreas fest. „Das wollte ich als Kind schon immer mal tun und hatte nie Gelegenheit."

„Weil es gegen die Etikette verstieß", gab Mina erklärend bekannt. „Aus dem gleichen Grund werde ich mich im Winter auch mit dem Spinnrad befassen. Das galt unseren Eltern als Mägdearbeit."

„Was willst du verspinnen?", fragte Ramona.

Mina hob den Zeigefinger und holte einen großen Karton aus dem Haus, der randvoll mit Ziegenhaar war. „Das ist das ausgefallene Winterfell, das ich ganz nebenbei eingesammelt habe. Bei einigen Tieren konnte ich das lose Zeug direkt mit beiden Händen aus dem Fell ziehen. Von anderen hing es an den Sträuchern da hinten, wo sie es sich gezielt abgestreift haben. Im Winter, wenn das ganze Land hier oben erstarrt, ist viel Zeit, um Neues zu lernen. Ich werde euch mit Bildern wieder auf dem Laufenden halten."

„Während des Regens werden wir zusehen, Mähwerk und Heuwender für Max zu bekommen", erzählte Urs.

Beim nächtlichen Aufräumen verriet Andreas: „Ich fahre morgen früh runter in den Ort. Braucht ihr was?"

Mina schüttelte den Kopf, während Urs nickte. Überaus selten, dass sich beide nicht einig waren.

„Versuchst du, eine Matratze, zwei Kopfkissen und Daunendecken zu erwischen, wenn es irgendwie am Weg liegt", bat Urs mit fragendem Tonfall. „Ich mute Mina mit meiner Uraltrettungsnotfallausstattung ziemlich viel zu."

„Ein perfektes Wort für das Galgenraten." Andreas verdreht lustig die Augen. „Ich kümmere mich auf jeden Fall."

Weil Mina gerade hereinkam, wechselten sie sofort das Thema. „Ich habe die Unzertrennlichen in den Stall gelassen. Tom und Jerry kuscheln mit Karli. Die Hühner will ich morgen frei laufen lassen. Wenn schlechtes Wetter ist, bleiben sie sicher freiwillig in der Nähe der Scheune. Struppi wird schon aufpassen. Hoffe ich."

„Ich baue ihnen in den nächsten Tagen in der Scheune ein Hühnerhäuschen mit Sitzstangen und Nestplätzen zum Eierlegen", versprach Urs, der schon die richtigen Bretter beiseitegestellt hatte.

„Verrückt, aber ich bin kein bisschen müde", murmelte Mina und bekam von beiden Männern das Gleiche zu hören. Sie schob den Handykarton auf den Tisch und erntete Nicken. Nach einer Viertelstunde war alles perfekt. Urs stolzer Inhaber einer eigenen E-Mail-Adresse und dank stoßfester Hülle für das Handy vor bösen Überraschungen recht gut geschützt.

„Und nun?", schmunzelte Mina.

„Kurze Sichtung der Tresorschätze", meinte Urs, den Stapel holend.

„Besitzurkunden, Baupläne, Behördenkram. Kein Wunder, dass man dafür sogar einen Safe angeschafft hatte!" Andreas hätte es nicht anders gemacht und auch Mina regte an, wenigstens einen feuersicheren Möbeltresor für die Aufbewahrung zu besorgen.

In den Schachteln befand sich Schmuck. Die Art, ihn im Tresor zu verwahren, deutete auf den Wert hin. Es musste Silber mit Elfenbein und diversen Edelsteinen sein. Urs konnte sich erinnern, dass seine Großmutter an großen Feiertagen damit ihre regionentypische Tracht komplettiert hatte. So weit er wusste, waren die Stücke vom Urgroßvater von irgendwoher mitgebracht worden, also wirklich uralt, was den Wert erheblich steigerte.

Die Besitzurkunden erregten das meiste Interesse und so studierten sie diese sehr genau. Urs begann zu lachen. „Ich bin Herr über fast doppelt so viel Land, als ich bisher glaubte. Ich muss mich schleunigst über das ganze Rechtliche beraten lassen!"

„Hast du eigentlich schon deine Postkiste gesichtet?", fragte Mina.

„Nur zum Teil", gab Urs zu. „Ich habe den Inhalt sortiert und in drei Rubriken eingeteilt: Behörden und Banken, privat von Interesse, Werbemüll und Schnorrerei. Die Umschläge von der Bank habe ich sofort geöffnet und die vielen, vielen Kontoauszüge chronologisch abgeheftet. Alles andere liegt noch ungeöffnet im Behälter, den ich spätestens nächste Woche auch zurückbringen muss."

Für heute packten sie nur den Tresorinhalt in einen großen Beutel, welcher oben auf dem Kleiderschrank verstaut wurde, damit ihm ja nichts zustieß.

# VI.

Der Wind legte bei Sonnenaufgang noch zu, sodass sich beim Frühstück alle in der Küche zusammendrängten. Mina kochte Kaffee und Marlies bat sogar um Kräutertee. Martin checkte die Zeltplätze und Livekameras in deren Umgebung. Überall das gleiche graue Wetter. In der Not telefonierte er mit verschiedenen Hotels, wo Indooraktivitäten möglich waren. Sie bekamen zwei Zimmer und die Laune besserte sich zusehends.

Alle halfen beim Zeltabbau mit sofortigem Verladen. Der Abschied, war überaus herzlich. Ramona und Fabian versprachen ganz fest, im nächsten Jahr wieder für ein paar Tage Zelten zu kommen. Zumal Fabian ja auch die Montage der ganzen Elektrik übernehmen wollte. Da konnte man das Angenehme mit dem Nützlichen verbinden. Als die Freunde weg waren, bargen sie zu dritt Andreas' Zelt, damit es nicht erst nass wurde.

„Oh ha! Da drüben geht es rund!" Andreas zeigte das Tal hinauf, wo sich eine schwarze Wand heranschob, in der bereits Blitze zuckten.

„Machen wir den Weg für die Ziegen zum Stall frei!", rief Urs und begann die Stäbe für den Elektrozaun als Weg bis zum Tor zu stecken. Er rief Sepp und Karli herbei, denen Trudi und Trine freiwillig folgten. Struppi hetzte über die Koppel, um die anderen Tiere zusammenzutreiben. Als der erste heftige Donnerschlag ertönte, ergriff er die Flucht. Er brachte sich im Stall in Sicherheit, wohin endlich auch die restlichen Ziegen rannten. Urs arretierte das offene Tor mit einem Seil, damit die Tiere jederzeit hinaus konnten.

„Wann musst du los?", fragte Mina Andreas.

„In einer halben Stunde", erwiderte er mit Blick auf die Uhr. „Ich werde gegen Mittag wieder hier sein, denke ich. Ich bringe Pizza mit."

Dass er mit den Augen Urs ein Zeichen gab, auch das andere nicht zu vergessen, bemerkte Mina nicht. Sie setzte den größten Teil der am Morgen gemolkenen Milch zum Eindicken für Käse an. Danach knetete sie Brotteig. Sie hoffte, am Nachmittag backen zu können, weil der Teig zwei Mal für Stunden gehen musste. Sie legte ein Tuch über die Schüssel und stellte sie in die Backröhre, wo sie am wenigsten störte. Urs maß in der Scheune das zukünftige Hühnerparadies ab, zeichnete an und schnitt Bretter zu. Er zog drei meterhohe Steinmauern als Sockel hoch, damit der Hühnerstall vor eindringendem Tauwasser und Bodenkälte geschützt war. Pi mal Daumen, sollten mindestens 20 Tiere Platz haben.

„Hast du noch Strom auf dem Laptop-Akku?", fragte er, in die Küche tretend.

„Für etwa vier Stunden", überrechnete Mina rasch. „Wegen des Mähwerks?" Als Urs bejahte, recherchierte sie sofort nach Preisen und Verfügbarkeit. „Ist vorrätig und wir können es uns sogar in den Landhandel schicken lassen. Der ist dem Ring angeschlossen. Das Mähwerk könnte übermorgen da sein, der Wender in acht Tagen."

„Was ist es denn für eins?"

„Ein Balkenmähwerk für Hochgras. Wir wollen ja Heu und keine Mulchdecke haben", schmunzelte Mina. „Was anderes, das sinnvoll wäre, ist für Max auch nicht zu bekommen."

„Ich bin über jede Erleichterung glücklich", lächelte Urs. „Bestelle beides jetzt sofort. Ich denke auch inzwischen wegen Homebanking nach, um nicht alles über drei Ecken abzuwickeln", gab er zu.

„Getan. Wir werden per Mail unterrichtet, wenn es da ist." Mina fuhr den Laptop herunter. Denn ohne Sonnenlicht kein Strom für die Technik. Und die Sonne wollte sich auf Tage rar machen.

„Wir müssen dringendst ein neues Windrad haben", murmelte Urs. „Sobald der Regen eine Pause macht, gehe ich nach den alten Sockeln suchen. Die müssen da sein, aber liegen garantiert unter meterhohem Geröll."

„Bauzeichnung", sagte Mina kurz, worauf Urs die Papiere sichtete.

„Na, das erklärt einiges!", hörte sie ihn rufen und eilte ins Schlafzimmer, wo er einen Plan auf dem Bett ausgebreitet hatte. „Ich dachte, die wären aus Stahl gewesen! Pustekuchen! Beide

Konstruktionen waren aus Holz. Das erklärt auch, warum es sie nicht umgebogen, sondern ganz weggerissen hat. Die Fundamente gehen drei Meter in die Tiefe. Die müssen da sein."

„Hier steht auch, wo!" Mina tippte mit dem Finger auf die Koordinaten. „Wenn die stimmen, kann ich sie mit dem Handy orten, so wir wieder genug Strom haben."

„Gute Idee, das erspart mir blindes Herumgestocher." Urs faltete den Plan sorgfältig zusammen, nachdem er die Koordinaten fotografiert hatte.

Als der Regen nachließ, verteilten sich die Ziegen wieder auf der Weide. Sepp blieb mit hängendem Kopf mitten auf dem Weg stehen, bis Karli zurückkam, um ihn zu begleiten.

„Er wäre bei einer Eselherde besser aufgehoben", seufzte Mina.

„Das dürfte schwer werden. Hast ja jetzt zwei Mal selbst erlebt, wie er auf Pferdetransporter reagiert." Urs schaute dem ungewöhnlichen Duo hinterher. „Er liebt es, mit Karli und Struppi beisammen zu sein. Vielleicht wird er seine Depressionen ja irgendwann los."

„Andreas kommt zurück!", rief Mina, weil sie die Autotür klappen hörte.

Urs machte auf dem Absatz kehrt und eilte zum Parkplatz. Mina folgte ihm erschreckt.

„Einkaufszettel abgearbeitet", meldete Andreas Vollzug.

„Welchen Einkaufszettel?", rätselte Mina.

154

„Meinen", verriet Urs vergnügt und weidete sich an Minas riesengroßen Augen, als er mit Andreas alles zum Haus trug. Er nahm den Kassenzettel entgegen und zahlte gleich bar vom Ziegengeld.

„Und das gibt es von mir als Zugabe!" Andreas drückte Mina einen großen Beutel in die Hand, aus dem sie Spannbettlaken und vier Mal bunte Bezüge für Kissen und Decken hervorzog.

„Ups. Ganz vergessen, dass man sowas auch braucht", murmelte Urs kleinlaut.

Mina kicherte vergnügt.

„Alles liegen lassen, die Pizza ist noch heiß!", forderte Andreas, den großen Karton von einem der Sitze holend.

„Ist die riesig!" Mina musterte das kuchenblechgroße Gebilde.

„Die ist schneller aufgegessen, als du bis drei zählen kannst", witzelte Andreas, die Pizza in gleiche Teile für alle schneidend. Sie wurde tatsächlich komplett verspeist.

Anschließend knetete Mina noch einmal den Teig auf und ließ ihn in ihrer improvisierten Form erneut aufgehen. Als er backbereit war und Mina das Gas in der Backröhre entzündete, saßen alle drei in der Küche und beobachteten, wie sich die Oberfläche nach einer Weile langsam bräunte.

„Und dazu nur Butter und ein Krümelchen Salz", seufzte Andreas.

„Ich habe heute ein kleines Schüsselchen Butter gemacht", erklärte Mina. „Es steht drüben im Keller, damit es nicht verdirbt. Und es war eine Viecherei, weil sich bei Ziegenmilch die Bestandteile so schlecht trennen, wenn man keine Zentrifuge hat. Sie muss auch wirklich innerhalb zwei Tagen gegessen werden, weil sie danach ekelhaft schmeckt."

„Wünschst du dir nicht manchmal einen Kühlschrank?", fragte Andreas. „So einfach Tür auf und rausnehmen, statt in den Keller gehen und möglichst genaue Portionen abwägen ..."

„Du fragst doch sicher nicht ohne ganz speziellen Grund", stellte Urs mit zu Schlitzen verengten Augen fest.

Mina hatte eine ähnliche Miene aufgesetzt. „Ich überlege auch gerade, was er vor hat."

„Ich habe einen Gaskühlschrank mit Zubehör im Kofferraum. Wenn ihr ihn nicht wollt, kann ich ihn morgen zurückbringen", ließ Andreas die Katze aus dem Sack.

„Stopp! Szene einfrieren! Ich muss das Brot aus der Röhre nehmen!", rief Mina und langte nach einem Handtuch, um sich nicht die Hände zu verbrennen. Sie stürzte es aus der Form auf ein Holzbrett, wo es abkühlen sollte.

„Noch mal langsam und zum Mitschreiben. Du hast da draußen in deinem Auto einen Kühlschrank?"

„Richtig!"

„600?"

Andreas nickte: „Fast."

Mina taxierte die Lücke zwischen Sitzbank und Wand.

„Genau für da", merkte Andreas an.

„Sag einfach ja", flüsterte Urs, der kaum glauben konnte, dass Andreas wirklich einen Kühlschrank im Auto stehen hatte. „Dann hat der Ziegenverkauf wenigstens sofort sichtbare Früchte getragen."

„Jaaaaaaaaa! Wir bekommen einen Kühlschrank!", platzte Mina jubelnd heraus.

Andreas fielen mehrere Steine vom Herzen. Im Nu war er mit Urs draußen, um das Gerät zu holen. Sie packte aus, schlossen es an und Mina wischte es mit einem feuchten Tuch aus. Andreas stellte demonstrativ und sehr breit grinsend zwei Flaschen Bier und eine Flasche Wein hinein. Der Abend war gerettet.

Dass nun, bis auf die gesamte geplante Stromerzeugung, Sparen angesagt war, musste nicht debattiert werden.

„Nehmt einen guten Gebrauchten", schlug Andreas vor, als Urs den Geländewagen in Gedanken von seiner Wunschliste strich.

„Habe ich einen Bildschirm auf der Stirn?!", entsetzte sich Urs.

„Mitten im Gesicht", kicherte Andreas. „Ich konnte in deinen Augen sehen, wie du gerade den Autowunsch zu Grabe getragen hast."

„Damit eilt es nicht wirklich, weil wir doch Max haben", winkte Urs ab.

„So, jetzt ziehe ich mir meine Räuberkluft an“, sagte Andreas breit grinsend, „Dann können wir meinetwegen Hühnerstall bauen.“

Mina wartete, bis beide hinausgingen, um in Ruhe das Bett umzurüsten. Sie rollten ihren Schlafsack zusammen, faltete Urs' Decke und zerrte alles andere in die Küche. Nachdem sie den Rahmen von Staub befreit hatte, schnitt sie vorsichtig die Verpackung der Matratze an. Als mit den Fingern nachhelfen wollte, gab es einen Ruck, der vakuumierte Weichschaum entspannte sich mit einem Mal, Mina bekam einen Volltreffer und flog rücklings zur Tür hinaus, wo sie auf dem alten Bettzeug landete.

Lachend blieb sie einen Moment liegen. Dann fiel ihr ein, dass sie ja das Handy zum Filmen aufgestellt hatte und japste nach Luft. Weil die Szene ganz sicher wie aus einem Pat und Patachon Stummfilm ausgesehen haben musste, konnte sie gar nicht mehr aufhören zu kichern. Als sie sich endlich auf die Beine gearbeitet hatte, stoppte sie die Aufnahme, um erst wieder zu fotografieren, als alles in neuem Glanz erstrahlte. Sie hatte sich für das hellblaue Laken und die gleichfarbig gemusterten Bezüge entschieden. Die maigrüne Bettwäsche zum Wechseln packte sie in den Schrank. Nun ging sie hinüber zur Scheune, um zu schauen, wie die Arbeiten liefen.

Die Männer hatten mit tausend kleinen Widrigkeiten zu kämpfen, denn mal meinte einer der Kater, übers Baumaterial klettern zu müssen, und ein andermal eine Ziege. Karli rückte ihnen so nah auf den Pelz, um ja alles erkennen zu können, dass er beide schon versehentlich mit seinen Hörnern umgestoßen hatte, was immer wieder für Gelächter sorgte.

Auf das nur halb ernst gemeinte: „Haust du ab!", von Urs, antworte Karli mit „Mähähäää-ääää, Mähähääääääää, Mähähääääääää!"

Andreas rief: „Weg da!"

„Mähähääääääää!"

„Herrlich! Wenn ihr wüsstet, was mir gerade passiert ist, würdet ihr euch vor Lachen in die Ecke legen", erzählte Mina. „Und noch besser: Ich habe es als Video." Sie berichtete, vom Angriff der Killermatratze.

„Autsch!" Urs ließ den Hammer fallen, weil er vor Lachen den Daumen getroffen hatte.

Andreas hatte vorsichtshalber nicht erst ausgeholt, weil er ebenfalls schallend lachte. „Das musst du unbedingt mit Stummfilmmusik unterlegen, ehe du es postest!", rief er kichernd.

„So kam ich mir auch vor", grinste Mina. „Ich wollte mir jetzt eigentlich nur den Handwagen holen, um die Bettreste auf dem Kompost zu entsorgen."

„Hä?", machte Andreas.

Urs schmunzelte: „Alles BIO. Feinstes Wiesenheu."

„Kein Witz", bekräftigte Mina. „Wenn man es regelmäßig wechselt, schläft man in wahrhaft himmlischem Duft." Sie zog mit dem Wagen davon.

„Verstehst du jetzt, warum mir so viel daran lag, richtiges Bettzeug zu bekommen?" Urs begutachtete seinen Daumen und hämmerte weiter.

„Du überraschst mich immer wieder mit deinem Erfindungsreichtum", gab Andreas beeindruckt zu.

„In der Not frisst der Teufel die Fliegen pur, oder bäckt daraus Rosinenbrot. Ich habe mich fürs Rosinenbrot entschieden", gab Urs blinzelnd bekannt.

„Oh Mann, morgen habe ich Bauchmuskel-kater vom Lachen!", prustete Andreas. „Ich darf gar nicht daran denken, dass ich in zwei Tagen wieder in Frack und Zylinder, steif wie ein Pinguin am Schreibtisch sitzen muss. Sobald ich kann, komme ich ein paar Tage zu euch."

„Darauf freuen wir uns sehr", strahlte Urs.

„Und es regnet schon wieder!", gab Mina im Tonfall eines Radioreportes bekannt, den Hand-wagen abstellend.

„Wir hören jetzt auch auf, weil man kaum noch was erkennen kann in diesem Halb-dunkel", sagte Urs. „Sind die Ziegen alle im Stall?"

„Zwei stehen draußen auf der Weide im Unterstand", erwiderte Mina. „Der Rest ist hier, inklusive der drei Unzertrennlichen, der Katzen und Hühner."

„Apropos Hühner – ich habe Marderspuren entdeckt." Mina deutete zur Quelle.

„Dann können wir nur hoffen, dass Struppis Anwesenheit die kleinen Räuber fernhält. Die Minikatzen wären auch leichte Beute." Urs ließ die Mundwinkel hängen.

„Kann man denn gar nichts machen?", fragte Andreas, dessen Auto mardersicher war.

„Beten. Wir können nicht alle gefährdeten Tiere mit in die Wohnung nehmen." Sie strich mit dem Finger Jerry über den Kopf. „Möglich, dass sich die Marder an die vielen Mäuse halten, um keinen Ärger zu bekommen. Das Hühnerfutter zieht ja Nager magisch an, was der Grund war, Katzen haben zu wollen. Nun müssen wir natürlich erst mal damit leben, dass die Mäuse nicht viel kleiner als die Katzen sind", schmunzelte sie.

Sie gingen gemeinsam zur Quelle, Hände waschen und Urs konnte sich von der Richtigkeit ihrer Worte überzeugen. Mindestens zwei Marderartige waren dort in der feuchten Erde herumgesprungen.

„Steinmarder?"

„Vermutlich. Obwohl es hier auch Baummarder geben könnte. Man müsste sie sehen, um es bestimmen zu können", erklärte Urs. „Weil wir über Hühner sprachen ... ich hätte Lust noch ein paar Plymouth Hühner anzuschaffen, weil die auch im Winter Eier legen", gab Urs mit merkwürdig fragendem Unterton bekannt.

„Warum sagst du das so seltsam?", hakte Mina sofort ein.

„Weil es vielleicht ein bisschen egoistisch war, mir mit den Araucana einen Traum zu erfüllen", erwiderte Urs.

„Pattsituation. Ich habe dir Sepp untergeschoben." Mina winkte lachend ab.

„Sepp war in diesem Augenblick notwendig", warf Urs ein.

„Die Grünleger sind es auch. Was wäre das für ein Leben, wenn alle Träume, welche bleiben müssten? Zumal man die Araucana, wie die Plymouth, im Notfall schlachten kann. Fünf Stück? Ach was! Sieben. Die kommen eh selten in Brutstimmung." Mina schnitt das frische Brot auf.

„Die Butter ist dir gut gelungen", lobte Andreas, als er die beiden ersten Bissen gegessen hatte. „Genau wie das Brot."

Urs schluckte seinen Testbissen runter. „Ich schließe mich dem voll an."

„Ihr beide baut doch morgen sicher am Stall weiter?", fragte Mina.

„Ja. Hast du was anderes vor?"

„Ich würde in den Landhandel tuckern und nach Hühnern Ausschau halten", erwiderte sie.

„Willst du meinen Wagen nehmen?", bot Andreas an.

„Nein, ich fahre mit Max, dem Wiesen-Ferrari", kicherte Mina. „Bei deinem Auto wüsste ich nicht, wie ich das Mähwerk transportieren soll, falls es schon da ist."

„Auch wieder wahr", brummte Andreas.

Urs horchte auf, weil der Trecker damit Überbreite bekam.

„Ich hänge vorn zwei rote Warnfahnen dran und fahre Schritttempo." Mina machte sich wegen der anderthalb Kilometer, die das betraf, nicht wirklich Sorgen. Dann mussten die anderen eben zusehen, wohin sie auswichen.

Als der Hunger gestillt war und sie zum gemütlichen Teil übergingen, stöpselte Mina ihr Handy an den Laptop und ließ das Video ihres unfreiwilligen Fluges laufen. Die Männer lachten Tränen. Sie war frontal von der ganzen Kante getroffen worden und mehr vor Schreck als dem Gewicht umgefallen. Sie schauten sich das Filmchen mehrmals an und lachten immer wieder. Mina fand die richtige Klaviermusik und ein paar Augenblicke später tauchten die ersten Smileys mit Lachtränen in den Kommentaren auf. ‚Du hast uns den Abend gerettet', schrieb Ramona, ein Bild der vier breit grinsenden Gesichter anfügend.

‚Dabei hat mich nur die Freude über den neuen Kühlschrank umgehauen', gab Mina zurück, ein Bild des Gerätes beifügend. ‚Andreas ist der Held des Tages. Dann gab es noch das Abendbild mit frischen Brot und Ziegenbutter. ‚P. S.: Es schüttet fast durchgängig.'

Das gleichmäßige Trommeln auf dem Dach lullte auch Andreas ganz schnell ein, als alle in die Betten krochen. Mina kuschelte sich glücklich an Urs, der die neue Schlafkultur genau so genoss. „Du bist der liebste Schatz auf der ganzen Welt", flüsterte sie.

Er konnte das Kompliment nicht mal zurückgeben, denn sie musste sofort eingeschlafen sein, wie die langen Atemzüge andeuteten. „Mein wundervoller flügelloser Engel", hauchte Urs, ihr ins Land der Träume folgend.

Andreas wurde am nächsten Morgen erst vom Geschirrklappern in der Küche munter. Da hatten Mina und Urs schon die Tiere versorgt und Wasser geholt. Hund und Katzen saßen neben dem angefeuerten Kamin und wärmten sich auf. Es war draußen unangenehm kalt geworden.

„Schickst du mir noch ein paar warme Klamotten per Post", bat Mina ihren Bruder. „Ich will nicht kaufen, wenn sie woanders sinnlos herumliegen."

„Geht in Ordnung", versprach er sofort und Mina wusste, dass sie sich darauf verlassen konnte. „Ich lege auch für Urs einige Dinge mit hinein. Wir haben eine ähnliche Statur und ich habe viele Kleidungsstücke, die ich in meiner Stellung nicht mehr anziehen kann, die aber für die Freizeit oder zum Arbeiten auf dem Hof gut geeignet sind."

„Mit was handelst du eigentlich?", fragte Urs, der sich keinen endgültigen Reim auf Andreas machen konnte.

„Mit Yachten, Sportbooten und Luxusautos. Sagt dir Bugatti etwas?"

„Aber ja doch. Die sprengen allerdings meine Portokasse", rief Urs. „Ich hatte nur zufällig durch den Freund meines Vaters erfahren, wer ihr beide seid", erzählte er. „Aber was dein Betätigungsfeld ist, hatte ich weder ihn noch Mina gefragt."

„Das liebe ich an euch beiden", strahlte Mina, „der eine prahlt nicht und der andere bohrt nicht. Sind die Informationen schließlich geflossen, ist es genau so still wie vorher."

„Fahr vorsichtig!", bat Urs, als Mina trotz strömenden Regens den Traktor klarmachte. „Die Straße könnte wie Schmierseife sein."

„Das wird erst auf dem Rückweg interessant, wenn ich darauf achten muss, nicht mit dem Mähbalken im Hang einzuhaken", erwiderte sie. „Drückt mir einfach die Daumen."

Die Männer schauten hinterher, bis der rote Traktor die erste Spitzkehre erreichte, dann begaben sie sich in die Scheune, um den Hühnerstall fertig zu bauen. Sepp kam heran, holte sich ein paar Schmuseeinheiten, und lugte ihnen über die Schultern. Es dauerte gar nicht lange, da spürte Urs wieder Ziegenhörner im Rücken.

„Geht das wieder los!", rief er fröhlich lachend, weil Karli auch zuschauen wollte.

„Mähähäääääää!"

Andreas grinste vergnügt.

Die Geißen hatten sich in der ganzen Scheune verteilt und dösten vor sich hin. Struppi leckte seinen Katzenkindern das Fell sauber. Die beiden hatten sich am Hundefutternapf bedient und dabei komplett beschmiert, weil sie unbedingt ganz hinein kriechen mussten.

„Ach schau an. Hier liegt Minas verschwundener Zopfgummi." Urs zog den leuchtend blauen elastischen Ring aus dem Einstreu. „Sie war der Meinung, Karli habe ihn aufgefressen. Wenn sie die Ziegen melkt, steht er neugierig hinter ihr und knabbert so lange an den Gummis, bis er sie endlich abgezupft hat. Meist flüchtet er dann mitsamt Beute. Bis auf diesen einen haben wir auch alle gleich wiedergefunden."

„Mähähäääääää!"

Andreas kraulte Karli unterm Bart. „Dir kann man irgendwie nicht böse sein, auch wenn du noch so stinkst."

„Mähähäääääää! Mähähäääääää! Mähähääääääää!" Karli stupste Andreas übermütig mit den Hörnern an.

„Nein, ich habe keine Lust auf Kräftemessen. Ab mit dir!"

„Mäh." Karli trabte tatsächlich ab und forderte Struppi zum Spielen auf.

Der rannte hinaus in den Regen und auch noch da hin, wohin ihm Karli wegen des Weidezaunes nicht folgen konnte. Über das missmutige Gemecker mussten Urs und Andreas einfach lachen, weil es gar zu drollig klang.

Urs begann, die vorbereiteten Hühnerstallteile zusammenzubauen. Andreas assistierte. Er staunte, wie präzise alle Teile zusammenpassten. Die Dachplatte konnte man hochklappen, die Vorderfront herunterklappen, um problemlos in jeden Winkel zu kommen.

„Mit deiner Schreinerkunst hättest du sicher richtig Geld machen können", stellte Andreas fest.

„So war es ja auch mal im Plan." Urs hob die Schultern. „Mein neues Leben als Bergbauer ist härter, gefällt mir aber besser, weil ich unabhängiger bin. Außer vom Wetter natürlich. Das ist die unbekannte Größe in diesem Spiel. Wenn Mina lächelt, werden aber alle Hürden sofort winzig klein. Jemanden, wie sie, zu finden, ist mehr wert, als ein Sechser im Lotto."

„Es ist auch wertvoller als alles Geld dieser Welt", pflichtete Andreas bei. „Ich habe ihren Inseltraum immer belächelt, sie aber trotzdem unterstützt. Dann habe ich bei dir in den wenigen Stunden gesehen, dass man auch unter noch härteren Bedingungen überleben kann. Natürlich habe ich Mina davon erzählt. Ihre allererste Reaktion: ,Den Mann muss ich besuchen.' An ihren Gesten beim Zusammentreffen in der Kapelle habe ich gemerkt, dass du sofort der Insel den Rang abgelaufen hattest. Beim Abendbrot war mir klar, dass sie alles auf eine Karte

167

setzte. Ich habe innerlich sehr tief aufgeatmet, denn ich fühlte, dass sie im Land bleiben werde, so du ihren Wunsch erfüllst. Sie ist doch die einzige treue Seele, die mir noch geblieben war, nach all dem Ärger."

„Ich hoffe inständig, sie dauerhaft begeistern zu können. So einen Schatz findet man nicht wieder", seufzte Urs.

„Sie sagt das Gleiche in Bezug auf dich", schmunzelte Andreas. „Ich setzte meine ganzen Hoffnungen in euch beide."

Urs nagelte die Sprossen der Hühnerleiter fest, verschraubte alles mit Häuschen und Scheunenwand, denn streute er eine dicke Schicht Hobelspäne und Sägemehl auf den Boden. „Fertig!"

„Perfekt!"

„Hoffentlich sehen das die Hühner auch so", kicherte Urs. Er legte eine Spur aus Körnern die Stiege hinauf bis ins Häuschen, dann ließ er die jungen Hühner aus dem Gatter. Die gackerten erfreut vor sich hin, als sie das Getreide entdeckten und kletterten eifrig die Leiter hinauf. Urs und Andreas beobachteten durch zwei eingearbeitete Inspektionslöcher, wie die Tiere ihr neues Domizil in Besitz nahmen.

„Das ist doch schon fast hightech", schmunzelte Andreas.

„Ich denke, die büxen auch nicht mehr aus. Lassen wir sie also picken, wie sie es für richtig halten." Urs räumte das Werkzeug zusammen.

Mina war auch zufrieden, dass bei dem aus-
gemachten Mistwetter, wie sie es in Gedanken
bezeichnete, keine weiteren Kunden im Landhandel waren. Sie fragte nach dem Mähbalken
und erfuhr, dass die Lieferung jeden Augenblick
erwartet wurde. Sie nutzte die Zeit, um sich grob
über kleine Windräder zur Stromproduktion
beraten zu lassen. Zweiter Anlaufpunkt die
Junghühner.

„Ich brauche robuste Winterleger", stellte sie
klar, als man sie zu den Zierhühnern lotsen
wollte. „Am besten Plymouth Rock, in der
Hoffnung, dass die sich nicht mit den viel leich-
teren Araucana prügeln."

„Bei denen raufen nicht mal die Hähne unter-
einander", lachte der Verkäufer. „Ob der Araucana Hahn mitspielt, müssen Sie testen."

„Wer nicht spurt, kommt in die Pfanne",
grinste Mina.

„Mein Problem, ich habe nur noch fünf Tiere
verschiedener Farbschläge", murmelte der Verkäufer.

„Denn wird es optisch wenigstens nicht langweilig. Aber hoffentlich nicht nur Hähne!", rief
Mina.

„Nur Hennen", erwiderte der Verkäufer mit
fragendem Blick.

„Ich will sie sehen!" Mina ließ sich zu dem
Gehege führen. Die Hennen wirkten vital und
das Gefieder glänzte. Ein bunt gemixter Haufen
der gleichen Rasse. „Nicht ganz, was ich

erwartet habe, aber ich nehme alle. Die werden jubeln, endlich Auslauf zu bekommen."

Sie bekam sogar Rabatt, weil man froh war, die Ladenhüter mit einem Schlag loszuwerden. Der LKW mit dem Mähbalken traf ein, Mina ließ ihn gleich montieren. Bevor sie zahlte, schritt sie noch einmal die Regalreihen ab. Ein großer Salzleckstein für die Ziegen und den Esel musste mit, zwei Toneier, um die Hennen zum Legen zu animieren, eine Hundebürste und ein Striegel für die Huftiere.

„Haben Sie alles gefunden?", fragte der Verkäufer.

„Ich brauche noch Kauknochen aus Rinderhaut!" Sie kaufte einen ansehnlichen Beutel voll in der XL-Variante.

„Was haben Sie denn für eine Rasse?", staunte der Verkäufer.

„T-Rex", antworte Mina todernst und weidete sich am Mienenspiel ihres Gegenübers, das eine Weile brauchte, bis es merkte, dass es soeben veralbert worden war.

Der Verkäufer zahlte aber mit gleicher Münze heim, indem er sagte: „Wir haben für Rexi auch Kaustangen mit Kräutergeschmack, falls ihm eins der Hühner längere Zeit zwischen den Zähnen hängenbleibt. Er bekommt dann dieses typische Geflügeleintopffeeling."

„Touché", grinste Mina vergnügt. „Packen Sie ein Beutelchen dazu."

Sie ließ sich die Flyer mit den Umtausch-modalitäten der Propangasflaschen geben, fragte, ob man die leeren Dieselfässer auch hier und im Ganzen umtauschen könne oder wie es mit Nachtanken aussähe. Mit vielen nützlichen Informationen und einer Stammkundenrabatt-karte im Gepäck machte sie sich auf den Heim-weg.

Dort, wo nach den gefundenen Plänen Urs' Land begann, entdeckte sie ein Schild am Stra-ßenrand, dessen Jahre alte Staubkruste der Regen gerade wieder mal aufgelöst hatte. Sie hielt an, um es mit einem Lappen abzuwischen. Zum Vorschein kam: Privatstraße – kein Winterdienst. Sie nahm sich vor, beim nächsten Einkauf ein Schild zu erwerben und da aufzu-stellen, wo die Straße in ihren Hof überging: Privatgelände – Betreten auf eigene Gefahr.

Mina fuhr langsam weiter. Dabei beobachtete sie argwöhnisch den oberen Hang, weil immer wieder kleine Rinnsaale über die Straße liefen. Ein Erdrutsch wäre nicht gerade prickelnd. Die Männer hielten auch Ausschau, denn Mina hätte schon längst wieder da sein müssen. Die Handys blieben aber unangetastet, weil es nichts Schlimm-eres gab, als in einer schwierigen Fahrsituation auch noch erschreckt zu werden. Als Max end-lich um die letzte Ecke tuckerte, wischte sich Urs symbolisch den Schweiß von der Stirn. Sie eilten beide zur Scheune, um Mina zu emp-fangen.

„Oh, Spalierstehen mit Jubelchor", witzelte sie. „Das hat sich unser Max auch verdient mit seinem schicken Mähbalken." Dann musste sie erst einmal den wild schwanzwedelnden Struppi kraulen, um ihn ein bisschen zu beruhigen.

„Horch!" Urs hob den Zeigefinger. „Klingt nach gackernden Hühnern!"

„Wuff!" Struppi spitzte, um den Anhänger schleichend, die Ohren.

„Wollen wir mal nachschauen?", fragte Urs.

„Wuff!"

Urs deckte die Plane auf und kratzte sich am Kopf. Da sahen nicht zwei Hühner gleich aus. „Da muss wohl beim Einkaufen das Licht ausgegangen sein", lachte er.

Mina stimmte in das Lachen ein. „Auf so eine Bemerkung habe ich gewartet. Ob du es glaubst, oder nicht, es sind alles Plymouth Rock Hennen. Ich hatte keine Lust, zu warten bis sieben Hühner vom gleichen Farbschlag zu haben sind. Da habe ich lieber die fünf Ladenhüter mitgenommen, die sicher keine schlechteren Eier legen, als gleich aussehende Vögel. Sollten wir wirklich sieben Stück brauchen, kaufen wir irgendwann zwei nach. Der Araucana Hahn wird sich bestimmt auch um die größeren Plymouth Damen kümmern."

„Mir wäre es egal, ob das Huhn rot, grün oder blau ist, solange es reichlich legt und die Eier schmecken", grinste Andreas. „Ich finde es witzig, wenn jede Henne anders aussieht."

172

„Ich auch!", riefen Urs und Mina synchron. Sie trugen die beiden Käfige in den Stall, wo sie die Neuen im Gatter unterbrachten, damit sie sich etwas beruhigten. Struppi hielt Wache.

Die Männer trugen alle anderen Einkäufe ebenfalls ins Trockene. Mina platzierte den Leckstein neben der Futterraufe. Karli hüpfte vor Freude wie ein junges Zicklein, bevor er andächtig zu schlecken begann. Und sogar der stille Sepp war schneller da, als man bis drei zählen konnte.

„Ein Haus voller glücklicher Tiere", lachte Andreas und wollte noch etwas hinzufügen, als sein Handy summte. Beim Blick auf das Display verfinsterte sich seine Miene. Er nahm das Gespräch an und meldete sich förmlich. Er lauschte, sagte hin und wieder ja oder nein und hielt das Gerät schließlich dahin, wo sich die Ziegen mit lautem Gemecker um einen Platz am Leckstein rangelte. „Wonach klingt es denn?", fragte er dann. „Falsch. Ich bin weder im Zoo noch irgendwo in der Karibik. Ich mache Urlaub auf einem Bauernhof und stehe mitten in der Ziegenherde. Genau deshalb werde ich heute keinesfalls mehr im Büro erscheinen. Ich fahre morgen früh los und Sie können gegen 15 Uhr mit mir rechnen. Eher ginge auch, falls Sie das Ziegenparfüm ertragen." Mit breitem Grinsen verabschiedete er sich von seinem Gesprächspartner, als er noch einmal die Uhrzeit betont hatte. Er schaute Mina und Urs betrübt an. „Da haben leider andere bestimmt, wann mein Urlaub zu Ende ist."

„Das verstehen wir bestens", seufzte Mina. „Bei uns bestimmen andere sogar den kompletten Tagesablauf." Sie zeigte in die Runde der Tiere.

„Wären Marlies und Martin noch hier, müsste ich mich jetzt fast mit Kratzbuckel entschuldigen, die illustre Runde vorzeitig zu verlassen", blinzelte Andreas, froh, dass ihn Mina und Urs mit nichts unter Druck setzten. Die wenigen Tage waren für ihn überaus erholsam gewesen. Alle endlos kreisenden Gedanken waren unterbrochen worden und hatten sich auf die wirklich wichtigen Dinge im Leben fokussiert.

Struppi schien zu spüren, dass Andreas fort musste, denn er suchte auffällig dessen Nähe. Urs holte bei Sonnenaufgang einen gut gelagerten Ziegenkäselaib aus dem Keller und packte ihn für Andreas ein. Darüber freute der sich riesig, weil ihm diese Käsekreation ganz vorzüglich schmeckte. Andreas sagte auch Karli, Sepp, Struppi und den Katzen auf Wiedersehen, indem er sie zum Abschied streichelte, Mina und Urs umarmte er ganz fest. „Passt auf euch auf! Ich komme wieder, sobald sich die nächste Gelegenheit ergibt."

„Wenigstens klart sich der Himmel langsam auf. Fahr trotzdem vorsichtig", mahnte Mina.

„Ich verspreche es." Andreas startete den Motor.

„Ich denke, wir können übermorgen die kleine Wiese mähen", murmelte Urs, den ersten blauen Tupfer zwischen den grauen Wolken betrachtend.

„Max und ich sind bereit!", rief Mina. „Komm, wir schauen nach, was die Hühner machen!"

Der kleine Araucana Hahn saß auf dem Rand des Gatters und betrachtete seine neuen Haremsdamen durch die Maschen des Netzes. Er sprang glucksend herunter, als Mina und Urs kamen. „Ich schiebe ihnen die beiden Toneier in die Nester", sagte Mina und schritt auch sofort zur Tat. „Die sind etwas älter als die Araucana und ich hoffe, dass sie sich hier rasch heimisch fühlen. Sie sollten theoretisch schon legefähig sein."

Als sie das kleine Gatter anhoben, um es an die Wand zu stellen, stob eine der neuen Hennen Richtung Scheunentor davon.

„Falls Marder und Greifvögel nicht schneller sind, wird sie nachts mit Sicherheit wieder da sein", meinte Urs.

Er hatte aber nicht mit Struppi gerechnet, in dem vielleicht doch ein Quäntchen Border Collie steckte und der jetzt losflitzte, um die Abtrünnige zurückzutreiben. Die Henne zog es vor, mit wildem Geschrei, aber doch reumütig, zurückzukehren.

„Fantastischer, braver Hund!", lobte Urs, Struppi liebevoll kraulend. Mina zauberte einen der großen Kauknochen zur Belohnung hervor. Struppi legte sich damit von innen quer vors Tor, womit er erneute Fluchtversuche unterband. Solange er dort an seinem Knochen nagte, trauten sich nicht einmal die Ziegen, hinauszugehen.

Für den nächsten Tag hatten sie Bürozeit geplant. Sie wollten Papiere sichten, Pläne machen und für Urs Onlinebanking einrichten. Es werde ja einige Tage dauern, bis er dann seine PIN und sämtliche Zugangsbestätigungen bekäme. Die gelbe Postbox stand ebenfalls noch da und musste zurückgebracht werden. Nebenbei setzte Mina wieder Brotteig an. Schüttelbrot für den Winter wollten sie später erst backen und einlagern. Darin war Urs der Spezialist und Mina hatte vor, es zu lernen.

Bis Mittag hatten sie sich durch den Behördenkram geackert. Sie standen in der Speisekammer, um sich etwas Leckeres auszusuchen, als Struppi anschlug und sich gar nicht mehr beruhigen wollte. Das Objekt seiner Aufregung war ein weißer PKW, der gerade die letzten Meter auf der Straße zurücklegte. Urs klopfte an seinen Oberschenkel, worauf Struppi sofort bei Fuß stand und zu bellen aufhörte. Mina zeigte zum ‚Parkplatz' hinunter und stellte überrascht fest: „Das sind Anton und seine Frau."

Das Auto hielt, die Türen öffneten sich und Struppi begann, wild mit dem Schwanz zu wedeln. Er erinnerte sich an den Geruch und daran, dass er dort Futter und einen Platz zum Schlafen bekommen hatte.

„Na geh!", sagte Mina und Struppi umkreiste die Gäste mit einem Freudentanz.

„Er hat es nicht vergessen", bestätigte Urs, die beiden erfreut begrüßend.

„Ich weiß, es ist eine ungewöhnliche Zeit", blinzelte Marianne. „Aber ich habe einen großen Topf Kartoffelsuppe und Bockwürste mitgebracht. Und Kuchen habe ich auch gebacken."

„Kommt rein und herzlich willkommen!", rief Mina.

Die Männer packten den Kofferraum aus.

„Hoffentlich stören wir nicht gar so sehr", sagte Marianne vorsichtig.

Urs lachte. „Wir sind gut in Übung. Wir hatten jetzt ein paar Tage fünf Gäste mit Zelten hier und haben unsere Arbeit trotzdem geschafft."

Anton bekam große Augen, als er die Ziegenherde, den Esel und die recht ansehnliche Schar nach Futter pickender Hühner gewahrte.

„Zwei Katzen haben wir auch noch. Aber die stecken garantiert im Hühnerstall, weil es dort so schön warm ist", schmunzelte Mina. „Einen ganz kleinen Moment dauert es noch, bis wir essen können, ich muss erst das Brot in die Backröhre schieben."

Die Gäste schauten sich um. Anton schüttelte immer wieder stumm den Kopf. Es war unglaublich, was Urs allein zuwege gebracht hatte, und wie Mina ihm jetzt half, alles in geordnete Bahnen zu lenken.

„Araucana, die du nie haben durftest", staunte Marianne.

„Ja, mit ihnen habe ich mir wirklich einen Kindheitstraum erfüllt", lächelte Urs.

„Ich habe den Topf noch mal aufs Feuer gesetzt und die Würste gleich mit reingesteckt", rief Mina aus der Küche.

„Das habe ich mich nicht getraut ...", murmelte Marianne.

Mina lachte herzlich. „Ich bin Landwirtin auf einem Bergbauernhof. Nix weiter. Da wird zusammen erhitzt, was zusammenpasst oder eh als Gericht zusammenkommt."

Tom stolzierte über die Wiese. Mit einer Maus zwischen den Zähnen. Es musste seine erste gewesen sein, denn er präsentierte sie voller Stolz Struppi, der damit gar nichts anfangen konnte. Die vier in der Küche lachten vergnügt. Mina fotografierte.

„Irgendwo steckt noch so ein Kaliber mit weißen Flecken. Der heißt Jerry", erklärte Urs.

Mina teilte den Eintopf aus. Er schmeckte hervorragend.

„Wo habt ihr eigentlich das Gas und den Strom her?", fragte Marianne mit Blick auf die Haushaltgeräte.

Urs verriet, dass beide mit Propangas betrieben wurden. „Irgendwie muss man sich ja zu helfen wissen. Das Holz brauchen wir im Winter zum Heizen, solange wir nicht wirklich Strom haben. Aber das ist schon in Planung."

„Ich habe etwas mitgebracht, das du vielleicht brauchen kannst, wenn euch die Behörden Ärger machen wollen", sagte Anton nach dem Essen und holte einen Schuhkarton voller vergilbter Fotos aus dem Auto. Dann schwelgten sie fast zwei Stunden in Bildern und Erinnerungen. Mina lief hin und wieder ein eiskalter Schauer über den Rücken, was die Lawine alles zerstört hatte.

„Ihr habt unten an der Straße ein neues Schild angebracht?", fragte Marianne.

Urs wusste nicht, worum es ging, aber Mina erwiderte. „Ich habe das alte Schild gestern nur ein bisschen geputzt, als ich auf dem Weg vom Landhandel daran vorbei kam. Seit ich weiß, was alles Urs gehört, bin ich bestrebt, das auch für ihn zu reklamieren."

„Du weißt es?", erschreckte sich Anton.

„Wir haben die originalen Urkunden in einem Safe gefunden, der noch unterm Geröll lag", verriet Urs. „Ich war ja selber völlig perplex, was ich alles in Schuss halten muss, weil Besitz verpflichtet."

„Wir arbeiten darauf hin, im nächsten Jahr den Hof als Landwirtschaftsbetrieb anzumelden", erklärte Mina. „Dann bekommen wir auch Investitionszulagen, mit denen wir unsere Käserei und die Buttererzeugung neu strukturieren können."

„Ferienvermietung soll ebenfalls fest im Plan sein, um unserer Erzeugnisse gleich hier verkaufen zu können", fügte Urs hinzu. „Wir haben vor, eines der Häuser wieder originalgetreu aufzubauen und die Scheune von Ulli."

„Nach Langeweile klingt das jedenfalls nicht!", stellte Marianne erstaunt fest. „Deine Lieben wären unendlich stolz auf euch, könnten sie es sehen."

„Was sagt dein Bruder dazu?", wollte Anton von Mina wissen.

„Der ist gestern erst nach Hause gefahren. Er war einer der Camper auf unserer Wiese." Sie rief am Handy ein paar Bilder auf, die in den letzten Tagen entstanden waren. Unter anderem Andreas beim Hühnerstall bauen mit Urs, oder mitten in der Ziegenherde, beim Schmusen mit Karli und Struppi, und mit beiden Katzen auf dem Schoß. „Urs und Andreas sind meine ganze Familie", erklärte Mina, sich an Urs' Schulter schmiegend. „Umso glücklicher bin ich, dass die beiden einen richtig guten Draht zueinander haben."

„Können wir euch auch irgendwie unterstützen?", fragte Anton.

„Da ist eine Kleinigkeit ...", sagte Urs unsicher.

„Raus mit der Sprache!", forderte Marianne.

„Ich habe eine Postbox, die wieder zurück müsste ..."

Marianne lachte herzlich. „Na, die paar Meter, von unserer Haustür bis zur Post, schaffe ich sogar zu Fuß mitsamt Kiste."

„Falls irgendwo die Säge richtig klemmt, melden wir uns", versprach Urs. „Was machen eigentlich eure Nachbarn, wenn sie nicht wegen eines roten Traktors an den Fensterscheiben kleben?", blinzelte er.

Anton begann schallend zu lachen. „An allen Ecken klatschen und tratschen, um etwas darüber herauszubekommen, was hier oben auf dem Berg vorgeht, weil sie zu feige sind, euch direkt zu fragen. Eins verspreche ich hoch und heilig: Von mir erfahren sie nichts! Schon des Spaßes wegen."

„Die links neben uns hatten euern süßen Trecker wohl auf einem anderen Hof stehen sehen", erzählte Marianne. „Kaum war er weg, sind sie mehrmals am Zaun entlangflaniert, um große Ohren zu machen. Am lustigsten war, als sie die kleine Lisa aushorchen wollten. Da gab es als Antwort: ‚Das verrate ich nicht!' Am nächsten Morgen hielten sie mich an, als ich den Müll raus brachte. Ich habe pro Auskunft fünf Euro verlangt und schon war Ruhe."

Jetzt begann Anton zu kichern. „Nun kapiere ich, warum sie so pikiert geschaut haben."

Urs und Mina grinsten vergnügt und erzählten, dass von diesem Hof die Katzen und das Kükengehege stammten, wofür Lisa zwei Scheine in die Sparbüchse abgestaubt hatte.

„Sehr gut!", freute sich Anton. „Von unseren Nachbarn gab es wegen der Katzen ja nur dumme Sprüche wie: Der Dorfbach ist gleich nebenan. Lisa hat das natürlich auch mitbekommen. Da wundere ich mich nicht, dass sie gerade denen nicht auf die Nase bindet, dass jemand zwei Kätzchen mitgenommen und sogar Geld dafür gegeben hat. Die Kleine ist wirklich pfiffig."

„Wir machen noch ein schönes Foto mit dem anderen Katerchen, das ihr Lisa zeigen könnt, damit sie weiß, wie gut es den Kätzchen geht", schlug Mina vor. Sie schickte Anton ein Bild von Tom, dem erfolgreichen Mäusejäger aufs Handy. Im Stall fanden sie schließlich auch Jerry, der auf der Hühnerleiter hockte und sich Blutflecke vom Fell leckte. Die Hühner waren glücklicherweise vollzählig und unverletzt. Er hatte offenbar ein Stück vom Toms Beute abbekommen oder gar selber etwas gefangen.

„Och, ich fotografiere noch euern süßen Ziegenbock und den Esel und die Hühner und den Hund und die Ziegen", fügte Anton eins ans andere, wobei er vergnügt grinste.

„Aber vergiss nicht, Lisa die Bilder so zu zeigen, dass die Nachbarn vor Neugier grün und gelb im Gesicht werden", lachte Marianne.

„Ich denke, das kriege ich hin", kicherte Anton.

„Grüße die Familie lieb von uns", bat Urs.

„Auch das kriege ich hin", schmunzelte Anton. „So jetzt werden wir euch nicht länger aufhalten. Wir wissen ja, wie viel Arbeit so ein Hof macht."

„Kommt mal wieder vorbei", schlug Mina vor. Sie packte ihnen ein großes Stück Ziegenkäse ein.

# VII.

Mina widmete sich der Küchenarbeit. Urs versorgte die Tiere. Dann standen sie beide um den Berg schmutziger Wäsche und stellten fest, dass einer am nächsten Morgen waschen musste, während der andere mähte.

„Wir müssen anbauen und aufstocken", seufzte Urs.

Mina nickte. Sie hatte auf den Bildern gesehen, dass das Haus einst sehr viel größer gewesen war.

„Ich werde Anton fragen, ob er mithelfen kann", überlegte Urs laut. „Zu dritt schaffen wir es, bis zum Winter die untere Etage auf das alte Maß zu verdoppeln. Im nächsten Jahr werden wir aufstocken."

„Du bist der Spezialist", erwiderte Mina.

„Ich habe ganz allein ein halbes Jahr gebraucht, ein halbes Haus bewohnbar aufzubauen. Jetzt haben wir sogar einen Frontlader, der Material hochheben kann. Ich muss auch nicht mehr jeden einzelnen Stein mit der Hand tragen. Ich denke, wir packen es. Wir werden ein Bad mit Waschmaschine hier unten haben, einen richtigen Wohn- und einen Büroraum." Urs fasste nach dem Handy. Der Akku war voll genug und so wählte er Antons Nummer.

„Na klar, werde ich helfen. Ich werde herumhorchen, wer noch Lust hat, etwas Sinnvolles zu tun. Morgen komme ich raus und hole die

Wäsche ab. Warum sollt ihr euch mit der Hand quälen, wenn unsere Maschine sich langweilt", sagte Anton.

Mina bat Andreas, die rechtlichen Sachen checken zu lassen, damit sie keine bösen Überraschungen erlebten. Weil sie auch beim Material keine haben wollte, räumte sie Urs einen zinslosen Privatkredit ein, damit er das nötige Holz, Zement und alles was er noch haben musste, bestellen konnte. Urs rechnete sogar die Schnittlängen so durch, dass die Anlieferung realistisch war. Sie gaben die Daten der Straße durch, weil sonst zu befürchten war, dass jemand einen riesigen Lastwagen schicken werde. „Es gibt zwar Programme, die das ausrechnen können, wenn man digitales Kartenmaterial hat, ich habe aber schon Pferde vor der Apotheke speien sehen", brummte Mina.

„Ich auch", lachte Urs. „Deswegen habe ich es idiotensicher auf die optimale Länge bestellt. Sie wollen einen kleinen LKW mit Ladekran einsetzen. Die richtige Beize, um das Holz gleich uralt aussehen zu lassen, habe ich im Landhandel geordert. Wir können sie mitnehmen, wenn der Heuwender abholbereit ist."

Anton kam neun Uhr am nächsten Morgen. Mina hatte die Wäsche vorsortiert in Beutel gesteckt. Als das Auto hielt, musste Mina schmunzeln. Große braune Augen strahlten sie vom Kindersitz auf der Rückbank an.

„Sie hat so gebettelt, die vielen Tiere sehen zu dürfen, dass ich weich geworden bin", blinzelte Anton, Lisa abschnallend.

„Guten Morgen!", rief die Kleine fröhlich und lachte, weil sie von Struppi vom Scheitel bis an die Schuhsohlen angeschnüffelt wurde. Als der Hund mit dem Schwanz zu wedeln begann, wagte sie es, ihn unterm Kinn zu kraulen.

Mina schmunzelte. „Du willst bestimmt die Tiere sehen."

„Oh ja, bitte. Onkel Anton hat mir Bilder gezeigt."

„Wer so lieb bittet, darf natürlich gern mit zu den Tieren gehen", erwiderte Mina, Lisa an die Hand nehmend.

Anton hob mit einer lustigen Grimasse die Schultern. Er lud inzwischen die Beutel in den Kofferraum. Dass Urs mit Mähen beschäftigt war, hatte ihm Lisa unterwegs erklärt, weil sie den Traktor in der Ferne gesehen hatte. Zudem wusste sie, dass hier oben auf dem Berg nur noch ein Bauernhof existierte und demzufolge musste das Urs sein, wenn Mina jetzt bei ihnen war.

Mina rief Karli und Sepp herbei. Lisa lachte schon wieder, weil es drollig aussah, wie die ungleichen Freunde Seite an Seite trabten. „Wir haben Kühe, Schweine, Gänse und Katzen", berichtete Lisa. „Die sind aber nicht so lustig wie eure Ziegen und auch nicht so schön bunt wie eure Hühner."

Mina ließ Ziegenbock und Esel von der Weide, damit Lisa keinen Stromschlag bekam.

„Oh je", seufzte Anton, als Lisa Karli streichelte.

„Mähähäääääää!"

Und das klang fast schon schadenfroh.

„Es gibt Wasser und Seife", blinzelte Mina.

„Hmm, Mutti schimpft auch, wenn ich die Schweine gestreichelt habe und mir nicht ordentlich die Hände wasche", gab Lisa bekannt, nun auch Sepp kraulend. „Kann man auf dem Esel reiten?"

„Man könnte es", erklärte Mina. „Aber bei uns ist er Kuscheltier."

„Oh." Dann zwei Sekunden nichts. „Das ist bestimmt gut für ihn", murmelte Lisa mit verständnisvollen Nicken. „Ich habe nur die Katzen zum Kuscheln. Aber die kratzen manchmal und fauchen. Fast so wie die Gänse. Die mag ich gar nicht, weil die auch noch beißen."

Sie folgte Mina in die Scheune, um sich das Hühnerhaus anzuschauen, und wie die Tiere im Winter untergebracht wurden. Das war natürlich kein Vergleich zu einem Schweine- oder Kuhstall und Lisa gab die Unterschiede sofort bekannt.

Als sie wieder hinausgingen, entdeckten sie die Katzen, die sich um eine kleine Hühnerfeder balgten. Lisa lächelte vergnügt. „Ich bin froh, dass sie bei euch sind und ihr sie lieb habt. Vati hat jetzt überall Zettel aufgehängt, dass wir drei Kätzchen verschenken. Und mit Minka war er beim Tierarzt, damit sie nicht nochmal Babys bekommt."

„Eins hat wohl schon ein neues Zuhause bekommen?", fragte Mina, weil Urs sechs Jungtiere gesehen hatte.

Lisa zog die Augenbrauen zusammen, ballte die Fäuste und war den Tränen nah. Sie schüttelte den Kopf. „Das hat jemand genau vor unserem Tor überfahren."

„Oh weh! Armes Kätzchen." Mina strich Lisa sanft übers Haar.

„Wir haben es in einer Gartenecke begraben und eine schöne Blume darauf gepflanzt", berichtete Lisa. „Damit es sich freut, wenn es aus dem Katzenhimmel zu uns herunterschaut."

Anton zeigte auf die Uhr und Lisa nickte heftig. „Wir müssen nach Hause, damit sich niemand Sorgen macht", erklärte sie und verabschiedete sich.

„Grüße Mama und Papa von uns", bat Mina.

„Das mache ich! Auf Wiedersehen, Tante Mina!"

Anton blinzelte, schnallte Lisa an und fuhr langsam davon. Mina lächelte. Die Kleine war definitiv ein Schlaufuchs und ein richtiger Sonnenschein noch dazu. Dass sie zudem Augen wie Luchs hatte, bewies auf dem heimischen Hof. Kaum stand sie auf dem Boden, sprudelte sie heraus: „Tante Mina und Onkel Urs haben Hühner ohne Schwanz!"

„Wer hat denn den abgebissen?", staunte der Vater.

Lisa kicherte. „Niemand. Die haben auch nur kleine rote Gnubbel auf dem Kopf."

„Na, wer weiß, was du gesehen!", rief die Mutter skeptisch.

Anton lachte herzlich. „Lisa hat sehr gut beobachtet. Mina und Urs haben Araucana in ihrer Schar. Schwanzlose Hühner mit einem sogenannten Erbsenkamm." Er zog das Handy hervor, um die Bilder vom Vortag aufzurufen. „Seht ihr?"

„Stimmt!", stellten Mutter und Vater überrascht fest.

„Und den Kätzchen geht es prima", erzählte Lisa weiter.

Anton machte sich schmunzelnd davon, um Marianne die Wäsche zu bringen.

„Deine kleine Freundin war da", blinzelte Mina, als Urs zum Mittagessen kam.

Der riss erschreckt die Augen auf. „Freundin?"

„Lisa. Anton hat sie mitgebracht", verriet Mina.

Urs lachte vergnügt und ließ sich berichten, welch interessanten Vergleiche die Kleine gezogen hatte. „Gut zu wissen, was andere für Tiere halten. Tausche für den Familienbedarf Ziegenkäse gegen Kuhmilchbutter."

„Oder kaufe etwas hausgemachte Wurst vom Schweineschlachten", fügte Mina hinzu. „Lisa wird schon dafür sorgen, dass der Kontakt nicht abreißt."

Mina hatte in der Speisekammer Röstkartoffeln mit Speck als Fertiggericht entdeckt, mit etwas Pflanzenöl aufgebraten und mit gehackten Kräutern komplettiert.

„Kartoffeln einlagern, wäre auch nicht übel", murmelte Urs. „Ein oder zwei Säcke würden den ganzen Winter reichen."

Mina setzte das kommentarlos auf die Winter-Wunschliste und schrieb ‚Schweinespeck' darunter.

„Oh ja!", strahlte Urs. „Der schmeckt hauchdünn geschnitten und gesalzen auch super zu frischem Brot."

Brotmehl war die nächste Position. Dass man Konserven, Reis, Linsen und jede Menge Nudeln haben musste, war dem Zettel deutlich anzusehen, weil diese Notizen rot markiert waren.

Urs' Handy summte. „Schücht." Er lauschte. „Zwei. Sofort. 200 pro Stück. Vier Monate plus. Wir erwarten Sie. Auf Wiederhören."

Mina schaute ihn fragend an. Was mochte er verkauft haben?

„Käse, mein Schatz, Käse!", lachte er. „Das Fragezeichen über deinem Kopf war bestimmt zwei Meter hoch!"

„Die beiden großen Laibe?", vergewisserte sich Mina.

„Nein, zwei der kleinen", erklärte Urs.

„Und du irrst dich nicht?", stotterte sie.

„Nein. Ich habe definitiv nicht die großen Räder verkauft. Anton hat gestern beim Skatabend das Stück von uns zum Verkosten mitgenommen und als handgemacht im Familienbetrieb vorgestellt. Ein Hotelier hat sofort gefragt, wo man den Käse kaufen kann. Er wird morgen gegen zehn Uhr hier eintreffen und persönlich das Geschäft abschließen."

Mina hob den Zeigefinger. „Handgemacht nach Familienrezept aus Milch der seltenen Pinzgauer Ziegenrasse. Ein Muss für extravagante Küche."

„Du wirst das schon perfekt deklarieren", blinzelte Urs.

„Angenehmes Arbeiten. Du machst die Preise und ich die Werbung." Mina bewunderte Urs' Gespür. Er schätzte den Wert einer Handwerksarbeit oder von einem Tier und holte das Maximale heraus.

„Ein bisschen Geld kann nicht schaden, ich muss Max volltanken", gab Urs bekannt.

Mina winkte ab. „Struppi kann sich auch nicht selbst versorgen. Mäuse für die Kater scheint es in rauen Mengen zu geben. Die beiden bedienen sich nicht mal mehr am Hundenapf."

„Telefontag?", witzelte Mina, weil Urs' Handy schon wieder summte.

„Ich bin halt ein gefragter Typ", kicherte er und nahm das Gespräch an. Es war das Sägewerk. Der Lastkraftwagen wurde für den frühen Nachmittag avisiert. „Bloß gut, dass die Sonne scheint und wir wenigstens Strom für die Quatschkästen haben!", stöhnte er. „Sonst müssten wir wegen jedem Pups mit dem Traktor durch die Gegend juchteln. Ja, ja, schon gut. Ohne Handy war das Leben gemächlicher."

Mina lachte schallend. Bis ihr Telefon ebenfalls klingelte, was Urs breit grinsen ließ. „Der Heuwender ist da."

„Ich fahre gleich runter, um ihn zu holen. Ab morgen könnte es hektisch werden." Urs schöpfte noch einen Eimer Wasser zum Abwaschen aus der Quelle, dann zog er los. Er machte den kleinen Umweg zu Anton, um ihm zu sagen, dass man mit dem Bau beginnen könne. Marianne präsentierte ihm die trockene Wäsche. Hocherfreut nahm sie Urs gleich mit. Den Heuwender konnte er nicht montieren lassen, weil da der Hänger gestört hätte. Also lud er ihn auf und kaufte gleich noch die zwei Säcke Zement zum Sockel mauern. An der Kasse erspähte er einen Tisch mit Usambaraveilchen und Schnittblumen. Ein dunkellila Veilchen und einen Strauß blutroter Rosen ließ er sich transportsicher einpacken. Er tankte gleich vor Ort, weil Mina ja die elektronische Kundenkarte hatte, mit der dies möglich war. Die steckte mit in den Fahrzeugpapieren und war deshalb immer verfügbar, wenn einer mit Max unterwegs war.

Mina kontrollierte inzwischen das Hühnerhaus. Ein Tonei lag in einem anderen Nest, als wohin sie es getan hatte. Beim Anfassen bemerkte sie ihren Irrtum – eines der Plymouth Hühner hatte sein erstes Ei gelegt. Mina trug es sofort in die Küche. Dem durfte nichts geschehen, bevor es Urs gesehen hatte. Sie fand sogar noch ein echtes Ei. Etwas kleiner, aber mit einem deutlichen Grünschimmer. Welche die erste Henne gewesen war, dürfte sich kaum herausfinden lassen, aber deren freudvolles Gegacker musste das zweite Huhn zum Legen animiert haben. Von nun an wollte Mina gleich jeden Morgen die Nester kontrollieren. Sie brachte auch das grüne Ei sofort ins Haus und fotografierte beide für die abendlichen Nachrichten.

Die nächste freudige Überraschung bescherte ihr Urs, der vor allem anderen den Rosenstrauß auspackte. „Für die wundervollste Frau im Universum. Mina, ich liebe dich. Ich sage es nur viel zu selten. Damit du nicht traurig sein musst, wenn die Rosen irgendwann verwelken, habe ich noch ein Blümchen im Topf für dich." Er nahm das Usambara-Veilchen aus dem Papier.

Mina wischt sogar ein paar Tränen fort. Dass Urs so romantisch sein konnte, hatte sie nicht vermutet. Er zog sie an sich, um sie stumm ein paar Augenblicke ganz nah zu spüren. Und Mina fühlte gleich wieder diese Geborgenheit, die unendlich guttat. Das war wertvoller, als wenn er viel geredet hätte, um zu beteuern, wie sehr er sie liebe.

„Ich habe auch eine kleine Überraschung für dich", schmunzelte sie, ihn an der Hand in die Küche ziehend.

Urs strahlte auf. „Ich stelle eine Flasche Sekt kalt! Der Tag muss gefeiert werden!"

„Tu das!" Mina stellte ihren Rosenstrauß in einem Krug auf den Küchentisch und das Usambara-Veilchen aufs Regal, gleich am Fenster. Die saubere Wäsche sortierte sie auch sofort noch ein.

Kaum war die Kühlschranktür hinter Sekt und Eiern zu, gingen sie Arm in Arm hinaus, um den Hänger abzuladen und sich mit dem Heuwender zu beschäftigen. Karli und Sepp kiebitzten hinterm Elektrozaun und Struppi begutachtete die neue Maschine aus der Nähe. Die langen beweglichen ‚Spinnenbeine' daran waren ihm nicht geheuer.

„Ich mähe morgen früh noch zwei Bahnen auf dem flachen Stück da oben." Urs zeigte den sanften Hang hinauf. „Dann versetzten wir am besten den Weidezaun dahin, wo es für den Traktor zu gefährlich ist."

„Kann der Unterstand bleiben?", überlegte Mina laut.

„Ja. Die Herde muss dann eben ein paar Schritt drum herum laufen, wenn es von oben feucht wird. Wir haben doch rund 100 Meter Verlängerung, die wir notfalls dazwischen setzen können, wenn uns das neue Machwerk nicht zusagt."

„Ich will heute Nachmittag noch einmal Milch zum Eindicken ansetzen", erklärte Mina.

Urs blinzelte. „Ich werde dich nicht dabei stören. Ich habe auf der anderen Seite der Küchenwand zu tun."

„Sockel mauern, vermute ich."

„Genau. Könntest du mir beim Aufrichten eines Balkens helfen? Sonst muss ich erst Max umrüsten", bat Urs.

„Was für eine Frage!" Mina schüttelte gespielt missbilligend den Kopf. „Das Haus geht vor und die Milch läuft nicht weg, solange der Eimer kein Loch hat."

Kurz darauf hörte sie, wie Urs draußen schaufelte, um das alte Fundament freizulegen. „Ich muss doch Max aufwecken", tönte es dumpf durch die Wand und ein paar Minuten später tuckerte der Traktor heran. Das laute Poltern verriet, dass Urs mit der Wanne die benötigten Bruchsteine direkt an die Außenwand schob, um unnötige Wege zu vermeiden. Mina machte ein Foto durchs Fenster und gleich noch eins mit Rosenstrauß und Veilchen. Ganz langsam schickte sich die Sonne an, hinterm Gebirgszug auf der anderen Seite des Tales zu verschwinden.

„Kannst du helfen?", fragte Urs.

„Schon unterwegs!" Mina eilte ums Haus, wo der Balken bereit lag. Urs brachte den Traktor in Position, der auf der anderen Seite den schweren Pfosten stützen sollte. Nun richtete er, seinem Ruf als Bär alle Ehre machend, den Eckpfeiler auf. Mina musste mit der Wasserwaage prüfen, dass dieser gerade stand. Dann brauchte sie ihn nur noch ein wenig halten, damit er auch wirklich senkrecht stehen blieb. Urs verfüllte das Loch ringsum mit Steinchen und stampfte Mörtel in alle Lücken.

„Du kannst loslassen. In einer halben Stunde fahre ich Max neben die Scheune und rüste ihn um. Wobei ich morgen lieber mauern statt mähen sollte."

„Dann tu es doch. Ich werde mähen." Mina hauchte ihm einen Kuss auf die Wange. „Hast du genug Steine?"

„Bis Mittag reichen sie, dann kann ich mir immer noch welche zusammenschieben. Zwischendurch kommt ja auch der Käsekäufer. Mal sehen, ob sich Folgegeschäfte einrühren lassen." Urs schwang sich in die Kabine.

„Wir braten uns die beiden Eier und essen sie auf einer Scheibe Brot", schlug Mina plötzlich vor. „Ich bin viel zu neugierig auf das grüne Ei, um noch länger zu warten."

Urs lachte herzlich. So ungeduldig kannte er Mina gar nicht. Dafür teilte sie beide Spiegeleier am Ende auch ganz exakt in der Mitte, damit jeder von jedem kosten konnte.

„Definitiv lecker", stellten sie fest, in der Hoffnung, am nächsten Morgen vielleicht zwei Eier zum Kochen zu haben.

Dass die fleißigen Eierproduzenten die leeren Schalen zerkleinert ins Futter bekamen, verstand sich von selbst, denn von irgendwoher mussten sie ja auch Kalk aufnehmen, um Eier mit Schalen bilden zu können. Urs erinnerte sich an eine Henne seiner Eltern, die immer wieder nur Windeier legte, obwohl sie körperlich gesund war. Sie landete nach ein paar Wochen wegen der ständig schalenlosen Eier mit Klößen und Rotkohl auf dem sonntäglichen Mittagstisch.

Urs öffnete die Sektflasche, sie stießen an und machten es sich mit dem Laptop auf der Bank gemütlich, um gemeinsam mit Andreas und den Freunden chatten zu können. Der Eier-Werdegang bis zum Spiegelei war die erste Bilderschiene, die Mina setzte und sofort Ah und Oh und Daumen nach oben erntete.

Dann posteten sie den Heuwender und schließlich den Beginn der An- und Umbauarbeiten. Zuletzt die Blumen und ein Bild von sich beiden mit den Sektgläsern in der Hand. ‚Meilensteine – der Schüchthof regeneriert sich langsam', setzten sie darunter. ‚Morgen wird das Bauholz angeliefert.'

Andreas meldete sich sowohl telefonisch als auch in den Reaktionen. „Ich komme am Wochenende helfen! Als Ersatz für den zu kurzen Urlaub."

„Super! Versuchst du, noch eine Solarzelle für die Handys mitzubringen?", bat Mina.

„Sofort notiert!", erklärte Andreas.

Sie ahnten nicht, dass er etwas dazugeschrieben hatte, was für sie noch wertvoller sein werde, obwohl es nicht viel kostete.

Dann bekam Andreas eine Mail von Mina. ‚Ich brauche dringend feinkörniges Sandpapier und folgende kleine Büchsen Ölfarbe zum Basteln.' Sie zählte auf. ‚Eine große Dose wetterfesten Klarlack für Holz, benötige ich auch. Kein Wort zu Urs!'

Grinsend notierte sich Andreas das. Mina schien eine richtig große Überraschung für Urs vorzubereiten.

Die erste Überraschung des neuen Tages bescherten ihnen aber die Hühner. Mina fand drei grüne und zwei braune Eier in den Nestern. „100 Prozent Leistung von den Exoten. Die anderen schwächeln noch", gab sie bekannt, Urs die Eier präsentierend.

„Bitte grüne Frühstückseier!", rief er sofort. „Jammerschade, dass die im Winter nicht legen."

„Wegen des Frühstücks?", staunte Mina.

„Nein. Wegen des Futters", seufzte Urs.

„Na, so viel fressen die ja nun wirklich nicht", wiegelte Mina ab. „Ich werde bei nächster Gelegenheit nach weiteren Araucana Hennen Ausschau halten. Die könnten mit den Ziegen zu unseren Werbeträgern werden. Schüchts

Exotenhof, wird man uns hinter vorgehaltener Hand nennen und jeder wird wissen, wo wir zu finden sind."

Urs schaute sie verblüfft an. „Ein nicht uninteressanter Gedanke."

Mina steckte mit Blick auf die Uhr zwei Araucana Eier in den Kochtopf. Sie mochten beide das Eigelb weder flüssig noch ganz fest. Doch während Urs sich eine Brotscheibe mit dem geschnittenen Ei belegte, löffelte Mina ihres aus. Ihr Müsli rührte sie mit Kuhmilch an, weil es so einfach besser schmeckte. Dem Kühlschrank war Dank sicher. Urs genoss das geregelte Leben, welches aber nicht völlig streng nach der Uhr lief. Ein ganz fester Punkt war nur das Mittagessen, das Mina 12 Uhr auf den Tisch brachte. Plus, minus fünf Minuten. Kaffee gab es auf Zuruf, je nachdem, wer zuerst Appetit darauf hatte. Eine große Kanne Tee stand immer. Der schmeckte auch kalt wunderbar.

Mina wollte gerade mit dem Traktor vom Hof fahren, als ihr auf den letzten Metern ein SUV entgegenkam. Sie stoppt und ließ ihn vorbei. „Guten Morgen! Mein Partner ist hinterm Haus. Sie müssten ihn gleich sehen, wenn sie jetzt rechts runter fahren." Sie tuckerte weiter.

Auch der Gast ließ das Auto weiterrollen. Jetzt, wo er wusste, wie hübsch die Bäuerin war, würde ihm der Käse gleich noch besser schmecken. Erstaunt schaute er sich um. Er hatte vor Jahren die Bilder in den Nachrichten gesehen.

Anton hatte nicht übertrieben. Die jungen Leute waren dabei, den Hof zu neuem Leben zu erwecken. Und er konnte auch die Ziegenherde grasen sehen. Zweifel ausgeschlossen, es waren tatsächlich Pinzgauer.

„Guten Morgen!", wünschte Urs hinter seinem Steinwall hervor.

„Huch! Guten Morgen! Ich habe sie gar nicht gesehen!", stotterte der Ankömmling erschreckt.

„Ich staune gerade, wie Sie hier oben allen Widrigkeiten trotzen."

„Mit der richtigen Frau an der Seite ist das gar kein Problem", erwiderte Urs sichtlich stolz.

„Sie hat mich gerade am Traktor vorbei gelassen", berichtete der Hotelier, sich neugierig umdrehend, als das Motorengeräusch auf dem Hang näher kam.

„Sie mäht Winterfutter für die Herde, weil ich verhindert bin", verriet Urs. Der Fingerzeig auf die Baustelle war Erklärung genug.

„Ich komme wegen des Käses ..."

„Gehen wir rein, ich habe ihn heute Morgen bereitgelegt." Und natürlich ganz zufällig auch noch einen der großen Käselaibe auf dem Tisch liegen, fügte er in Gedanken an.

Wie geplant, wurden die Augen des Hoteliers geradezu riesig. Sie hätten glatt mit dem großen Käserad konkurrieren können. „Was würde so einer kosten?"

Urs meinte: „Hm, schätzungsweise 500 Euro. Ich habe derzeit keine geeignete Waage, um die

Großen im Ganzen genau auszupreisen. Deshalb verkaufe ich die großen Laibe auch noch nicht. Dieser hier müsste um die zehn Kilogramm schwer sein."

„Ich will ihn haben!", rief der Hotelier, für alle drei zusammen 1000 Euro auf den Tisch packend.

Urs kratzte sich am Kinn. „Wie Sie wollen! Darf ich Ihnen die bezahlte Rechnung mailen? Den Bürokram macht immer meine Frau."

Er erhielt eine Visitenkarte mit der exakten Rechnungsadresse, half beim Einladen und versprach, sich zu melden, wenn der nächste Zehn-Kilo-Käse verkaufsreif sei. Dabei fiel ihm ein, dass morgen der reifende Käse gedreht und mit Salzlake abgebürstet werden müsse.

Mina freute sich riesig, als Urs bat, die Papiere über den Riesenbetrag auszustellen. Sie ließ alles stehen und liegen, um die Bitte sofort zu erfüllen. Und sie trug auch die Bestellung in eine Liste ein. „Ich bürste noch heute den Käse und pflocke hinterher die Elektrozäune um", sagte sie sofort. „Du kümmerst dich um die Bauarbeiten, denn davon habe ich keine Ahnung. Wir müssen jede kleine Chance nutzen, Umsatz zu machen."

„Vielleicht sollten wir eine moderne Baracke für die Käserei aufstellen", überlegte Urs laut.

„Nein. Wir ziehen das so durch, wie unser zweiter Entwurf war", stoppte Mina diese Gedankengänge. „Wir wollen mit einem urigen

Hof Gäste anlocken. Modernen Kram können sie überall finden. Morgen früh wende ich das Heu und kümmere mich am Nachmittag ums Feuerholz für den Winter. Die Sägespäne fange ich für den Hühnerstall auf."

„Lade dir bitte nicht zu viel auf. Ich habe Angst um dich." Urs nahm Mina in die Arme.

„Nicht loslassen", flüsterte sie nach ein paar Augenblicken.

Urs streichelte Minas Rücken. „Ich lasse dich niemals los, mein Schatz. Niemals. Ohne dich fehlt ein Teil von mir. Ich brauche dich, wie die Luft zum Atmen."

„Ich liebe dich", hauchte Mina, das wohlige Gefühl der Geborgenheit mit jeder Faser ihres Körpers spürend. Sie löste sich fast wie in Zeitlupe von ihm. „Ich werde mich erst einmal ums Mittagessen kümmern."

„Weißt du, worauf ich Appetit hätte?", sagte Urs. „Auf etwas ganz Einfaches, dass mir meine Oma manchmal gemacht hat."

„Was ist es?", fragte Mina neugierig.

„In Butter gebratene Brotscheiben", murmelte Urs. „Ganz einfach, aber oberlecker."

„Brot ist da, Butter auch", stellte Mina fest. „Zeig mir, wie es richtig ist."

Urs drehte das Gas auf kleine Flamme und gab etwas Butter in eine Pfanne. Als sie begann, duftenden Schaum zu bilden, legte er zwei Brotscheiben hinein, die er öfter wendete, bis sie von beiden Seiten knusprig braun waren. Dann fischte er sie heraus. „Jetzt kann man sie essen."

Sie aßen auch gleich mit den Fingern und Mina meinte, genüsslich kauend: „Das hat Suchtpotenzial."

Nach der dritten Runde stellte sich satte Zufriedenheit ein.

„Um Längen leckerer als getoastetes Brot mit Butter. Aber sicher auch gehaltvoller", sagte Mina.

„Genau deswegen mal als schnelles warmes Essen geeignet, bei so viel Bewegung und körperlicher Arbeit", blinzelte Urs.

„Richtig. Es gibt keinen Grund, immer auf alles verzichten zu müssen. Wo andere schon vorm Fernseher hocken und Chips mampfen, sind wir noch Stunden auf den Beinen." Mina goss kalten Tee in zwei Keramikbecher.

Auf der Wiese schlich sich Tom an eine Araucana Henne heran, um einen spielerischen Scheinangriff zu führen. Er holte sich eine blutige Nase, weil sich das Huhn mit heftigen Schnabelhieben verteidigte. Urs und Mina grinsten. Die Lektion werde sich der kleine Kater sicher merken. Lege dich nie mit Stärkeren oder besser Bewaffneten an. Auf das jämmerliche Miauen kam Struppi angerannt. Ihm blieb nur, seinen kleinen Freund zu trösten, indem er ihm das Blut ableckte. Das siegreiche Huhn stolzierte mit hoch erhobenem Kopf und leise glucksend über die Wiese.

„Tja, mein Lieber. In der Rasse stecken die Gene von echten Kampfhühnern. Die sollte man nicht über Gebühr reizen", schmunzelte Urs. Dann wandte er sich an Mina: „Wärst du so lieb, mir beim Aufrichten des nächsten Balkens zu helfen?"

„Aber liebend gern. Ich bin so stolz auf dich." Sie ging noch einmal auf Tuchfühlung. „Deine Stärke gibt auch mir Kraft."

„Die anderen Stützbalken sind leider erst auf dem Weg zu uns", sagte er mit Bedauern, als sie fertig waren. „Die restlichen geretteten Materialien sind nicht dafür geeignet, die untere Etage zu bilden. Als Dachkonstruktion müssen sie nur mit der Schneelast fertig werden. Und die reicht auch schon aus, um Schaden anzurichten, wenn nicht alles stimmig ist."

Mina stand im Keller und bearbeitete den Käse, als es auf der Zufahrt hupte. Das konnte eigentlich nur der LKW aus dem Sägewerk sein. Urs war sofort zur Stelle und dirigierte ihn rückwärts direkt zum Bauplatz. Struppi beobachtete es vorsichtshalber nur von Ferne.

„Ich bringe heute noch den Rest", erklärte der Fahrer, beim Abladen mit dem Kran. Dabei schaute er Urs mehrfach unverwandt an. Der hob schließlich fragend die Augenbrauen. „Sind Sie nicht jener Herr Schücht, der beim Schreiner Matthess gearbeitet hat?", kam da auch schon die Frage.

„Der bin ich", gab Urs erstaunt zu.

„Ich bin Walter, der Lehrling, der in dem Jahr kam, als Sie zum Meisterstudium gehen wollten."

„Dann bleiben wir doch beim alten Du!", bat Urs.

„Gerne! Ich arbeite jetzt im Sägewerk im Zuschnitt", erzählte Walter. „Als ich Schücht und die Adresse auf dem Auftrag las, hab ich sofort gesagt, dass ich den von A bis Z persönlich bearbeite. Es ist schön, Leute, die man kennt, in der eigenen Region in handfesten Berufen wiederzutreffen."

„Freut mich sehr, dich auch wiedergesehen zu haben", strahlte Urs. „Ich denke, wir werden öfter miteinander zu tun haben, weil ich hin und wieder Späne für die Hühner brauchen werde."

Walters Blick streifte Urs' gigantische Bizeps unterm kurzärmeligen Shirt. „Ich schätze, du hast die Balken mit Muskelkraft aufgerichtet, so wie du früher alle in Angst und Schrecken versetzt hast."

„Hab ich", lachte Urs. „Meine Partnerin bedient die Wasserwaage und hält mit Traktor Max den Balken beim Einbetonieren. Wir drei sind ein eingespieltes Team."

Als Walter die zweite Lieferung brachte, hatten Urs und Mina gerade den fünften Balken aufgerichtet. Er konnte sich mit eigenen Augen überzeugen, dass die rustikale Art des Bauens, durchaus funktionierte, und Urs noch immer der gewaltige Bär früherer Jahre war.

In den nächsten Tagen kümmerte sich Mina ums Heuwenden, während Urs stundenweise auf Antons Hilfe zurückgreifen konnte. Als das Heu trocken war, zog Mina die Augenbrauen zusammen. „So wird das alles nichts. Wir brauchen eine Heupresse. Gleich, sofort und auf der Stelle. Die Ballen einsammeln, ist dann nicht das große Problem." Sie zückte das Handy und telefonierte herum, bis sie eine gefunden hatte, die auch an den kleinen Traktor passte. Bereits am nächsten Vormittag rief der Landhandel an, dass eine Maschine für sie eingetroffen sei.

„Ihr müsst allein klarkommen", sagte sie zu Urs und Anton, sich unverzüglich auf den Weg begebend. Bei der Probe auf dem Parkplatz des Landhandels lief dann die Transportschnecke nicht und Minas Gesicht färbte sich dunkelrot.

„Einen Cappuccino für Frau von Trachenberg!", rief der Verkäufer in die Vorhalle, Mina am Arm zu einer Sitzecke führend. „Sie relaxen und ich kümmere mich um die Heupresse." Er wieselte davon, um die Techniker anzutreiben. „Kann ich sonst noch etwas für Sie tun?"

Mina war den Tränen nah. „Ja. Packen sie mir fünf Araucana Hennen ein. Ich will sie später essen."

„Im Ernst?", fragte der Verkäufer vorsichtig.

Mina nickte müde.

„Ich meine das Einpacken, nicht das Essen", stotterte der Verkäufer.

Wieder nickte Mina.

„Ich suche Ihnen besonders hübsche aus", hörte sie ihn sagen und wurde munter. „Sie haben wirklich welche da?"

„Ganz wirklich", schwor er. „Wie geht es den anderen?"

„Hervorragend. Sie legen fleißig und wissen sich ihrer Haut zu wehren", erzählte Mina. „Sie haben den Plymouth Rock gezeigt, wie es geht, mit der Eierlegerei." Die Fotos der ersten beiden Gelege waren der Beweis.

„Na wenigstens lächeln Sie wieder", atmete der Verkäufer auf. „Und da draußen scheint sich auch was Positives zu tun."

Es war ein lockeres Kabel gewesen. Mina zahlte, gab reichlich Trinkgeld, lud die Hühnerkäfige in die Box hinter der Kabine und ließ den Motor an. Mit der angekuppelten Ballenpresse brauchte sie fast die doppelte Zeit, um alles heil nach Hause zu bringen.

„Du hast Hühner mitgebracht", staunte Urs.

„Frustkauf", erwiderte Mina, dann erzählte sie, wie es dazu gekommen war.

„Ich glaube, du brauchst dringend einen Ruhetag", murmelte Urs.

„Bloß nicht! Ich will Heu pressen. Da kommt mir ein Ruhetag völlig ungelegen", intervenierte Mina ganz entschieden.

Urs gab grinsend nach. Er hätte wohl genau so reagiert. Sie hatte hart um die Presse gekämpft, und dann sollte sie sie nicht mal gleich einweihen dürfen.

In der Scheune ließen sie die neuen Hühner frei, die sich sofort unter die Schar der Alteingesessenen mischten. Dass es im Hühnerhaus erst mal Tohuwabohu wegen der Sitzordnung gab, war zu erwarten gewesen. Aber das regelte die Hackordnung und die Neuankömmlinge mussten sich hinten anstellen.

Den Abend gingen sie gemeinsam in Ruhe an. Es war nämlich auch keinem gedient, wenn Urs zusammenbrach, weil er wie ein Berserker mit schwerem Baumaterial jonglierte.

Andreas reagierte diesmal nicht auf den Tagesbericht und Mina vermutete, er stecke bis über beide Ohren in irgendwelchen unangenehmen Verhandlungen.

## VIII.

Mitten in der Nacht schlug Struppi an. Urs war mit einem Satz aus dem Bett und mit dem Brecheisen in der Hand hinter der Scheune, von wo das Bellen kam. Er konnte sehen, was der Hund wahrscheinlich gehört hatte: Ein Auto erklomm die Serpentine zum Hof. Urs konnte deutlich die Lichtkegel der Scheinwerfer erkennen.

Weil sich Struppi durch Urs' Anwesenheit beruhigte, kam auch Mina heraus. Da standen sie nun in Schlafanzügen und warteten auf die Auflösung des Rätsels. Struppi begann, verhalten mit dem Schwanz zu wedeln, als das Auto die lange Gerade zum Hof erreichte.

„Schau an, es scheint jemand zu sein, den Struppi gut kennt", flüsterte Urs.

„Wuff!" Das Schwanzwedeln verstärkte sich.

„Das ist Andreas!", rief Mina überrascht. Sie hatte die Silhouette des Geländewagens erkannt.

„Hallo, ihr Lieben! Habt ihr ein Schlafplätzchen für mich? Ich bin seit gestern Morgen drei Uhr auf den Füßen." Andreas quälte sich vom Sitz.

„Haben wir! Komm rein."

„Ich will wirklich nur noch schlafen", stöhnte Andreas, folgte ihnen ins Haus und schlief fast auf dem Stuhl ein, als Urs rasch seinen Schlafsack aus dem Auto holte und auf dem Spitzboden ausrollte. Wenige Augenblick später lagen alle in tiefem Schlummer.

Andreas wachte nicht mal vom Geschirrklappern am Morgen auf und auch nicht vom Traktorengetucker.

Urs war erst mal mit zum Heu gegangen, um ein paar Minuten zuzuschauen, wie die Presse funktionierte. Die kleinen handlichen Pakete konnte man am Ende aufsammeln und mit dem Hänger zur Scheune transportieren, wo sie platzsparend gestapelt werden konnten.

„Das sollten wir auch umgehend machen", schlug Urs vor. „Da hinten scheint sich was zusammenzubrauen."

„Oh nein! Das darf doch alles nicht wahr sein!" Mina hätte vor Wut weinen mögen. Sie hielt an. „Wenn es gepresst nass wird, schimmelt es."

„Genau so", ärgerte sich auch Urs.

Sie waren so in die Diskussion vertieft, dass sie erschraken, als sie Andreas plötzlich ansprach: „Kann ich helfen?"

Mit wenigen Worten erklärten sie die vertrackte Situation und sammelten gemeinsam ein, was schon allen Ballen dalag, schichteten es in die Box hinter der Kabine und Mina brachte es rasch zur Scheune. Man warf es ab und beeilte sich, bis zum Beginn des Regens noch möglichst viel zu pressen und zu bergen.

„Immerhin ein Drittel", stellte Mina zufrieden fest, als sie die letzte Tour gerade noch trocken einfuhr. „Wir ziehen jetzt das Mittagessen vor", legte sie fest. „Sonst kippt Andreas um."

Als sie sich an der Quelle die Hände wuschen, bekam Andreas große Augen, weil Mina mit Handschuhen einen ansehnlichen Bund junger Brennnesseln pflückte, den sie gründlich abspülte.

„Wird dies das Mittagessen?", fragte er verdattert.

„Ein Teil davon", gab Mina bekannt. „Du wirst es mögen. Zur Feier des Tages gibt es Spiegelei aus grünen Eiern, Brennnesselspinat und Kartoffelbrei. Den leider nur instant. Aber mit Nachbearbeitung."

Urs musste über Andreas' ungläubigen Blick herzhaft lachen. Noch mehr, als der verblüfft feststellte, dass Mina die Nesseln wirklich kleinhackte und in den Kochtopf schüttete. Die eher türkisfarbenen Eier betrachtete Andreas eingehend, denn der Farbton variierte von Henne zu Henne. Eins konnte man sogar kräftig grün nennen. Das fertige Essen schnüffelte er fast an, wie es Struppi getan hatte, als er von Mina die Kräuterkauknochen bekommen hatte. Und genau wie Struppi seine Leckerli, aß er den seltsamen Spinat mit großem Appetit. „Gar nicht übel und mehr Bio, als das, wo Bio drauf steht. Ich kapiere langsam wirklich, wie Urs hier oben ohne moderne Welt überlebt hat." Er widmete den Kräuterbündeln, die an einer langen Schnur quer überm Fenster zum Trocknen hingen, einen nachdenklichen Blick. Sie dufteten geheimnisvoll und erinnerten ihn ein wenig an die Hexenküchen aus den Märchenbüchern.

„Ich sehe dir an, was du denkst", kicherte Mina.

„Glaube ich nicht", schmunzelte Andreas.

„Oh doch. Ich müsste mir als Antwort nur Tom auf die Schulter setzen", grinste sie.

Urs brach in wieherndes Lachen aus, weil jetzt Andreas' Gesicht die absolute Verblüffung widerspiegelte.

„Lernt man das hier oben?!", rief Andreas, beinahe schon entsetzt.

Mina kuschelte sich an Urs' Schulter. „Womöglich ist er ja doch der leibhaftige Berggeist."

Andreas nickte. „Das festigte sich soeben wieder ein bisschen mehr in meiner Überzeugung." Dann lächelte er breit. „Weil es die Berggeister aber nicht so mit der Stromerzeugung haben, steckt das nötige Knowhow in meinem Kofferraum." Er ging trotz Nieselregens hinaus, um einen großen Karton zu holen. „Hier wäre erst einmal die versprochene Solarzelle. Dann habe ich etwas mitgebracht, das bei trübem Wetter der ultimative Renner ist: Ich präsentiere die Miniwindturbine! Und falls die im Winter einschneit, gibt es hier den Handkurbelgenerator."

„Wow!" Mina und Urs rissen die Augen auf. „Was bekommst du?"

„Ein Dach überm Kopf für ein paar Tage und eine Handvoll grüne Eier beim Nachhausefahren", gab Andreas fröhlich lächelnd bekannt.

Urs las sofort die Anleitung der Turbine durch. Nicht ganz eine Stunde später hatte er sie mit mehreren Schellen an der Dachkante befestigt und zwei zusätzlich Halterungen direkt an der Wand angebracht.

„Wir haben Strom!", jubelte Mina unter dem Gelächter der Männer, als das angeschlossene Handy anzeigte, geladen zu werden.

„Und ich bin die Sorge los, dass ihr im Notfall keine Hilfe rufen könnt, weil die Akkus leer sind", atmete Andreas auf. „So ähnlich werden auch die Turbinen sein, die euch Fabian ins Angebot gesetzt hat. Auf die vier alten Sockel werden vier leistungsstarke Turbinen kommen, die etwas freundlicher aussehen, als die großen Konstruktionen der wuchtigen Flügelräder. Er wird sie farblich anpassen. Also weder rot noch silberfarben werden sie sein, damit sie möglichst wenig auffallen. Er würde Ende September mit der Grundinstallation beginnen."

„Das Angebot nehmen wir zu den Konditionen auch an", erklärte Urs. „Dann haben wir im Haus und dem Keller erst mal Strom und können die Käserei etwas forcieren."

„Oh, es hat aufgehört, zu nieseln!", rief Mina. „Ich gehe dann mal Holz sägen."

„Wirst du allein klarkommen?", fragte Urs besorgt.

„Aber klar doch! Ich säge es nur auf Länge und lasse es an Ort und Stelle liegen. Die schweren Arbeiten überlasse ich mit Freude dir." Mina holte sich den Schutzhelm mit Klarsichtvisier vom Regal, zog Gummistiefel und einen langen derben Kittel an.

„Sie nimmt die Motorsäge", erklärte Urs für Andreas. „Es stecken ja noch immer Gesteinssplitter in Rinde und Holz, die sich in unangenehme Geschosse verwandeln können."

„Ich vergaß die Herkunft der Stämme", gab Andreas zu, Mina die Daumen drückend, auch mit Vollschutz nicht getroffen zu werden. Er folgte Urs hinaus, um beim Hausbau zu helfen. Erst jetzt bemerkte er, dass der rohe Anbau schon eine Etage mehr hatte. Sie schlossen das Dach und Andreas reichte Urs Schindeln zu, die in mühevoller Kleinarbeit vernagelt werden mussten. Etwas später kam Anton dazu, um sie für anderthalb oder zwei Stunden zu unterstützen. Er nahm auch die Wunschliste für Nägel und Schrauben mit.

Struppi wartete schon eine halbe Stunde vorm leeren Futternapf, als sie endlich die Arbeiten beendeten. „Armer Wauzi." Mina füllte rasch Trockenfutter auf.

Beim Abendbrot debattierten sie darüber, wie es mit dem Bau weitergehen solle. „Ich bin dafür, sofort aufzustocken und die Innenarbeiten immer dann zu machen, wenn wegen des Wetters mal gar nichts anderes geht", sagte

Mina. „Ich brauche nur Unterstützung beim Ausmisten und wenn die Heuballen verladen werden müssen. Für das Feuerholz besorge ich notfalls einen mechanischen Spalter, um auch damit allein klarzukommen. Haus und Käserei sind in jedem Fall wichtiger, weil in absehbarer Zeit regelmäßig Geld reinkommen sollte, wenn wir hier Meter machen wollen. Den Transport des Holzes zum Stapelplatz an der Hauswand kann Sepp übernehmen. Dem knüpfe ich ein Geschirr, um ihn an den Handwagen anzuspannen."

„Gute Idee. Karli hat es auch überlebt und der ist kein Lasttier", stimmte Urs zu. „Mann, das waren noch Zeiten! Steinzeit gegen das, was wir heute haben."

„Der darf gerne als Trostspender neben seinem Esel-Kumpel herlaufen, wenn es so weit ist", blinzelte Mina.

„Ich habe noch die andere Bestellung im Auto", wisperte Andreas, als Urs kurz hinaus ging.

„Ich nehme sie morgen früh raus und trage sie in den Keller", flüsterte Mina zurück.

„Du weißt, was passiert, wenn wir den Spitzboden aufreißen", wandte sich Urs an Andreas.

„Ja, dann muss ich ins Zelt umziehen. Mach dir deswegen bloß keine Sorgen. Ich bin für alles gewappnet. Ich könnte sogar im Auto schlafen."

So wie Mina nach dem Versorgen der Tiere und dem Frühstück mit dem Traktor vom Hof fuhr, um das ganze Heu zu wenden, begannen Urs und Andreas das Dach abzutragen. Wobei sie die Schindeln und Bretter vorsichtig abseilten, um sie wiederverwenden zu können. Urs begutachtete die Stützbalken, dann rief er Anton an, um schmale gelochte Stahlplatten zu ordern, mit denen er die Balken zusätzlich sichern wollte. Anton fragte nicht lange. Er fuhr los, um die gewünschten Dinge zu besorgen.

„Ach herrje!", murmelte er beim Anblick der neuen Bauaktivitäten. „Da macht einer richtig Betrieb."

Urs war gerade dabei, eine Art Kran zu zimmern, mit dem man die schweren Balkenverlängerungen hochhieven und positionieren konnte. Max war in diesen Höhen machtlos. Beim vierten Versuch gelang es. Anton richtete ihn mit der Wasserwaage ein, Andreas hielt ihn in der Führung und Urs schraubte links und rechts Stahlplatten fest. Dann verband er den Balken mit einem starken Brett direkt mit der Wand des Anbaus.

„Falls in den nächsten Tagen nicht gerade Sturm aufkommt, sollte es funktionieren", stellte er mit tiefer Zufriedenheit fest. „Dann entferne ich auch die Bretter, die ich jetzt nur als Zusatzsicherung angebracht habe, solange die Balken frei stehen würden."

Zwei Tage später waren sie fest verbunden und das Dach nahm Gestalt an. Zwischendurch mussten die Heupakete eingesammelt und gestapelt werden.

„Ich kann schon gar nicht mehr benennen, wo ich überall Muskelkater habe", stöhnte Andreas. „Aber es erfüllt auch mit Stolz, wenn man an so einem Haus mitbauen darf."

Mina holte nach dem nächsten Grasschnitt den bestellten Holzspalter ab. „Ich sehe gar nicht ein, warum man es sich unnötig schwer machen soll." Sie testete unter den neugierigen Blicken der Männer den vertikalen Spalter, der auf ganz einfache Weise mittels eines fallenden Gewichtes funktionierte.

„Interessante Technik." Urs gab dem Gewicht zusätzlich Schwung und die dicke Baumscheibe platzte auseinander. „Sehr viel sicherer als eine Axt, die Mina nur mit großem Aufwand dauerhaft schwingen könnte. Meinen Segen hat das Ding." Er konnte sich ganz beruhigt dem Festnageln der Wände zuwenden.

Struppi lief wieder Patrouille, weil ein riesiger Greifvogel versucht hatte, eine Henne zu entführen. Seinem schnellen Eingreifen war es zu verdanken, dass der vermutliche Steinadler unverrichteter Dinge abziehen musste. Das verletzte Plymouth Rock Huhn saß jetzt, mit einem dicken Verband um den Körper, im Haus und bekam Kraftfutter. Es hatte Federn gelassen und eine tiefe Risswunde durch die Krallen des Angreifers erlitten. Dass Mina und Urs bisher von Verlusten verschont geblieben waren, grenzte schon fast an ein Wunder, denn potenzielle Fressfeinde gab es zuhauf.

Der Abschiedstag von Andreas kam. Mina sortierte in zwei Pappbehälter Araucana Eier ein. Obendrauf packte sie noch einen kleinen Ziegenkäse und einen Beutel getrocknete Wildkräutermischung für Tee. Ziemlich sicher würden sie sich erst im nächsten Jahr wiedersehen, nach der Schneeschmelze.

Andreas verabschiedete sich von den drei Unzertrennlichen, drückte Mina und Urs ganz fest, dann startete er den Motor.

„Und was machen wir jetzt?", witzelte Urs, weil es auf dem Hof immer überreichlich zu tun gab.

„Du könntest mir bei einer Sache helfen, die ich dir eigentlich nicht verraten wollte. Noch nicht", bat Mina.

„Ich kann ja vergessen, was ich gesehen habe", schlug Urs vor „und ich verkneife mir auch alle Fragen."

Mina schleppte eine fünf Zentimeter dicke und 60 mal 90 Zentimeter Breite mal Länge messende schräg gesägte Baumscheibe herbei. „Kannst du mir das ganz glatt hobeln? Sandpapier für die Restarbeiten habe ich und damit komme ich auch alleine klar. Und bitte nicht den Rindenrand beschädigen."

Urs nahm das Stück entgegen. „Ich gebe mir Mühe." Dabei war ihm anzusehen, wie angestrengt er überlegte, was am Ende daraus werden sollte. Weil er so brav seine Neugier bezähmte, durfte er auch zuschauen, was Mina nach dem Glätten daraus machte.

Sie druckte sich je ein großes Bild von Karli und einer Araucana Henne aus, wo sie nur die wichtigsten Umrisse hatte stehen lassen. Dann rieb sie die Linien auf der Rückseite dick mit Bleistift ein, platzierte den Bock links, die Henne rechts, fixierte es mit Klebeband und zog die Linien mit einem langen Nagel nach.

Urs ging ein Licht auf, was sie vorhatte. Er ahnte nur nicht, wie es weitergehen werde und wohin sie das fertige Kunstwerk hängen wollte.

Mina grinste breit und verpasste dem langen Nagel ein Kleidchen aus zwei Sektkorken. Dann zündete sie die kleinste Gasflamme an, erhitzte den Nagel und brannte die Linien gekonnt nach.

„Wow!" Urs blieb vor Staunen der Mund offen stehen.

Mit einem dünneren Nagel arbeitete Mina die Fellstruktur und das Federkleid aus, was den ganzen Abend dauerte. „Dir hat es wohl wirklich die Sprache verschlagen", lachte sie, weil Urs stumm und andächtig zuschaute.

„Ja, so ähnlich", gab er zu.

„Morgen Abend mache ich weiter", blinzelte Mina, die Holzplatte in eine Ecke stellend.

„Ich kann nicht anders, ich muss zuschauen", sagte Urs, als sie am nächsten Abend ihren Laptop anmachte, die Platte mehrfach vermaß und und Zahlen eintippte. Dann kniff sie ein

Auge zu und maß wieder. Schließlich druckte sie etwas aus, wobei sie diesmal zwei Blätter zusammenklebte.

Jetzt verschlug es Urs wirklich die Sprache, denn da stand in herrlichen Buchstaben in leichtem Bogen geschrieben: Schüchthof. Darunter nur ein Viertel so groß im Gegenbogen: 4 Kilometer. Urs wischte sich sogar ein paar Tränen weg, weil er von Minas Idee einfach überwältigt war. Er störte sie auch nicht, als sie die Schrift auf das Holz übertrug und ebenfalls einbrannte. Die breiten Flächen zwischen den Außenlinien strukturierte sie wieder fein mit dem kleineren Nagel. Urs durfte zwei Löcher für die Befestigung oben und unten bohren.

„Morgen noch ein Hauch Farbe, dann lackiere ich es und wenn es richtig trocken ist, schrauben wir es überm Privatstraßenschild an den dicken Pfosten ganz unten an der Straße", legte sie fest.

„Wie auch immer du es möchtest, mein Schatz! Es ist wundervoll!" Urs freute sich unglaublich.

Nachdem sie das Schild angebracht hatten, dauerte es keine 14 Tage, bis das erste Mal Wanderer erschienen. Die zwei Pärchen waren von der Art des Hinweises auf den Hof angetan gewesen und hatten beschlossen, ihn sich anzusehen.

Urs bat die Wanderer heran, damit sie sich umschauen und ausruhen konnten. Mina kochte Kaffee. Nebenbei beantworteten sie unzählige

Fragen. Eine Packung grüne Eier wechselte den Besitzer, zwei Viertel Käse wurden verkauft, die seltenen Tiere, die schon auf dem Bild zu sehen waren, fotografiert und dann schlenderten die jungen Leute wieder ins Tal hinunter.

Urs zimmerte zum Feierabend eine feste Bank, die sie direkt neben der Quelle aufstellten, wo sich durstige Wanderer laben konnten. Jetzt, wo sie auch die starken Akkulampen mit Windkraft aufladen konnten, war selbst nach Sonnenuntergang noch vieles möglich.

Wären die täglichen Berichte nicht gewesen, hätten Ramona und Fabian den Hof kaum wiedererkannt. Urs hatte sogar schon begonnen, das Fundament des alten Wirtschaftsgebäudes freizulegen. Vor dem Haus und der Scheune stapelte sich das Brennholz bis fast unters Dach. Das Bauholz lagerte draußen auf Balken und gut abgedeckt, damit es von keiner Seite nass werden konnte. Es musste ins Haus gebracht werden und so reichten die Frauen Urs die Bretter durchs Fenster hinein, während Fabian die erste Windturbine installierte.

„Oh Mann, ich muss mich beeilen, ich brauche ja selber auch Strom", grinste er vergnügt.

Als im Felsenkeller testweise die Glühbirnen aufstrahlten, wischten sich Mina und Urs Tränen aus den Augen. Das war wie alle Feiertage des Jahres auf einem Mal. Fabian testete die beiden Steckdosen. „Strom", sagte er kurz und bündig.

Die Regeltechnik sollte im Wohnhaus untergebracht werden, um jederzeit zugreifen zu können. Gegen Abend meldete er Vollzug für die erste Turbine. Aus Spaß zog er ein weißes Kabel an der Decke entlang und hängte ihnen eine nackte Glühbirne in einer Fassung über den Esstisch.

„Ah ja, das war jetzt die Aufforderung, nach ordentlichen Lampen zu schauen", witzelte Urs.

Ramona wollte sich schon empören, als Fabian abwiegelte: „Hab doch wirklich nur aus Jux ein weißes Kabel notdürftig gespannt. Morgen lege ich ein braunes, das die Holzdecke nicht verschandelt. Mina frisst mich ungesalzen, wenn ich was vergeige."

Damit es nicht erst so weit kam, fuhr er am nächsten Morgen mit Mina und Ramona zum Landhandel, wo es auch rustikale Lampen gab. Mina kaufte gleich vier Stück, wobei die Küche mit einer Holzspirale ausgestattet werden sollte, an der sechs verstellbare LED-Leuchten saßen. Und ein brauner Mehrfachverteiler musste mit.

„Aber bitte erst in Betrieb nehmen, wenn ich mit der zweiten Turbine fertig bin", blinzelte Fabian.

„Dann mach hin!", trieb ihn Ramona an.

„Brauchst du sonst noch was?", fragte Fabian.

Mina schüttelte den Kopf. „Das kann ich mit dem Traktor holen."

„Zu groß oder zu schwer?", fragte Fabian.

„Weder noch."

„Dann her mit dem Zeug!"

Also wanderten auch noch zwei riesige Säcke Hühnerfutter ins Auto.

„Das ist die ganze Winterration", verriet Mina.

Urs brachte die Säcke auf den Heuboden, wo sie vor Mäusen geschützt lagen. Tom und Jerry hielten die Scheune zuverlässig nagerfrei. Die beiden waren zu stattlichen Katern herangewachsen, die selbst den Mardern das Fürchten beibrachten. Struppi war für alles zuständig, was größer war. Der Fuchs konnte ein Lied davon singen, wie scharf Hundezähne waren. Zwei Mal hatte er versucht, in den Hühnerstall zu kommen, und beide Male hatte ihn Struppi erwischt und heftig durchgeschüttelt. Wobei beim zweiten Mal das laute Schreien des ängstlichen Esels den Hund auf den Plan gerufen hatte. So hatten am Ende alle beide ein Leckerli als Dankeschön bekommen. Woanders setzte man Esel als Wächter in Schafherden ein, hier zeigte er diese Qualitäten für Ziegen und Hühner. Sepp hatte auch, ohne störrisch zu sein, den Wagen mit den Holzscheiten gezogen. Er schien sogar Spaß an der Sache gehabt zu haben, zumal es nach jeder Tour ein Stückchen Möhre gab. Keine Frage, er fühlte sich wohl auf dem Schüchthof.

„Warum willst du die Turbinen unbedingt auf vier Meter Türme setzen?", fragte Fabian, weil Urs tatsächlich nachmaß.

„Damit sie aus dem Schnee schauen und wir auch im Winter Strom aus der Dose haben", lachte der.

Mina zog wortlos ihr Handy hervor und zeigte die wenigen Bilder, die in ihrem ersten Winter hier entstanden waren. Da lag der Schnee bis an die Dachkante der Scheune, also glatte 4,50 Meter hoch, wie Urs sofort mit dem Zollstock bewies.

„Ach, du lieber Gott!", stöhnte Ramona. „Ich würde schon vor lauter Angst sterben."

„Am schwersten ist es für die Tiere, im Stall eingesperrt zu sein", erzählte Mina. „Wir sind zu ihnen gegangen, haben mit ihnen gesprochen, sie ein wenig verwöhnt und beruhigt. Sie durften auch auf dem geschippten Bereich hin und her laufen. In diesem Winter wollen wir versuchen, ein Stück Wiese begehbar zu halten. Also bei Schneehöhen bis einem halben Meter. Max wird uns helfen."

„Oh je, oh je", seufzte Ramona.

„Du darfst nicht vergessen, dass der Schnee isoliert und so der Wind die Wärme des Hauses nicht forttragen kann. Wir haben schließlich keine doppelten Wände. Alles ist noch im Über-lebensmodus in diesem Haus. Wenn draußen andere Arbeiten nicht mehr möglich sind, werden wir beginnen, die Räume neu aufzu-teilen, Wände einzuziehen und die Außenwände mit einer Bretterschicht von innen zu bedecken", erklärte Urs.

„Dämmt ihr sie?", fragte Fabian.

„Das haben wir vor. Das Material soll in den nächsten vier Tagen angeliefert werden", erwiderte Mina. „Urs tut es meinetwegen. Weil ich sehr schnell friere."

„Ich genieße es auch, wenn es schön warm ist", wiegelte Urs ab. „Aber Minas Wohlergehen steht bei mir immer an allererster Stelle."

„Was macht ihr sonst noch den ganzen Winter lang?", wollte Ramona wissen.

„Ich will spinnen lernen", erwiderte Mina.

„Und ich werde kleine Holzarbeiten beginnen. Dosen, Kästchen, Etuis, die wir vielleicht im Sommer mit verkaufen können", gab Urs bekannt. „Wenn Mina sie dann noch verziert, werden sie garantiert auch angenommen."

Fabian schaute fragend.

„Na, wie das Hinweisschild auf unseren Hof. Das hat Mina alles selbst gemacht", rief Urs voller Stolz.

„Ei, ich dachte, ihr hättet einem professionellen Künstler über die Schulter gesehen bei der Entstehung!", erschreckte sich Ramona.

Mina lachte herzlich. „Gasherd, zwei Nägel und ein bisschen Farbe."

„Das muss ich mir morgen unbedingt noch einmal ganz genau aus der Nähe anschauen", forderte Ramona.

Sie wanderte sogar bis zum Ende der Straße. Ein Stück begleitete sie Struppi, der aber vor der ersten Kurve kehrt machte und mit fliegenden Pfoten nach Hause rannte.

„Steckt bestimmt auch ein Windhund mit drin", lachte Fabian, die lange Staubfahne betrachtend.

Mina kicherte. „An Auslauf mangelt es ihm jedenfalls nicht. Es gibt immer etwas zu rennen und zu springen. Mal trennt er die raufenden Geißen, mal rettet er die Hühner vor Habicht und Co. Ein andermal freut er sich einfach, dass einer von uns von der Arbeit auf den Wiesen oder von Besorgungen im Ort zurückkommt und läuft die letzten hundert Meter neben dem Traktor her."

Struppi rannte Ramona auch ein Stück entgegen, um sie gut zum Hof zu bringen, als sie zurückkam. Logisch, dass er es genoss, dafür gestreichelt zu werden.

Ramona hatte von dem Hinweisschild mehrere Bilder gemacht. Vor allem die Details, wie Federn und Fell hatte sie mit Vergrößerung fotografiert. „Ich bin vor Staunen sprachlos", gab sie zu.

„Wenn ich im Winter Zeit und Lust habe, will ich ein großes Schild für die Stelle überm Scheunentor entwerfen", verriet Mina. „Da kommen dann auch Struppi, Sepp und die Katzen mit drauf. Ich habe mir schon ein langes Brett mit Rinde beiseitegestellt."

Urs begann hellauf zu lachen. „Und ich dachte, ich hätte Halluzinationen. Ich war mir ganz sicher, am Abend nach der Anlieferung ein Brett mit Rinde gesehen zu haben. Es war überzählig und hatte zum Verspannen des Bauholzes gedient. Auf einmal war es weg. Spurlos. Da regte sich dann der Zweifel, dass es wirklich hiergeblieben war."

Mina grinste schuldbewusst. „Ich dachte, ehe das schön gemaserte Stück als Hilfsmaterial und später Brennholz endet, bringst du es lieber in Sicherheit. Also habe ich es unters Bett geschoben, wo ihm bestimmt nichts zustößt. Dann hatte ich es bei der ganzen Hektik vergessen, Urs zu sagen und eben erst wieder daran gedacht, als vom Hinweisschild die Rede war."

„Ich bin doch selber schuld", schmunzelte Urs. „Ich hätte ja fragen können, ob du es irgendwo gesehen hast. Das, was du damit vorhast, ist tausend Mal besser, als das, was ich daraus gemacht hätte. Bei mir wäre es ein profanes Sicherungsbrett auf Zeit geworden."

„Ich merke schon, dass ihr den Winter auch zur Selbstverwirklichung braucht", stellte Ramona fest. „Man sieht es zwar immer wieder in Reportagen, wie es in den entlegensten Berghöfen bei Eis und Schnee zugeht, aber begreift es erst, wenn man selber jemanden kennt, der so lebt."

Urs nickte. „Ja, im Winter ist viel Zeit zum Schnitzen, Stricken, Spinnen, Basteln und zum Geschichtenerzählen aus längst vergangenen Tagen. Woanders flicht man Körbe, macht

Weihnachtssterne aus Hobelspänen oder Stroh, man webt und knüpft oder musiziert."

„In diesem Winter wird es mehr Spaß machen, weil wir helles Licht haben", erklärte Mina. „Beim Schein von Kerzen und Öllämpchen geht alles etwas schwieriger vonstatten. Aber vor dem Spaß kommt diesmal auch mehr Arbeit, denn wir werden am Haus werkeln, solange das Material reicht."

Eine Woche später fiel der erste Schnee. Die Araucana hörten auf, Eier zu legen, und die Katzen trieben sich lieber in der Scheune herum, als sich kalte Pfoten zu holen. Struppi kam immer mal auf Stippvisite ins Haus, um am warmen Ofen zu liegen. Urs zimmerte in Windeseile für Max einen Carport, solange es tagsüber frostfrei blieb und der Beton an den vier Eckbalken noch einigermaßen trocknete. Der Platz in der Scheune wurde für die Tiere und die kleinen Maschinenteile gebraucht.

„Das war knapp!", stöhnte er, als am nächsten Tag ein halber Meter Neuschnee fiel und liegenblieb.

Sie spannten einen provisorischen Schneefangzaun zwischen Haus und Keller, um das Schippen in vertretbaren Grenzen zu halten. Der Trick funktionierte. Sie gingen stets gemeinsam in den Keller, um den Käse zu wenden oder Vorräte zu holen. „Schnee ist tückisch", pflegte Urs zu sagen und Mina verstand seine Sorge.

Die Nachmittage waren ausschließlich den Bauarbeiten vorbehalten, wo sie langsam, aber kontinuierlich einen Raum nach dem anderen komplett fertigstellten. Wenn der abendliche Rundgang durch den Stall beendet war, widmeten sie sich der Freizeitgestaltung. Urs hobelte zuerst das Brett glatt, das Mina gestalten wollte, dann beschäftigte er sich mit dem Spinnrad. Es musste gesäubert und repariert werden. Was er nicht selbst herausfand, suchte er aus Video-Anleitungen im Internet heraus. Wobei das ein Glücksspiel war, weil oft keine Verbindung zustande kam. An solchen Tagen lagen stets Andreas' Nerven blank, aus Angst, den beiden könne etwas zugestoßen sein.

Weihnachten feierten sie mit ihren Freunden virtuell und die Grüße kamen aus dem Stall, wo sie ihren Tieren an Heiligabend besondere Leckerli zukommen ließen. Den Jahreswechsel begingen sie mit Hund und Katzen, während die anderen Tiere ins neue Jahr schlummerten. Urs machte eine Flasche des teuersten Champagners auf, die ihnen Andreas mitgebracht hatte. Dazu gab es gesalzene Erdnüsse und Ananas aus der Dose.

„Passt schon", blinzelte Mina. „Uns muss es Spaß machen, nicht den anderen."

„Weißt du, was mir Spaß machen würde? Außer dich dann ganz sehr zu verwöhnen", fragte Urs.

Mina lächelte. „Wenn du es so betonst, muss es was Grandioses sein."

„Ich möchte die Möbel für den Wohn- und den Arbeitsraum am liebsten selbst bauen. Inklusive der Polsterung. Natürlich geht das alles nicht von heute auf morgen ..."

„Tu es! Wir haben Strom, wir haben Zeit", bekräftigte Mina seinen Wunsch. Moderne Möbel würden unglaublich albern aussehen und rustikales Interieur konnte Urs besser fertigen, als es in manchem Katalog zu finden war. Dass er sein Handwerk verstand, zeigten seine Schnellschüsse, wie die Bank an der Quelle.

Urs machte eine Zeichnung, wie er sich die Wohnstube vorstellte. Auf Einzelblättern entwarf er dann die Möbel im Detail. Hin und wieder bat Mina um winzige Änderungen. „Deswegen", sagte sie schließlich, eine, der schon gekauften, Lampen auspackend.

„Oh, danke für die Einblendung. Die hatte ich tatsächlich komplett ausgeblendet", schmunzelte Urs. „Da kommt mir doch gleich noch eine blendende Idee." Er brachte sie sofort zu Papier. Dann schob er alles mitten auf den Tisch, streckte sich und sagte: „Komm kuscheln Schatz, der Winter ist noch lang."

Mina war mit einem Satz auf seinem Schoß.

„Oh, habe ich dich so vernachlässigt?", stotterte Urs verunsichert.

„Nein. So angeregt." Sie zog ihm den Pullover aus.

„Winter ist was Schönes", blinzelte Urs.

Mina nickte begeistert. „Stimmt. Weil wir im Sommer abends oft viel zu fertig auf dem Docht sind, um noch wirklichen sinnlichen Sex zu haben."

# IX.

Als das erste Mal Tauwetter einsetzte, nahmen sie sich vor, trotz geplanter Bauarbeiten und der regulären Tätigkeiten auf dem Hof, öfter auch an sich zu denken. Klar würde es immer wieder bis in die Abendstunden rund gehen, wenn gemäht und Heu eingebracht werden musste, aber das kam nicht täglich vor.

Zwar konnte man auch noch keine vollautomatische Waschmaschine anschaffen, aber wenigstens eine, die nach dem Einfüllen des Wassers selbst wusch und mit mehrmaligem Wasserwechsel gut spülte. Das schonte Minas Nerven und auch den Rücken. Man würde noch ein paar Jahre brauchen, um alles wieder so einzurichten, wie es vor dem Lawinenunglück gewesen war. Da hatte es sogar mittels eines Pumpsystems Wasser zum Duschen gegeben. Mina war schon glücklich, dass Urs im Sommer einfache Rohre mit einem Hahn verlegt hatte, um das Quellwasser im Haus entnehmen zu können, wobei er das natürliche Gefälle des Geländes nutzte.

Mit Max schoben sie den Schneematsch von der Wiese vor dem Haus, damit die Tiere endlich wieder Auslauf hatten. Die Geißen schienen alle trächtig zu sein und erfreuten sich bester Gesundheit. Natürlich hofften Mina und Urs, dass jede zwei Zicklein haben werde, die man verkaufen konnte, denn Interessenten gab es reichlich. Die Warteliste umfasste neun Personen. Die Straße war noch nicht befahrbar und so arbeiteten sie ihre eigene Bestellliste auch per Internet ab.

Walter bekam die Wunschmaße der Möbelbretter, der Landhandel eine Order für diverse Werkzeuge zur Holzbearbeitung und für Möbelbeschläge. Mina gab bekannt, auf sich privat zu nehmen, was nichts mit Werkzeug zu tun hatte. Alles andere sollte in die Kosten des Hofes eingehen.

Sämtliche offizielle behördliche Anmeldungen des Schüchthofs als Landwirtschaftsbetrieb begannen mit dem 01.01. des Jahres und Mina nahm es mit dem Schriftkram sehr genau. Sie stellte Anträge und koordinierte die Gelder. Drei Mal um die Ecke gerechnet, dann verkündete sie: „Wir sollten die Käserei bauen lassen."

Urs ließ sich die Gründe erklären und stimmte zu. „Ich werde den Auftrag mit meinem alten Boss Matthess absprechen. Die Schreinerei ist aus der Region, sie kennen sich bestens in den alten Techniken aus und bei ihm weiß ich, dass ordentlich gearbeitet wird."

„Einverstanden!" Mina hieß das Vorhaben in sämtlichen Punkten gut, denn Urs hatte sich stets nur positiv über seinen alten Arbeitgeber geäußert.

Der fiel vor freudiger Überraschung aus allen Wolken, als Urs anrief und um einen Kostenvoranschlag für ein derart großes Projekt ersuchte. Drei Tage später, man konnte die Straße gerade wieder als vorsichtig passierbar bezeichnen, kam Meister Matthess mit Schneeketten angefahren, um seinen einstigen besten Mann bloß nicht warten zu lassen. Beide hatten Tränen in den Augen, als sie sich zur Begrüßung fest umarmten.

Bei Kaffee und frisch gebackenem Kuchen ließen sie alte Zeiten aufleben und Meister Matthess bekam einen Haufen Hintergrundwissen über das geplante Gebäude. Er hatte auch schon lange die Bestätigung des Gerüchtes gehört, Urs habe einer cleveren Millionärin den Kopf verdreht, die trotz Modelmaßen anpacken konnte wie ein Holzfäller.

„Sie ist der Finanzminister", lachte Urs, weil Mina bei allen Entscheidungen das letzte Wort bekam.

Franz sah sich auch das Haus an und lobte immer wieder, welche Widrigkeiten Urs und Mina gemeistert hatten. „Wo hast du das Holz her?"

„Aus dem Sägewerk Kahlich, wo Walter arbeitet. Er hat meinen Auftrag persönlich bearbeitet und auch den für das Möbelholz bekommen", gab Urs freimütig bekannt.

„Dann werde ich doch das Bauholz auch da bestellen", schmunzelte Franz, „und als Kommission Urs Schücht angeben."

„Tu das! Er freut sich wirklich, wenn wir alle in Kontakt bleiben." Urs gab ihm die Mailadresse von Walter.

Dann gingen sie hinüber zur alten Tenne und Franz nahm die Maße. Kopfschüttelnd betrachtete er die Ruinenreste unterhalb der Windräder. Kaum vorstellbar, dass Urs das überleben konnte und hier oben mehrere Jahre allein verbracht hatte.

„Ich habe sie tagtäglich vor der Nase", erklärte Urs. „Die Warnung, dass die Natur tückisch ist, und das Leben jederzeit ein jähes Ende finden kann. Wir feiern hier oben jeden Tag, den wir unbeschadet überstanden haben. Man lebt bewusster."

„Das glaube ich, Buchstabe für Buchstabe", gab Franz zu. „Ich fange noch heute an, die Preise abzufragen, um schnellstmöglich einen Kostenvoranschlag machen zu können. Wir bleiben in Verbindung."

„Das geht auch Social Media", verriet Urs. „Da kannst du täglich sehen, wie wir uns aufrappeln."

Franz vernetzte sich sofort. Sehen und gesehen werden, waren die wichtigsten Dinge in puncto Werbung.

Nach vier Tagen war das Angebot per Mail da. Mina checkte nur pro forma allgemein übliche Preise und nickte es ab. Sie fügte ihre Recherchen für den Amtsschimmel bei, falls es irgendwelche Nachfragen gäbe. Zwei Wochen später kam das Material, rückte die Firma Matthess an und es wurde hektisch.

Noch einer rückte an – Andreas, der einfach Sehnsucht nach seiner Familie hatte. Er machte es sich in einem Zimmerchen unterm Spitzboden gemütlich. Tagsüber half er ein bisschen auf dem Hof und abends genoss er es, mit Urs und Mina zusammenzusitzen. Er schaute zu, ohne zu stören, wie Urs die Möbel zimmerte oder wie Mina Schafwolle spann, die sie geschenkt bekommen hatte. Nur bei seinen Lieben sein, mehr wollte er gar nicht. Hier war alles so herrlich normal. Kein künstlich aufgesetztes Lächeln und jeder sagte seine ehrliche Meinung. Die gerne auch diskutiert werden durfte. „Wolltet ihr nicht ein Auto anschaffen?", fragte er, als Urs den Traktor zum Einkaufen flott machte.

„Wir erwirtschaften noch keinen Gewinn", erklärte Mina.

Andreas überlegte. „Aber Spenden dürft ihr doch annehmen, oder?"

„Das dürfen wir. Worauf willst du hinaus?"

„Darauf, dass ich euch einen guten gebrauchten Geländewagen aus meinem Bestand zukommen lassen möchte", erwiderte Andreas. „Er hat zwei ausgebesserte Lackschäden an den Türen, die seinen Verkaufswert enorm drücken. Da gebe ich ihn doch lieber mit Spendenquittung in gute Hände ab, die wissen, was sie an ihm haben."

„Her damit!", forderte Mina blinzelnd, die wusste, welch kostbare Perle der Autoindustrie zur Diskussion stand.

Andreas zückte das Handy. „Hallo Bruno! Bringst du mir den grauen Allrad am Samstag mit allen Papieren zum Schüchthof? Klappt? Na prima. Darfst auch eine Nacht hierbleiben und ich nehme dich am Sonntag mit nach Hause. Ja klar, ich bin immer so gönnerhaft. Mach's gut."

„Bruno ist seine rechte Hand", erklärte Mina, weil der Name noch nie gefallen war.

„Die graue Eminenz meines Imperiums, die Schulter zum Ausweinen und der Prügelknabe, wenn ich etwas verbockt habe", fügte Andreas grinsend hinzu.

„Brunos Organisationstalent ist atemberaubend", verriet Mina. „Er war der, der sich um die Ziegen ohne Marken gekümmert hat. Er kennt immer einen, der einen kennt, der einen Schwager hat, der einen kennt."

„Und das Verrückte ist, er findet die unmöglichsten legalen Wege. Das macht ihn so wertvoll für mich", gab Andreas zu.

„Für sowas habe ich Mina. Sie hat einen, der einen kennt, der immer einen kennt", schmetterte Urs heraus und sorgte für herzliches Lachen.

„Bring Steaks zum Grillen mit!", rief Andreas hinterher, als Urs zu Max ging.

Urs brachte tatsächlich welche mit. Mitsamt Grill und Zubehör weil sie bisher gar keinen besessen hatten.

„Oh ha! Das geht komplett auf mich!" Andreas verdrehte lustig die Augen. Dafür musste er dann auch den Grillmeister mimen, weil Mina und Urs noch die Tiere versorgten. Struppi und die Katzen stellten sich ein, sobald es lecker duftete. „War ja klar. Die Schnorrer." Er streichelte allen dreien liebevoll über die Köpfe.

Gegessen wurde im Haus, weil es nachts doch noch ziemlich unangenehme Temperaturen gab. Die Samtpfoten und der Schwanzwedler postierten sich unterm Tisch, denn daneben betteln war verboten. So lauerten sie kurzerhand darunter, und deswegen schimpfte auch keiner. Andreas gab den Katzen gezielt zwei Stückchen, Gierschlund Struppi hätte sonst alles allein gefressen.

„Du wirkst nachdenklich", stellte Mina im Lauf des Abends gegenüber Andreas fest, der immer wieder beide ansah, als traue er sich nicht, eine bestimmte Frage zu stellen.

„Oh", murmelte er ertappt, rückte aber trotzdem nicht mit der Sprache heraus.

„Hast du Probleme?", fragte Urs irgendwann.

Andreas schüttelte heftig den Kopf. „Nein. Ganz bestimmt nicht. Ich bin nur neugierig, obwohl ich weiß, dass es mich nichts, aber auch gar nichts angeht."

„So schlimm?", fragten Mina und Urs im Chor.

„Weiß nicht", druckste Andreas herum.

„Raus mit der Sprache!" Auch dieser Satz kam perfekt synchron und Andreas nickte schmunzelnd.

„Habt ... habt ihr irgendwann Nachwuchs im Plan?", rang er sich schließlich ab.

Mina und Urs schauten erst ihn, dann sich an und erwiderten auch hier völlig zeitgleich: „Nicht wirklich."

Andreas lächelte versonnen. „Eigentlich schade. Als Onkel würde ich mich sicher ganz gut machen."

Diesmal brachen Mina und Urs zugleich in schallendes Lachen aus, gaben aber zu, dass er wirklich der beste Onkel im Universum sein würde.

„Mir würde es schon reichen, der beste in der Verwandtschaft zu sein", seufzte Andreas.

Mina horchte auf. „Haben sie dich wieder dumm belegt?"

„Das trauen sie sich nicht mehr", gab Andreas bekannt. „Selbst ihre Anwälte haben die Schwänze eingekniffen, seit ihr den Hof mit Mina als Geschäftspartnerin angemeldet habt." Er machte eine Pause. „Manchmal reizt es mich, euch mit einem Ruck zu allem zu verhelfen, was ihr euch für hier erhofft. Dann fällt mir aber sofort ein, dass Mina das auch tun könnte, wenn sie wollte."

„Wir haben uns gemeinsam dagegen entschieden", erklärte Urs. „Ich habe nur den zinslosen Kredit dankend angenommen, um den Hintern etwas höher vom Boden wegzubekommen. Es soll von unten nach oben wachsen. So können wir testen, ob die Basis wirklich was taugt. Auf einem bröckeligen Fundament hätte das herrlichste Konstrukt keine Zukunft."

Andreas nickte. „Zu dem gleichen Ergebnis komme ich auch immer und verschone euch mit neunmalklugen Vorschlägen. Zumal ich von der Landwirtschaft nicht den Anflug einer Ahnung habe."

„Uns hilft es schon sehr, dass du unseren Hof überall publik machst", freute sich Urs. „Werbung ist die halbe Miete. Aber jetzt brennt mir eine neugierige Frage auf den Nägeln: Hast du denn gar keine Ambitionen auf eine neue Beziehung?"

„Nicht wirklich", erklärte er mit ihren eigenen Worten. „Das, was sich mir in letzter Zeit an den Hals zu werfen versuchte, sind entweder echte Dummchen oder jungfräuliche Übermütter, um deren Art genau auf den Punkt zu bekommen. Ich kann es nicht haben, wenn man mir fast den Hintern abwischen möchte. Und ich bin auch kein Schnuckiputzi, wie alte Damen ihr Flohtaxi titulieren. Struppi möge mir diesen Satz verzeihen."

„Wuff!", tönte es unterm Tisch hervor.

„Ja, du verstehst mich", schmunzelte Andreas, was sofort seine Laune hob und dem Hund ein paar Schmuseeinheiten bescherte.

„Ich hab es ja schon mal gesagt, als Vater noch lebte: Du solltest deiner Bestkumpeline Brenda einen Antrag machen." Mina zuckte mit den Schultern. „Sie ist clever, ein echter Kerl, wenn es um Abenteuer geht, und mit ein bisschen Stilberatung bei Frisur und Make-up, könnte man sie durchaus hübsch nennen."

Andreas schaute Mina nachdenklich an. „Ich hatte es für einen ironischen Scherz gehalten."

„Würde ich nie auf ihre Kosten machen. Du weißt, dass ich sie mag."

„Ich werde darüber nachdenken", versprach Andreas. „Einen großen Teil der Zeit verbringen wir ja wirklich gemeinsam beim Segeln, Tauchen, Klettern und Fliegen."

Mina lächelte. „Eben. Warum nach einem Zierpüppchen suchen, wenn du einen Seelenzwilling hast, der mit dir durch dick und dünn geht." Sie nahm das Handy und zoomte Brenda auf einem Bild heran.

„Eine flotte Kurzhaarfrisur und weniger Farbe im Gesicht, würde ich als Laie sagen", merkte Urs an.

„Bingo!" Mina sah das genau so.

„Warum schminkt sie sich so extrem, wenn sie doch auch sportlich, was drauf zu haben scheint", fragte Urs.

„Aus mangelndem Selbstwertgefühl", erklärte Andreas. „Ich verstehe es ja auch nicht. Zumal ihre Kletterhalle, sowie der Verkauf und Verleih von Ausrüstungen für Bergsteiger und Outdoorfreaks super laufen."

„Darf ich Amor spielen?", fragte Mina.

„Wie?"

Sie lächelte und wählte Brendas Nummer. Beim vierten Klingeln bekam sie Kontakt. „Hi Brenda! Schön dich zu erwischen. Hast du am Wochenende schon was vor oder darf ich dich als Überraschungsgast für Andreas zu uns einladen?"

Urs grinste vergnügt, während Andreas erschreckt nach Luft schnappte.

„Ja, er würde sich riesig freuen", sprach Mina weiter. „Womit du ihn wirklich überraschen könntest, willst du wissen? Ich hätte einen Vorschlag, für den du mir vielleicht zuerst den Hals umdrehen möchtest. Nein. Nichts Unmögliches. Nur etwas, womit du aus vielen Kämpfen als strahlende Siegerin hervorgehen könntest. Klar wird's Überwindung kosten. Du liebst doch das Abenteuer mit unbestimmtem Ausgang. Ja, es ist ein Rat, den ich dir aus ehrlichem Herzen geben möchte und weil ich Andreas' Schwester bin. Verstanden? Gut. Du gehst zu Vittorio und sagst, dass ich dich schicke. Dann tust du genau, was er dir sagt. Und zwar ganz genau. Am Samstag holt dich Bruno morgens ab und bringt dich mit zu uns. Das, wäre jene Überraschung, mit

der du Andreas mehr, als nur ein freundschaft-
liches Lächeln abringen könntest. Es ist deine
Entscheidung, ob du meinem Rat folgen willst.
Über alles andere schwatzen wir am Samstag.
Bruno meldet sich wegen der Abfahrtszeit direkt
bei dir. Bring Schlafsack und Thermomatte mit.
Ich freue mich auf dich. Bis dahin! Ciao!"

„Oha", murmelte Andreas mit riesengroßen
Augen. „Das hätte ich als Punkt A dir nicht
zugetraut. Und unter B hätte ich erwartet, dass
sie grummelt. Jetzt bin ich gespannt, was sie tun
wird."

„Frag mich mal", grinste Mina. „Mal schauen,
ob mein Plan als Amorine aufgeht. Bei manchen
Dingen muss man eben ein kleines bisschen
nachhelfen. Wenn sie nicht mehr, als nur
freundschaftliches Interesse hätte, würde sie
kaum gefragt haben, womit sie dich richtig überraschen könnte. Sie weiß ja nicht, dass du mit-
gehört hast."

Bruno war wegen des Umwegs und des Fahr-
gastes nicht böse. „Dann habe ich wenigstens
wirklich nette Unterhaltung", war sein ganzer
Kommentar.

Mina blinzelte Urs zu. „Das hat Andreas nun
davon, weil er bei uns wegen Nachwuchs ange-
fragt hat. Strafe muss sein."

Andreas grinste breit. „Ich bin ziemlich sicher,
dass ich das Urteil ohne Murren annehmen
sollte. Ich werde ja auch nicht wirklich jünger

und manchmal sehne ich mich nach ein bisschen Familienflair in meinen vier Wänden."

„Und die Meute der Erbschleicher bekommt meterlange Gesichter", lachte Mina.

Im selben Augenblick brach in der Scheune das Chaos aus. Die Ziegen meckerten, Sepp schrie und die Hühner gackerten wie irre.

Alle sprangen auf. Urs riss die Tür auf.

„Mähähäääääää! Mähähäääääää! Mähähäää-ääää!", machte es genau vor ihnen.

Sie zuckten erschreckt zusammen.

„Karli! Was ist passiert?" Urs versuchte, den aufgeregt meckernden Bock zu beruhigen.

„Mähähäääääää!"

Urs wandte sich zur Scheune „Ja, ich komme doch schon mit!"

Auch Mina, Andreas und Struppi schlossen sich an. Urs schaltete das Licht an und erschrak. Vom Hühnerstall bis zu den Boxen, in denen sich die wild meckernden Geißen aufhielten, zog sich eine lange, breite Blutspur. Trine war verschwunden.

„Oh nein!" Mina standen Tränen in den Augen. Irgendjemand schien die Abwesenheit des Wachhundes genutzt zu haben, die trächtige Geiß zu reißen.

Urs ging mit einer Laterne in der Hand langsam in den hinteren Teil der Scheune, wo die Geräte standen, und begann zu lachen. „Entwarnung! Schaut euch mal das an!"

244

Trudi hatte zwei reizende Zicklein geworfen und war vom Marder gestört worden, der eigentlich in den Hühnerstall wollte. Der Delinquent baumelte zu Tode gequetscht zwischen den Hörnern der wehrhaften Ziege und würde nie wieder auf Raubzug gehen. Anschließend hatte sich Trudi mit ihren Kleinen im hintersten Winkel der Scheune versteckt.

Andreas machte mehrere Bilder vom Chaos im Stall.

„Halt still, ich befreie dich von dem seltsamen Kopfschmuck", grinste Urs, den Marder vorsichtig von Trudis Kopf ziehend.

Der war wohl auch nicht sofort tot gewesen, denn Trudi hatte mehrere Kratzwunden, die Mina nun vorsichtig desinfizierte. Sie versuchte auch, so viel wie möglich Blut des kleinen Räubers aus Trudis Fell zu waschen, weil der Geruch die anderen unruhig machte. „Ziemlich viel Aufregung für einen einzigen Abend."

„Aber das gute Gefühl, dass sich unsere Tiere zu helfen wissen", erwiderte Urs, Mina den Arm um die Schulter legend. „Und er könnte noch aufregender werden, denn eine andere Ziege ist soeben hinaus gelaufen. Ich wette, wir haben morgen noch ein oder zwei Zicklein mehr!"

Struppi folgte ihr in einigem Abstand, um seinem Job als Wächter wieder gerecht zu werden. Größere Raubtiere, als Füchse, waren dem Hof bisher fern geblieben und es war auch keiner scharf darauf, sie hier zu begrüßen.

In den nächsten beiden Tagen lammten alle Geißen, und die Herde war gleich mehr als doppelt so groß, denn es waren wieder Drillinge dabei. Meister Franz sprach mit Urs die wenigen Restarbeiten ab. Mina bestellte gleich darauf alle benötigten Geräte, wobei sie nicht vergaß, dass auch die Elektroinstallation noch gemacht werden musste.

Andreas schaute sich die alten Pläne der Wasserversorgung an. „Ich glaube, ich habe irgendwo beim Bergwerksbedarf so eine kleine, extrem leistungsfähige Pumpe gesehen, die tief in die Quelle eingebracht werden kann. Ich horche mich mal um."

„Das ist prima. Denn wenn einer was von Wasser versteht, dann du", freute sich Mina.

Der besagte Samstag begann mit einem zauberhaften Sonnenaufgang und Urs wertete diesen als Zeichen für Andreas.

„Ich bin auch irgendwie hibbelig", gab der freimütig zu. „Schmetterlingsmäßig, wenn ihr ahnt, was ich meine."

Mina rieb sich die Hände. Sie musste kein Wort sagen. Geste und Gesicht sprachen Bände. Als Meister Franz mit seinen Leuten kam, folgte ihnen zur großen Überraschung der silbergraue Geländewagen. Bruno stieg aus und öffnete, Gentleman, wie es sein Job auch mit sich brachte, der neben ihm sitzenden Dame die Tür und reichte ihr helfend die Hand.

Andreas bekam Augen, groß wie Mühlräder. Brenda trug eine witzig freche Kurzhaarfrisur mit blonden Strähnen, hatte nur die Wimpern getuscht und alles mit großen goldenen Kreolen komplettiert. „Du siehst umwerfend aus!", staunte er. „Ich hoffe, dass hinter diesen Veränderungen kein anderer Mann steckt. Dann könntest du mich mit zweitem Vornamen Eifersucht nennen."

Brenda schaute ihn freudig-erschreckt an. Sie ahnte nichts von dem kleinen Komplott, das Mina geschmiedet hatte. Dann schüttelte sie heftig den Kopf.

Bruno schmunzelte. „Ich habe genau so perplex geschaut und sogar verblüfft gefragt, ob ich mich in der Tür geirrt habe. Wer auch immer ihr diesen Tipp gegeben hat, er sollte einen Orden bekommen."

„War es vorher wirklich so schlimm?", fragte Brenda verunsichert und erschrak, als alle nickten. „Ich gelobe Besserung."

„Ich nehme dich beim Wort." Andreas führte sie am Arm ins Haus, wo Mina gerade das Frühstück auftrug.

„Och, habt ihr es hier urig!", rief Brenda. „Ich weiß schon, warum ich so gern in Berghütten einkehre!"

„Ich bin eben Urs, der Urige", bekam sie grinsend zu Antwort.

„Ich dachte, das Orakel vom Berg", gab sie kichernd zurück. „Fabian und Ramona erstarren

ja fast vor Ehrfurcht, wenn sie von dir sprechen."

„Au weia! Schalte um Himmels willen meinen
Heiligenschein ab, sonst verblitze ich mir die
Augen", rief Urs händeringend.

Bruno grinste sich eins. Da hatte Brenda auch
schon die grünen Eier erspäht und stieß einen
Jubelschrei aus, der alle lachen ließ.

„Isbar oder Legbar?", fragte sie.

„Araucana in verschiedenen Farbschlägen",
verriet Urs.

„Du lässt dich dann ein bisschen von Andreas
herumführen", sprach Mina. „Er kennt sich hier
bestens aus, denn er hat überall mit angefasst.
Ich muss runter in den Landhandel, weil eine
Lieferung angekommen ist."

„Nimmst du den neuen Grauen?", fragte
Brenda.

Mina schüttelte den Kopf. „Den Traktor, weil
es sonst Probleme beim Einladen geben könnte.
Es ist ein Teil der Ausstattung unserer neuen
Käserei abzuholen."

Brenda und Bruno schauten lange hinterher,
wie Mina die Serpentine hinunter fuhr.

„Ja, sie ist meine absolute Traumfrau", erklärte
Urs, weil man beiden die Gedanken ansehen
konnte. „Dabei hat es ein Weilchen gedauert, bis
ich kapiert habe, dass sie wirklich an mir und
nicht nur dem exotischen Bergleben interessiert
ist."

„Meinst du, Brenda könnte es auch eines Tages merken, dass ich an ihr interessiert bin?", platzte Andreas heraus.

Brenda wechselte die Farbe wie eine bengalische Wunderkerze. „Meinst du das alles wirklich und wahrhaftig ernst?"

„Tu ich. Mich hat Mina ziemlich brutal mit der Nase darauf gestoßen, was mir fehlt. Und sie hat recht!" Er zog Brenda an seine Brust.

„Dass ich das noch erleben darf!", rief Bruno überschwänglich. „Wo steht der Champagner?!"

„In der Speisekammer", blinzelte Urs. „Den werden wir heute Abend auf jeden Fall auf so einen freudigen Anlass sprudeln lassen."

Andreas fuhr mit den Fingern durch Brendas neue Frisur. Statt sich zu ärgern, lächelte sie glücklich. „Mina hat was Riesengroßes gut bei mir. Von ihr stammt die Idee, den Rat eines Fachmanns für ein Umstyling einzuholen, um dich zu überraschen."

„Und das ist dir zu 100 Prozent positiv gelungen", freute sich Andreas.

Während er Urs half, die Weidezäune umzustecken, schnappte sich Brenda Eimer und Schaufel und mistete den Unterstand der Tiere aus. „Bin ich so gewöhnt, um mir meine Unterkunft zu verdienen", kicherte sie fröhlich.

„Ich kann nur den Aufseher spielen", grinste Bruno.

Andreas lachte. „Das gibt Gehaltsabzug."

„Hilfe! Wo ist die nächste Schaufel?!", entsetzte sich Bruno gespielt.

Brenda drückte ihm die beiden vollen Eimer in die Hand. „Mach dich nützlich und trage sie zum Misthaufen."

„Wo ist der?"

„Da, wo es danach riecht! Ab mit dir!" Sie drehte ihn an den Schultern in die gewünschte Richtung.

Andreas und Urs schlugen sich johlend auf die Schenkel.

„Ausleeren und wieder mitbringen, nicht vergessen!", rief Brenda noch hinterher.

Die beiden anderen wischten sich Tränen aus den Augen.

„Ich bin einer Sklaventreiberin in die Fänge geraten", beschwerte sich Bruno, als er auf dem Rückweg an ihnen vorbeikam.

Urs und Andreas prusteten wieder los. Aber auch Bruno konnte sich ein Grinsen nicht verkneifen. Karli, Sepp und Struppi kamen nachschauen, was wohl der Aufruhr am Weidezaun bedeuten möge.

„Unglaublich! Die drei sind ja wirklich unzertrennlich", staunte Brenda, sie sanft kraulend. „Ihr müsst euerem Bock bloß mal anderes Parfüm kaufen."

„Haben wir schon probiert. Er nimmt es nicht", erwiderte Urs blinzelnd.

Brenda kraulte Karli noch mal. „Bock, du stinkst, da kannst du noch so niedlich gucken."

„Mähähäääääää!"

„Genau. Du stinkst!"

„Mähähäääääää! Mähähäääääää! Mähähäääääää!"

„Tz, na du bist mir ja einer!"

„Mäh!" Karli trabte davon und Brenda schaute
ihm schmunzelnd hinterher. „Ein wirklich süßes
Vieh!"

„Der hatte mir auf Anhieb gefallen, als ich für
Andreas die Ziegen zusammengestellt habe",
gab Bruno zu. „Stattliche, gleichmäßig gewach-
sene Hörner, neugierig und irgendwie knuffig.
Ich bin richtig stolz darauf, dass er sogar auf
dem großen Hinweisschild an der Straße
abgebildet ist."

Urs erzählte, wie dieses entstanden war.
Brenda und Bruno staunten. Struppi rannte wie
ein Irrwisch an ihnen vorbei. „Mina kommt
zurück", erklärte Urs.

Bruno lauschte. „Müsste man da nicht den
Traktor hören?"

„Er weiß es schon, wenn sie unten auf die
Bergstraße einbiegt", erwiderte Urs.

„Ich habe da wirklich was Rotes gesehen",
murmelte Bruno überzeugt. Da spurtete Struppi
auch schon los, um Mina die letzten paarhundert
Meter zu begleiten.

Meister Matthess hatte nichts dagegen, dass sie
die vielen Geräte im neuen Wirtschaftsgebäude
abstellten und Minas Trupp lud gemeinsam ab.
Als Urs den Traktor zur Scheune fuhr, erklärte

Mina den neuen Gästen, was es mit den Ruinenresten unterhalb der fast fertigen Käserei auf sich hatte, und dass das obere Haus als Gästeunterkunft wieder aufgebaut werden sollte.

Brenda überlief ein Schauer. „Ich hatte völlig ausgeblendet, dass es auch hier war, wo Andreas fast den Tod gefunden hätte. Ich bin so dankbar, dass es Leute wie Urs gibt."

„Ich genau so. Auch dafür, dass es Menschen wie Andreas gibt, die Gutes nicht einfach hinnehmen", sagte Mina. „Ohne die Ziegen, die er Urs als Dank geschickt hat, hätten wir uns zudem nie kennengelernt."

„Ihr hättet mein Gesicht sehen sollen, als sie per Luftfracht ankamen!", rief Urs, der mit ihnen am Haus zusammengetroffen war. „Ich habe sie immer wieder gestreichelt, um mich zu vergewissern, dass sie keine Fatamorgana sind."

„Kommt in diesem Jahr der gleiche Behördenmensch wegen der Ohrmarken?", fragte Andreas.

„Vermutlich. Wenn ich an das Schauspiel denke, dass sich Marlies mit Martin geliefert hat, um ihn schnell loszuwerden, könnte ich gleich wieder lachen", schmunzelte Mina und erzählte die Story mit wenigen Worten. „Jetzt werde ich mich ums Mittagessen kümmern. Heute Abend grillen wir." Sie hatte am Vortag einen großen Topf Linsen mit gerösteten Kartoffeln und Kassler zubereitet, den sie jetzt nur erwärmte und mit Salz und Essig abschmeckte.

Bruno hob schnüffelnd die Nase. „Riecht genauso lecker, wie früher bei meiner Omi. Hmm! Und es schmeckt auch genauso!" Sein behagliches Lächeln freute Mina sehr.

„Das Rezept musst du mir verraten", bat Brenda zwischen zwei Löffeln.

Andreas hob beide Daumen. Urs genoss den Eintopf schweigend mit halb geschlossenen Augen. Oh ja, seine Mina konnte kochen. Als Nachtisch gab es einen Salat aus Wildkräutern, den sie mit Olivenöl verfeinert hatte.

Brenda und Urs kauten schon genüsslich, als Andreas und Bruno noch immer herauszufinden versuchten, was das einmal für Pflanzen gewesen waren.

„Ich habe mich schon immer auf Brendas Gespür und Urteil verlassen, wenn wir auf Klettertour in anderen Gefilden waren", gab Andreas zu. „Als ich einmal noch überlegte, ob man es wirklich essen kann, sagte sie schon: Muss frittierte Ameise sein. Schmeckt lecker. Um nicht zu verhungern, habe ich schließlich auch gekostet. Es war definitiv lecker. Genau wie der Salat." Andreas aß ihn mit Genuss.

Bruno brauchte etwas länger, sich mit dem Gedanken anzufreunden, dass er Unkraut auf dem Teller hatte. Am Ende sagte er: „Ich wusste gar nicht, dass das, was andere auf den Kompost werfen, mehr als Karnickelfutter sein kann."

„Es gibt kein Un-Kraut", erklärte Mina. „Jedes Kraut ist zu irgendetwas nütze. Aus einigen, der vermeintlichen Unkräuter, hat der Mensch schon vor Jahrtausenden Nutzpflanzen gezüchtet. Das heißt aber nicht, dass die Urformen nichts wert sind. Sie sind nur nicht so ertragreich. Und wir hier oben nutzen alles, was essbar ist, weil es uns von der Natur direkt in den Schoß gelegt wird. Auf Grund der vielen guten Kräuter ist unser Käse auch besonders schmackhaft und hat uns einen festen Abnehmer beschert." Sie schnitt hauchdünne Scheiben für einen Teller zum Testen zu. „Darum ist uns auch die neue Käserei so wichtig. Käse soll unser Hauptzweig werden, um Gewinn zu machen."

„Verkauft ihr nur an Vorbesteller?", fragte Bruno.

„Solange der Vorrat reicht, an alle, die nachfragen", erwiderte Urs.

Bruno hob die Hand. „Ich will!"

„Ich auch!", rief Brenda. „Und, falls ihr die auch verkauft, ein paar grüne Eier."

„Das dürfte kein Problem sein", versprach Mina. „Sie legen wieder zuverlässig. Nur im Winter gibt es bei uns ausschließlich braune Eier, weil die Grünleger Pause machen."

Ehe sich Urs und Mina wieder um ihr tägliches Pensum kümmern mussten, übergab ihnen Andreas das Auto und bekam die Spendenquittung.

„Er ist vollgetankt", warf Bruno ein. „Von wegen Gehaltsabzug und so", fügte er mit einem lustigen Grinsen an. „Wir haben auch schon alles rausgenommen, außer die Sitze."

„Ich dachte, ich müsste auf einer umgedrehten Gemüsestiege hocken", lachte Urs.

„Ich hätte Lust, ein bisschen zu wandern", gab Brenda bekannt.

„Verdauungsspaziergang oder Hardcore?", fragte Mina.

„Hardcore klingt spannend", meinte Brenda und die beiden Männer stimmten zu.

Urs nahm den Faden auf. „Ich zeige euch den Pfad zur Talsohle. Stellt euch den Anblick im Winter vor, mit über zwei Meter hohen Schneewänden."

Andreas nickte langsam. „Das dürfte für mich eine Erfahrung werden, die definitiv Spuren hinterlässt. Tun wir es!"

Sie packten sich Getränke und Snacks in die kleinen Rucksäcke, schnürten die Wanderschuhe, dann folgten sie Urs dahin, wo der Pfad in die Tiefe führte, den er mit einigen Stufen versehen hatte. „Seid vorsichtig!", mahnte er.

Andreas ging voran. Er filmte und fotografierte, genau wie die beiden anderen. Auf halber Strecke blieb er stehen und drehte sich um. „Unmenschlich, hier mit einer Last von 80 Kilo hochzumüssen. Vor allem wenn man bedenkt, dass er mich da drüben oben aus dem Schnee gepult hat. Hier runter, da rauf, wieder hinunter und hier hinauf. Und nur, weil ein Vollidiot den coolen Typen mimen musste."

Sie überquerten auf dem Steg den Bach, welcher im Augenblick durch das Schmelzwasser noch wild toste. Von der anderen Seite konnten sie die Stelle sehen, wo die Lawine herunter gekommen war. Das Geröll lag mehrere Meter hoch, obwohl das Hochwasser in jedem Frühjahr schon viel Material mitgerissen hatte.

„Ich frage mich wirklich, wie er es gemacht hat, diesen steilen Hang im Tiefschnee zu erklimmen", murmelte Andreas sichtlich geschockt. „Für mich ist und bleibt Urs die Verkörperung des Rübezahl. Ein hilfreicher Berggeist, der aus dem Nichts erschienen war und über wahre Bärenkräfte verfügt."

„Er ist in der Tat unglaublich", gab Bruno zu. „Ich habe selten einen Mann gesehen, der solche Muckis hat, ohne mit Anabolika nachgeholfen zu haben. Ich glaube, wo er hinschlägt, da wächst auf lange Zeit kein Gras mehr."

„Ich bin ganz einfach sprachlos", flüsterte Brenda, die steilen Hänge betrachtend. „Und ich bin dafür, wieder hoch zu steigen, weil wir bestimmt drei Mal so lange wie für den Abstieg brauchen werden, wenn wir nicht völlig fertig oben ankommen wollen." Sie ging voran.

Bruno, nicht so trainiert, wie die beiden anderen, vermutete, wegen Muskelkaters am Abend keinen Fuß mehr heben zu können.

„Wenn es wirklich nicht geht, fahre ich morgen", legte Andreas fest.

„Danke Boss!", seufzte Bruno, um eine kurze Pause bittend.

„Was hast du in deiner Flasche?", wollte Andreas von Brenda wissen, denn die Farbe passte nicht zu dem, was er darin erwartet hatte.

„Kalten Tee von Mina. Der erfrischt ungemein. Mal kosten?" Sie hielt ihm die Flasche hin. „Ich werde ihr ein Beutelchen für zu Hause abkaufen. Sie hat die Mischung erst heute Morgen aus den Bündeln unterm Vordach zusammengestellt."

„Wenn ich dich so höre, bist du sicher nicht sauer, wenn wir hin und wieder für ein Wochenende hierher fahren werden", schmunzelte Andreas.

„Ganz bestimmt nicht!", gab Brenda bekannt. „Ich denke, ich kann hier eine Menge lernen. Und man kann sicher auch grandiose Ausblicke genießen, wenn man querfeldein wandert. Mich reizt es, irgendwann hoch zum Grat zu steigen."

„Da soll ein Plateau sein", verriet Andreas.

Bruno atmete tief durch. „Ich wäre schon froh, wenn ich lebend den Hof erreichte."

„Dann nimm doch Allrad", schlug Brenda vor, auf den nächsten Metern auch die Hände einsetzend.

Oben angekommen, ließ sich Bruno einfach auf die Wiese fallen. „Das ist bestimmt der kleine Bruder vom Mont Blanc."

„Mit tödlicher Sicherheit", lachte Brenda. „Der hat Verwandte auf der ganzen Welt."

„Boah, tödlich passt. Ich sterbe!", jammerte Bruno.

„Sanitäter!", rief Brenda kichernd, als Urs herankam.

Der blinzelte ihr zu und fragte Bruno: „Schaffst du es noch bis zur Bank oder muss ich Max mit der Kippmulde holen?"

Andreas prustete los. „Solange die nur zum Transport dient und nicht mit Erde gefüllt ist!"

Bruno verdrehte die Augen. Urs hielt ihm die Hand hin. Doch statt ihm nur beim Aufstehen zu helfen, legte er etwas mehr Schwung in die Aktion, warf ihn sich über die Schulter und setzte ihn, unter dem Johlen der anderen, erst auf der Bank an der Quelle wieder ab.

„Doch Rübezahl", murmelte Bruno kopf-schüttelnd, über die Leichtigkeit, mit der Urs ihn hierher verfrachtet hatte.

„Ich habe Kuchen gebacken!", rief Mina aus dem Haus. „Wer will Kaffee, Cappuccino oder Tee?"

„Alle Kaffee!", gab Urs bekannt, nachdem er sich mit den anderen abgestimmt hatte.

Mina deckte draußen den Tisch. Die Wanderer beeilten sich mit dem Händewaschen. Bruno schien der Muskelkater tatsächlich auszukno-cken, denn er humpelte die ersten Schritte auf-fallend, obwohl er sich bemühte, das niemanden merken zu lassen.

„Nimmst am besten Fichtennadeleinreibung", schlug Urs vor. „Riecht ziemlich intensiv, hilft aber. Mina gibt dir dann ein Fläschchen. Die stellen wir nämlich auch selbst her."

„Dann nehme ich es freiwillig", stöhnte Bruno. „Nie wieder mit den beiden Hardcorewandern!"

Er rieb sich auch wirklich sofort nach dem Kaffeetrinken ein, legte sich mit Decke auf die Bank und schlief wie ein Stein. Struppi ging immer wieder schauen, ob mit ihm sonst alles in Ordnung sei.

„Ich bin als Kind mit meinen Brüdern den Pfad rauf und runter gerannt", erzählte Urs. „Wer zuletzt oben war, galt als lahme Schnecke. Überholen ging nur auf allen vieren neben dem Weg. Da ist öfter mal einer von uns auf dem Bauch bis nach unten zurückgerutscht, weil er keinen Halt fand. Wir sind aber nie weggelaufen, wenn es passierte. Immer haben wir gewartet und gefragt, ob bei dem Pechvogel alles in Ordnung ist."

„Eine wundervolle Eigenschaft, die nicht nur mir den Hintern gerettet hat", murmelte Andreas. „Statt alles auf sich beruhen zu lassen, hat er auch Struppi angelockt und vom eigenen Wenigen beköstigt", erklärte er für Brenda.

Am Abend hatte sich Bruno wieder ein bisschen regeneriert. Er übernahm sogar den Job am Grill. Urs hatte mit dem Traktor eine Wanne Bruchholz und kleiner Äste herangefahren, womit sie gemeinsam ein Lagerfeuer aufschichteten. Tische und Stühle platzierten sie in sicherer Entfernung. Die drei Unzertrennlichen flanierten öfter vorbei, weil die Neugier gar so heftig war. Struppi tropfte schon der Zahn, denn er ahnte, was für Köstlichkeiten auf dem Grill zubereitet werden sollten.

Als es soweit war, das Feuer brannte, unzählige Sterne am klaren Himmel standen, und man sich dem versprochenen Champagner widmete, begann Urs, Sagen aus der Region und den Gebirgen der Welt zu erzählen.

Manchmal leuchteten im Feuerschein nur seine strahlend blauen Augen, während der schwarze Bart und das rabenschwarze Haar sein Gesicht komplett mit dem dunklen Hintergrund verschmolzen.

Nicht nur Brenda überliefen einmal wohlige, dann wieder gruselige Schauer. „Wenn ihr sowas für Übernachtungsgruppen mit Zelt anbietet, wird euer Hof garantiert der ultimative Geheimtipp im deutschsprachigen Raum!", rief sie beeindruckt.

„Darüber lässt sich nachdenken", nickte Urs. „Spaß macht es ja auch, zu sehen, wie alle richtig mitfiebern."

„Rübezahls Sagenfeuer, sollten wir es nennen, auch wenn der eigentlich woanders zu Hause sein soll", überlegte Mina laut und bekam Beifall von allen Seiten.

„Soll. Wie du schon sagst. Denn nur wir wissen, wo er es ist", blinzelte Andreas.

# X.

Das Abschiedsfrühstück nahmen alle gemeinsam ein. Die Schlafsäcke und Taschen waren schon im Auto verstaut und auch die vielen schönen Dinge, die sich die lieben Gäste für zu Hause ausgesucht hatten.

Brenda beobachtete Mina und Urs, die beide völlig in ihrem Mittelpunkt zu ruhen schienen. Mina schaute fragend. „Ich finde es einfach toll, dass du deinen Traum leben kannst, auch wenn die Insel etwas anders ist, als in deinen Plänen."

„Sie ist ein bisschen weiter oben gelegen, aber mindestens genau so spektakulär, wie in der Südsee", schmunzelte Mina. „Und Fakt ist, dass mein Studium mehr Früchte trägt, als das vieler aus unserem alten Freundeskreis. Damals haben sie gelacht, als ich zum Praktikum in Gummistiefeln Traktor fuhr. Jetzt lacht keiner mehr von den arbeitslosen Jungakademikern, die sich damals ihr Fingerchen bestenfalls beim Kuchenessen beschmutzt haben. Ich hingegen kann es mit meinen Fingern greifen, was ich selbst mitgeschaffen habe. Genau wie du die Früchte deiner täglichen Arbeit stets direkt anfassen kannst. Die Waren in den Regalen oder die Kletterwände in deiner Halle. Wer kann Menschen besser beraten, als jemand, der selber damit umgeht? Dass es Unbelehrbare gibt, ist ein altes Menschheitsübel und sollte dich nie wirklich aus der Bahn werfen. Ich habe doch auch keinen

Dreier auf das ganze alberne Geschwätz gegeben. Was dich glücklich macht, zählt."

Brenda nickte dankbar. „Oh, das hat gerade richtig gutgetan."

Andreas zog sie an seine Schulter. „Ich werde stets an deiner Seite sein, auch wenn es mal stürmisch ist."

Brenda fuhr mit beiden Händen durch ihr kurzes Haar. „Danke, Mina, für alles!"

„Gerne doch!", blinzelte Mina fröhlich. „Kommt bald wieder!"

Urs hielt Mina fest im Arm, als der nachtschwarze Geländewagen vom Hof rollte. Sie schauten hinterher, bis er die allerletzte Kurve passierte. Dann nahm Urs ihre Hand. „Wir beide werden jetzt in den Ort runter fahren ..."

„... und das Auto anmelden", vollendete Mina den Satz.

Klar, dass er ihr dabei den Vortritt lassen werde. Der Weg nach oben war mit einem neuen Auto mindestens genau so spannend. So kam es auch. Sie meldeten das Auto an, holten die Post ab und die Bankauszüge, fuhren Lebensmittel einkaufen, um am Ende noch ein Pläuschchen mit Anton und Marianne zu halten, die herzlich zum neuen Wagen gratulierten.

„Wenn es laut knallt, sind es die Nachbarn, die schon wieder aus den Fenstern hängen", grinste Urs. „Ich weiß ziemlich genau, warum ich nie von meinem Berg runter wollte."

„Oh ja, mein Lieber, ich kann dich verstehen", murmelte Anton. „Gott sieht alles. Die Nachbarn noch mehr. Ich habe gehört, eure Käserei geht demnächst in Betrieb."

„Das ist richtig. Heute Nachmittag werden wir die Arbeitstische und Technik installieren. Wir werden sogar Butter herstellen können", berichtete Mina.

„Und wir haben ein neues Konzept für Gäste", verriet Urs. „Wir werden Sagenstunden am Lagerfeuer veranstalten. Für Erwachsene spät abends richtig gruselig, für die Kinder nachmittags, etwas harmloser und vielleicht sogar mit Knüppelkuchen backen."

„Dann werde ich wohl lieber nachmittags kommen", kicherte Marianne.

Was beide nicht verraten hatten, sie wollten die drei Unzertrennlichen für kleine Rollen bei den Kinderveranstaltungen trainieren, in denen Struppi unter anderem den bösen Wolf darstellen konnte. Karli sollte die tierische Rolle des Teufels einnehmen und Sepp bleiben, was er war, ein treuer Esel, der im Spiel mit aufgeblasenen Luftballons gefüllte Säcke schleppte. So pfiffig, wie Struppi war, konnte man den auch ordentlich die Erwachsenen erschrecken lassen.

Bis zum Abend sollte die Käserei arbeitsfähig sein, dann musste das erste Mal gemäht werden. Mina hatte den Termin für die Ohrmarken und Registrierung der Zicklein. Zudem sollten danach gleich potenzielle Käufer informiert

263

werden, wann der frühestmögliche Abgabe-
termin war. Einen Hufspezialisten hatte Mina
geordert, um Sepps Füße vorbeugend checken
zu lassen. Er lief ja vorwiegend auf weichem
Boden und sie wollte sicher sein, dass er keine
Hufprobleme bekam.

„Ich werde das Mähen verschieben, es braut
sich was zusammen", rief Urs, als er schon fast
im Traktor saß. „Struppi, hol die Ziegen! Mina,
rasch, locke die Hühner in den Stall! Hast du das
Rumpeln gehört?! Das kommt von hinter uns!"

„Um Gottes willen!" Mina rannte los. Sie hatte
die Berichte von Urs und Anton im Ohr, dass
von da nie was Gutes kam. Auch am Tag des
Lawinenabgangs hatte der Wind plötzlich auf
eine fast unmögliche Richtung gedreht. Mit ein
paar Körnern konnte sie die Hühner recht
schnell in den Stall locken, dann half sie die
Ziegen zu treiben. Die schwarze Wand schob
sich angsteinflößend über den Kamm des Berg-
rückens. Die letzten Geißen schienen zu begreifen, dass nichts Gutes nahte, und liefen allein
zur Scheune. Urs warf zwei Wolldecken übers
neue Auto und spannte die Plane des Traktor-
hängers darüber. Mina verriegelte das Scheunentor. Ein ohrenbetäubender Donnerschlag und
zeitgleich prasselte Hagel zur Erde, groß wie
Spielwürfel. Mina war mit zwei schnellen Sätzen
im Haus. Urs kam von der anderen Seite. Er
presste sich mit dem Bauch an die Wand unter

den Dächern, um nicht im Gesicht getroffen zu werden. Mina öffnete ihm die Tür.

„Geht es dir gut?", fragte sie besorgt.

„Ja, ich hatte Glück. Hab kaum was abbekommen. Das Auto dürfte auch sicher sein."

Dann saßen sie am Fenster und schauten zu, wie der Hagel alles kurz und klein schlug, was nicht stark genug war. Die Windturbinen liefen zuverlässig weiter, was Mina und Urs aufatmen ließ. Natürlich fotografierten sie das Chaos, um gegebenenfalls Geld von der Versicherung zu bekommen. Mina versuchte, sich ins Internet einzuloggen, um Nachrichten zu checken.

Da klingelten beide Handys. Mina hatte Andreas am anderen Ende der Verbindung, der gerade aus dem Radio erfahren hatte, dass ihr Gebiet von einem verheerenden Hagelsturm heimgesucht wurde. Bei Urs meldete sich Meister Matthess, der wissen wollte, ob es Probleme mit dem Neubau gäbe.

„Das Orakel hat zuverlässig und rechtzeitig gewarnt und das Auto dick eingepackt", erzählte Mina begeistert.

Urs berichtete: „Hier tobt es noch. Zumindest steht das Haus und wir haben keine Teile herumfliegen sehen."

Fast genau so schnell, wie das Unwetter gekommen war, verzog es sich wieder und sie eilten nach draußen, um die Schäden aufzunehmen. Tiere: Nutztiere vollzählig und unversehrt. Übrige Haustiere: Hund okay. Katzen vermisst.

„Ich kann nur hoffen, dass sie irgendwo einen sicheren Unterschlupf gefunden haben", sagte Mina traurig.

„Maaaaaauuuuuuuu!"

„Das kam vom Carport!" Urs spurtete los. Er fand Tom und Jerry auf dem Dach des Traktors, wo sie das Unwetter gemeinsam ausgesessen hatten. Nun störte es sie, dass durch ein zersplittertes Brett Wasser tropfte. „Kann man reparieren", sagte Urs beruhigt.

„Nächste Station Auto?" Mina traute sich kaum, es auszusprechen.

Urs nickte. „Ich will doch auch wissen, ob ich es gut eingepackt habe."

Es war alles in Ordnung und sie hängten Decken und Plane zum Trocknen auf. Dafür hatten die Hauben der Windturbinen etliche Dellen bekommen. Die beeinträchtigten aber nur die Optik, nicht die Funktion, und so winkte Urs ab. Am neuen Gebäude hatte es mehrere Dachschindeln zerschlagen, aber nicht hineingeregnet. Eine Scheibe war zu Bruch gegangen und Urs gab es Meister Matthess per Telefon durch.

„Ich lasse es auf Kulanz reparieren", sagte der sofort und fragte im selben Atemzug: „Was ist das bei euch für ein Poltern im Hintergrund?"

„Eine Mure. Sie muss weiter hinten im Tal abgegangen sein. Hier kommen gerade die

266

ersten Felsbrocken im Bachbett an. Damit dürfte sich dann mein Steg auch verabschiedet haben." Urs beendete rasch das Gespräch, um neben Mina am Abgrund stehend zuzuschauen, wie sich 50 Meter bachaufwärts die Schlamm- und Geröllmassen stauten.

Mina legte ihren Kopf an Urs' Schulter. „Ich will nicht, dass der Steg zerstört wird!"

Das klang so hilflos, dass es Urs einen heftigen Stich im Herzen gab. „Ich auch nicht, mein Schatz. Niemand kann die Kraft der Zerstörung stoppen, außer die Natur selber."

Es waren noch etwa 20 Meter bis zum Steg. Die Mure verharrte knirschend auf der Stelle. Vier große Brocken rollten bis auf zwei Schritte an den Steg heran und blieben liegen. Nur Schlamm quoll noch weiter hervor, vermischte sich mit dem Wasser, das irgendwie einen Weg durchs Geröll gefunden hatte und färbte den Bach dunkelbraun.

Mina fasste sich an den Kopf. „Das gibt es doch nicht! Es hat aufgehört! Langsam glaube ich auch daran, dass du magische Kräfte hast! Wenn du nicht Rübezahl persönlich bist, dann mindestens sein Bruder!"

Urs lachte befreit auf. „Jetzt glaube ich selber, dass es Wunder gibt! Seit mein flügelloser Engel hier ist, halten sich die großen Katastrophen fern. Gehen wir das Wohnhaus und das Scheu-nendach nach Schäden absuchen." Er nahm Mina einfach auf die Arme und tanzte mit ihr die Wiese hinauf. Sie kuschelte sich an. Wenn einer so reagierte, der sonst eher sparsam seine Gefühle zeigte, dem war eine Riesenlast abgefallen.

Die kleine Windturbine hatte das Eisbombardement unbeschadet überstanden. Die neuen Dachschindeln auch. Da, wo Urs die alten Schindeln erneut vernagelt hatte, waren einige zu Bruch gegangen, was aber nicht wirklich katastrophale Auswirkungen hatte. Die Scheune wies keinerlei Schäden auf. Blumen- und Kräuterbeete hingegen sahen wie Schlachtfelder aus und das Heumachen musste man auch komplett vergessen. Die Reste des Unterstands für die Tiere konnte man bestenfalls verheizen. Die lagen über die halbe Weide verstreut und sie sammelten sie sofort ein, ehe es zu Verletzungen kam.

„Wollten wir den nicht sowie versetzen?", fragte Urs ironisch.

Mina streichelte sein Gesicht. „Ich bin dankbar, dass wir so glimpflich davongekommen sind. Allem, was auf dem Hof lebt, geht es gut, wir haben Lebensmittel, Strom und Wasser. Der Fuhrpark ist intakt, die Dächer über den Köpfen weitestgehend. Alles andere kann man in der Not zukaufen. Bis zum Winter haben wir die Chance, doch noch genügend Heu einzulagern, so uns die Natur gewogen ist."

Urs stimmte vollkommen zu. „Wir werden den Elektrozaun am Hang installieren. Ziegen sind doch Kletterkünstler. Die müssen nicht das Gras hier auf der Ebene abweiden. Zum Melken werden wir sie halt runter locken."

„Mähähääääääää!"

Beide fuhren erschreckt herum. „Karli, du verrückter Bock! Musst du dich immer anschleichen? Dir passt es wohl nicht, dass wir deine Mädels umsiedeln wollen?"

„Mäh?"

„Na klar, spiel nur den Unwissenden!", grinste Urs. Er kraulte Karli am Hals. „Bist ein guter Junge."

„Mähähääääääää!"

Als letzten Punkt auf ihrer Liste fuhren sie die Straße ab. Urs hatte die Wanne montiert, Schaufel und Besen hingelegt. Mina quetschte sich in die Lücke hinterm Fahrersitz. Auf ihrem privaten Grund und Boden wurde so etwas erst interessant, wenn was passierte. Es lag viel herabgespülte Erde auf der Fahrbahn, was beide rasch mit Schaufel und Besen beseitigen konnten.

Nach der dritten Kurve verfinsterte sich Urs' Mine. Dort war auf fast drei Metern der Hang heruntergebrochen. Mina stieg aus und nahm das Werkzeug an sich, während Urs begann, mit der Wanne alles Störende die Böschung hinunter zu schieben. Weil von oben immer wieder Material nachrieselte, dauerte es fast anderthalb Stunden, bis sie das letzte Stück besichtigen konnten.

Unten auf der Kreuzung zur Dorfstraße wendete Urs und ließ Mina wieder zusteigen. Es hupte.

„Oh, das ist Meister Matthess! Falls er zu uns will, fahre ich bei ihm mit." Mina stieg wieder aus und Urs fuhr los, als sie bei Franz einstieg. „Wir sind gerade fertig geworden, eine kleine Verschüttung zu beseitigen", erklärte sie, sich möglichst wenig bewegend, um nicht allzu viel Schlamm im Auto zu verteilen.

Franz schmunzelte über diesen Versuch. „Ich habe nicht umsonst nässefeste Schonbezüge im Transporter. Wir sehen nach getaner Arbeit auch manchmal nicht anders aus. Also genießen Sie ganz entspannt die paar Meter. Unter einer kleinen Verschüttung stelle ich mir übrigens was anderes vor", erklärte er mit Blick aus dem Fenster. „An sowas hätten unsere Baubetriebe eine ganze Woche gewerkelt, inklusive je einen Tag vorher absperren und einen Tag danach die Schilder wieder abbauen."

Mina lachte herzlich. „Falls Sie dann einen Moment Zeit haben, sollten Sie sich die Bilder anschauen, wie wir die Straße vor einem Jahr wieder befahrbar gemacht haben."

„Gern. Aber erst helfe ich, alle Schäden an den Dächern zu reparieren." Franz deutete über seine Schulter, wo mehrere Packen der traditionellen Holzschindeln lagen.

„Es ist wie früher", schmunzelte er, als er mit Urs auf dem ersten Dach arbeitete. „Vor allem fehlen mir deine Wetterprognosen. Der neumodische Kram ist nicht wirklich treffsicher."

Urs lachte vergnügt und gab gern zu: „Ja, es war eine schöne Zeit. Nur hatte das Schicksal etwas ganz anderes für mich im Plan. Mit meinem eigenen bin ich vollauf zufrieden, nur dass so viele unschuldig gehen mussten, macht mich immer wieder traurig. Aber wenn man hier oben lebt, dann weiß man, dass man auf einem Pulverfass sitzt, das jederzeit hochgehen kann. Es ist ja mehr als 200 Jahre nichts, aber auch gar nichts passiert. Dann die Lawine, gestern der Hagelschlag und der Geröllstrom."

„Ja richtig. Die Mure", murmelte Franz. Er traute sich nicht, nach dem Steg zu fragen, als Urs berichtete, dass sie zugeschaut hatten, wie der Strom aus Felsbrocken und Schlamm plötzlich vorher stoppte. Logisch, dass Meister Matthess, kaum dass er vom ersten Dach herunter war, über den Rand des Hanges schaute und ein paar Fotos machte.

Mina gab die Worte wieder, die Urs kurz zuvor gesagt hatte und Franz nickte wissend. „Ich habe mich immer auf sein Gespür verlassen. Wenn er vom bloßen Anfassen sagte, ein Material tauge nicht, dann habe ich die Finger davon gelassen. Am Anfang hab ich es auch als Marotte von ihm abgetan. Nach der vierten heftigen Bauchlandung, weil ich eben genau dieses Material gekauft hatte, dachte ich schlagartig anders über Urs' Fähigkeiten. Es gibt tat-

271

sächlich Dinge zwischen Himmel und Erde, die sich uns Normalsterblichen entziehen. Ich habe meine Lektion schmerzlich gelernt."

Mina berichtete, warum es nur Urs zu verdanken war, dass alle Tiere und auch das neue Auto den Hagelschlag überlebt hatten.

„Er hat irgendwo tief in seinem Inneren einen Seismografen, der schon auf geringste Anomalien reagiert. Keine Ahnung wie, aber der funktioniert zuverlässig." Franz half zuerst bei Max' Carport, ehe sie aufs Dach des Wohnhauses stiegen.

Am Ende saßen sie bei einem deftigen Essen in der Küche und schauten auf dem Laptop Bilder an. „Ach, du großer Gott!", rief Franz immer wieder, der nicht geahnt, wie übel es Urs erwischt hatte.

„Keiner hat es gewusst, wie es hinter der blockierten Stelle der Straße aussah. Hat auch keinen interessiert, weil es ja Privatland ist", erzählte Urs. „Außer drei einsamen Wanderern in fünf Jahren war Mina der erste Mensch, der den Hof nach der Lawine ohne Schnee gesehen hat. Zwar war vorher auch der Hubschrauber mit den Ziegen da, aber die Besatzung hatte anderes zu tun, als die Örtlichkeiten außerhalb des Landeplatzes zu betrachten. Sie haben sicher schon ganze andere Katastrophen zu Gesicht bekommen. Zudem hatten sie keine Order, meine Befindlichkeiten zu checken. Und ich hätte es zu dem Zeitpunkt auch gar nicht gewollt. Mit den Ziegen kam das Leben auf den Hof zurück und mit Mina endlich die Freude." Urs ließ die Fingerspitzen über Minas französischen Zopf gleiten.

„Und dafür haut sie dir keine runter?!", witzelte Franz. „Frauen reagieren doch sonst grillig, wenn man an die Frisur geht."

Mina und Urs lachten vergnügt.

„Zerwühlte er ihn, müsste er mir einen neuen Zopf flechten. Weil er das nicht kann, ist er lieber vorsichtig", sagte Mina blinzelnd.

„Hach, ich dachte, du durchschaust mich nicht so schnell", kicherte Urs.

Spät am Abend brach Franz nach Hause auf. „Sonst gibt meine Frau eine Suchmeldung raus", schmunzelte er.

„Grüße sie von uns", bat Urs, ihm eine Packung Araucana-Eier zusteckend.

Kurz darauf meldete sich Andreas noch einmal, um zu erfahren, wie es ihnen nach dem Unwetter ginge.

„Wir haben gerade eben Meister Matthess verabschiedet", erklärte Urs. „Nein, nein, wir haben alle Dächer wieder dicht und die letzten zwei Stunden gegessen und Bilder vom Werdegang unseres Fleckchens Erde angesehen. Na klar setzen wir auch vom heutigen Tag ein paar Bilder ins Internet. Warte, jetzt kommt Mina. Ich gebe sie dir."

„Was? Ich soll auf Mithören stellen? Mach ich doch glatt. Kann losgehen!" Mina schaute Urs fragend an. Aber der zuckte unwissend mit den Schultern.

„Also", begann Andreas. „Ich habe heute Brenda um ihre Hand gebeten und sie hat ja gesagt."

„Die beste Nachricht des Tages!", jubelten Mina und Urs zugleich. „Wann steigt die Party?"

„Nächste Woche Samstag. Wir wollen die Location so wählen, dass ihr auch teilnehmen könnt. Ihr bekommt noch Bescheid. Und bitte keine Geschenke. Wir wollen einfach nur mit euch eine schöne Zeit haben. Ihr kommt doch? Oder?"

„Auf jeden Fall! Ich werde gleich morgen früh mit Anton reden, ob er mal einen Tag lang hierbleiben kann", versprach Urs.

„Was hat Brendas Vater gesagt?", fragte Mina.

Andreas seufzte. „Für ihn mussten wir einen Notarzt holen. Er hat vor Aufregung einen Herzanfall bekommen. Jetzt schläft er. Brenda ist in seiner Nähe, um helfen zu können."

„Grüße ihn von mir", bat Mina und erklärte Urs, nachdem Andreas aufgelegt hatte, dass Brendas Vater Busfahrer im Linienbetrieb war und sie sich nicht wunderte, dass es ihn aus den Schuhen warf, wenn sein einziges Kind Knall und Fall einen Millionär heiratete. Was Brenda war, hatte sie selbst und hart erarbeitet.

Eines Tages hatte sich Andreas bei ihr für eine Klettertour in Nepal angemeldet und Brenda als resolute, aber umsichtige Frau kennengelernt, die stets das Optimale für ihre Reisegruppe herausholte. Sie war perfekt vorbereitet, hatte Kontakte zu Einheimischen und regierte blitzschnell mit Ausweichrouten, wenn das Wetter verrückt spielte.

Brenda machte kein Geheimnis um die Zukunftspläne ihrer Firma und Andreas bot ihr an, eine ganz private gemeinsame Tour mit seiner Yacht zu machen, um verschiedene Örtlichkeiten für die geplanten Abenteuersafaris zu checken. Brenda hatte freudestrahlend zugesagt und auch da bewiesen, dass sie sich sofort auf Extremsituationen einstellen konnte. Einer von Andreas' Leuten war von einem Zackenbarsch gebissen worden und Brenda hatte die Leitung der Bergung und die Erstversorgung übernommen, bis der Hubschrauber kam, um den Mann in die nächste Klinik zu fliegen. „Gelernt ist gelernt!", hatte sie nur gemeint. Und weil er nicht wieder zum Dienst antreten konnte, war Brenda ohne langes Reden eingesprungen. Andreas hatte ihr den Einsatz entlohnt und jegliche Gegenargumente zurückgewiesen. Von da an waren sie auf allen großen Touren als Freunde unterwegs gewesen und mit der Zeit fast an jedem Wochenende.

„Wenn ich so darüber nachdenke, hat sich Brenda am Anfang auch nie so überzogen geschminkt", murmelte Mina. „Eigentlich gar nicht. Vielleicht glaubte sie ja, es tun zu müssen, weil bei Andreas oft jobbedingt, Damen an

Bord waren, die sich abends die Spachtelmasse vermutlich aus dem Gesicht kratzen mussten. Ach, wer weiß! Ich bin jedenfalls glücklich, dass Andreas endlich begriffen hat, dass sie zusammengehören." Mina streckte sich genüsslich gähnend. „Es ist schon reichlich spät. Komm kuscheln, Schatz!" Das ließ sich Urs auch nicht zwei Mal sagen. Kuscheln gehörte mindestens zum Einschlafritual.

Nach dem Frühstück telefonierte er mit Anton, der sofort zusagte, sich mir Marianne um die Tiere kümmern zu wollen. Mit Struppi, der aufs Wort gehorchte, war es auch für ihn kein Problem, im Ernstfall die Ziegen in den Stall zu bekommen.

Mina plante einige Arbeiten beim Käsemachen um und einen weiteren freien Tag ein, dessen Notwendigkeit Urs noch gar nicht im Visier hatte. Er werkelte im Wirtschaftsgebäude, wohin jetzt auch alle Werkzeuge umzogen, richtete seine kleine angeschossene Werkstatt ein und ließ sich von Walter das Möbelholz bringen.

Mitten im Zusägen kam der Anruf von Andreas, der Ort und Zeit der Hochzeit durchgab. Um Mina und Urs wirklich dabei haben zu können, feierten sie in einem äußerst luxuriösen Fünf-Sterne-Berghotel, eine Autostunde vom Schüchthof entfernt und da wurde Urs plötzlich hektisch.

# XI.

„Oh je, was machen wir denn jetzt?", stöhnte er. „Dass Anton tagsüber die Tiere versorgt, ist ja prima, aber ich kann doch unmöglich im Holzfällerlook aufkreuzen."

„Mach dir darüber keine Gedanken. Wir fahren morgen in die Stadt und du tust einfach, worum ich dich bitten werde", blinzelte Mina.

„Oha, ich vermute, es geht in Richtung Umstyling", brummte Urs.

„Geht es. Wenn es dir nicht gefällt, kannst du es ja sofort wieder rauswachsen lassen", versprach Mina.

„Wenn du das so betonst, ahne ich schon jetzt die Wirkung", murmelte Urs. „Okay. Brenda hat es auch gutgetan. Ich füge mich."

Mina küsste ihn auf die Nasenspitze. „Du wirst es sicher nicht bereuen."

Urs warf sich in seinen Sonntagsstaat und auch Mina verwandelte sich in ein elfengleiches Geschöpf. „Umwerfend, einfach umwerfend", flüsterte er immer wieder.

Mina fuhr, denn Urs fehlte die Großstadterfahrung mit schnellen Wagen. Er war schon ewig nicht mehr aus dem Dunstkreis des kleinen Örtchens zu Füßen seines Berges herausgekommen. Das Ziel der Fahrt verschlug ihm glatt den Atem. Eine Einkaufspassage, in der es nirgends Preisschilder an den Auslagen gab, dafür jede erdenkliche Sicherheitstechnik. Er brauchte einen Moment, sich daran zu erinnern, dass sie zu einer Millionärshochzeit eingeladen waren, selber auch zum Geldadel gehörten und standesgemäßes Auftreten das Mindeste war, was man dem Brautpaar zollen musste.

Mina hatte feste Vorstellungen und so steckten nach einer Stunde zwei Kleider mit passenden Schuhen und Täschchen in voluminösen Beuteln. Urs fragte mehrmals, ob sie bei dem Preis nicht den ganzen Laden gekauft hätte. Mina lachte herzlich.

Von da ging es zu einem Starcoiffeur, der Mina zu kennen schien und Urs gesellschaftsfähig stylen sollte. Mina rief auf dem Handy ein Bild auf. „Das als grobe Richtung mit Überraschungseffekt ohne Farbe und bei mir bitte Spitzen schneiden mit Verwöhnprogramm."

Urs drohte ihr scherzhaft mit dem Finger, als er einen Platz mit verhängtem Spiegel bekam. Mina hob neckisch die Schultern und gab sich mit geschlossenen Augen der Kopfmassage hin. Bei Urs wuchs die Neugier. Er glaubte, am Ende Glatze zu haben, bei den Mengen an Haar, die der Meister abschnitt und immer wieder rasierte. Ein Lehrling kehrte mit dem Gummibesen zusammen, dann widmete sich der Coiffeur Bart und Schnurrbart. Während der letzten Minuten beobachtete Mina interessiert die Handgriffe und ihre Mimik ließ Urs' Herz schneller schlagen.

Der Meister warf ihr einen Blick zu, Mina lächelte, woraufhin das Tuch vom Spiegel genommen wurde. Urs schaute verblüfft in ein Gesicht, das er nur an den Augen erkannte. So in etwa stellte er sich ein männliches Top-Model für Haar- und Bartpflegeprodukte vor.

„Zufrieden?", fragte Mina.

„Ja, sehr." Urs nickte seinem Spiegelbild und dem Meister der Haarkunst anerkennend zu.

Mina ließ noch Pflegeserien für sich und Urs einpacken, zahlte und führte Urs geradenwegs zu einem Herrenausstatter der Extraklasse. Auch hier tat sie kund, was sie zu sehen wünschte: „Dunkelgrauer Anzug, Hemd zur Augenfarbe passend, Seidenweste, Binder und Fliege, goldene Taschenuhr, schwarze Schuhe."

Urs' Muskelpakete zu bekleiden, dauerte etwas länger, dafür war Mina am Ende vollauf zufrieden. „Ich werde auf dich aufpassen müssen."

„Wie meinst du das?", erschreckte sich Urs.

„Wenn ich dich nicht schon lange von ganzem Herzen lieben würde, wäre es spätestens jetzt passiert. Du wirst einigen die Schau stehlen und ich werde es genießen. Oh ja. Das werde ich!" Minas behaglicher Gesichtsausdruck bestätigte ihre Worte Buchstabe für Buchstabe.

Urs wollte sich nachdenklich den Bart streichen. Was er zu fassen bekam, fühlte sich gut an. „Nicht übel", stellte er fest.

„Wir schaffen jetzt die Beutel ins Auto, dann gehen wir essen und fahren danach gleich nach Hause."

„Aber bitte in ein Restaurant, wo ich satt werde", forderte Urs, der wusste, dass auf 5-Sterne-Tellern fast immer nur Zahnfüllhäppchen zu finden waren.

„Versprochen!", lachte Mina und führte ihn in ein Steakhouse.

Urs studierte die Speisekarte. „Wenn ich hier nicht absolut zufrieden rausgehe, dann ist mir vermutlich nicht zu helfen."

„Fährst du uns nach Hause?", fragte Mina auf dem Parkplatz.

„Gern, wenn ich darf", erklärte Urs. „Das Navi wird mir schon sagen, was ich tun soll."

Das machte es genau so gut, wie Urs die Innenstadt meisterte und auf der Autobahn endlich auch ein Gespür für die Geschwindigkeit des Kraftpaketes auf Rädern bekam.

„Feines Auto", lobte er immer wieder.

Kaum waren sie angekommen, hängte Mina die Neuanschaffungen akkurat auf Bügel in einen der leeren Räume der oberen Etage und stellte die entsprechenden Schuhe dazu.

Dass sich die Abendgestaltung nach den Arbeiten auf dem Hof ziemlich schnell im Bett abspielte, hatte schon die knisternde Atmosphäre nach Urs' optischen Veränderungen angedeutet. Das sollte auch in den nächsten Tagen nicht anders werden.

Als Anton und Marianne am Samstag sehr zeitig am Morgen ankamen, um den Hof zu betreuen, blieb ihnen vor Staunen die Luft weg. Die bodenständigen Landwirte hatten sich in ein glamouröses Luxuspaar verwandelt.

„Viel Spaß!", wünschten sie, dem davonfahrenden Auto mit großen Augen nachschauend.

Mina hatte Urs, seit sie von der Hochzeit wussten, detailliert zu besonderen Gepflogenheiten instruiert, und er gab sich jede erdenkliche Mühe, Mina nicht zu blamieren. Er fuhr auch. Nicht nur, um dumme Sprüche im Keim zu ersticken, sondern weil es ihm wirklich Spaß machte. Mina hatte versprochen, zu soufflieren, sollte es irgendwo brenzlig werden. Urs wusste, dass sie ihn nicht hängen lassen werde.

Es waren noch zwei Stunden Zeit bis zum Termin des Treffens, als Andreas hörte, wie einer der Gäste zu einem anderen sagte: „Seine Schwester müsste ja auch bald mit ihrem Waldschrat eintreffen."

Andreas blieb abrupt stehen, seine Augen verengten sich zu Schlitzen. Dann gewann die Beherrschung Oberhand und er setzte sehr langsam seinen Weg fort. Sollte irgendeiner auf die Idee kommen, Urs in irgendeiner Weise zu beleidigen, werde er sofort dazwischengehen. Besonders wenn es solche Nullen waren, wie die beiden gerade eben.

Der Zufall ließ sich wieder einmal nicht lumpen: Just in dem Augenblick, als der graue

Geländewagen vorfuhr, hielten sich sowohl Andreas als auch die beiden Männer im Foyer auf. Andreas, der nichts von den optischen Veränderungen wusste, sah mit gemischten Gefühlen zu, wie ein gutaussehender Herr ausstieg, Mina formvollendet die Tür öffnete, ihr die Hand reichte und gleich darauf dem Parkplatzpagen den Autoschlüssel übergab. Was mochte bloß geschehen sein, dass Mina mit einem Fremden zur Hochzeit erschien? Andreas blieb mit dem Rücken zur Tür stehen und ließ die anderen agieren.

Die kratzbuckelten auch, kaum dass Mina mit ihrem Begleiter eingetreten war. „Frau von Trachenberg, schön, Sie zu sehen!"

„Guten Tag", wünschte Mina. „Darf ich bekanntmachen? Urs Schücht, Großgrundbesitzer und Landwirt, mein Partner im Leben und im Job."

Andreas wirbelte herum.

„Angenehm. Helmut Wille. Werner Mendel."

„Beide von Beruf Sohn", setzte Mina mit deutlichem Spott in der Stimme hinzu und ließ sich von Urs am Arm zu Andreas führen, der beide mit einer Herzlichkeit begrüßte, dass sich die anderen eiligst aus dem Staub machten.

„Meine Güte! Die Überraschung ist euch gelungen! Mina hat auch gleich den richtigen Leuten die Giftzähne gezogen." Er erzählte, was ihm vor einer halben Stunde mächtig in die Nase gefahren war.

Urs schmunzelte. „Wir haben uns auf ähnlich dumme Sprüche gefasst gemacht."

Sie merkten gar nicht, dass eine Pressefotografin sie ins Visier genommen hatte. Die Nächsten, die vor Staunen erstarrten, waren Ramona, Marlies, Fabian und Martin. Die freundschaftlichen Begrüßungen mit Küsschen auf beide Wangen von natürlich wieder von anderen argwöhnisch beobachtet. Marlies sah danach so oft zu Urs hinüber, dass Martin schließlich anmerkte: „Er ist bereits vergeben."

Ramona grinste in sich hinein. Da hatte der Spiegel an der Wand doch glatt einen anderen zum schönsten Prinzen des Tages erklärt.

Der Standesbeamte erschien und eine Viertelstunde später begann man mit der Zeremonie. Brenda wurde von ihrem Vater hereingeführt, dem man die Mischung aus Stolz und Aufregung deutlich ansah. Sie trug ein tailliertes Kleid aus weißer Spitze und einen halblangen Schleier mit einem goldenen Diadem, das über und über mit Brillanten besetzt war. Mina kannte es gut. Es hatte ihrer Mutter gehört, die es zur eigenen Hochzeit von ihrem Bräutigam bekommen hatte. Es passte hervorragend zu Brendas Frisur und führte die Familientradition fort, denn Großvater hatte es einst Großmutter zur Hochzeit vermacht.

„Lass dich anschauen!", sagte auch Brenda, als sie Urs endlich erkannte, weil er besonders herzlich gratulierte. „Was so ein kleines Umstyling doch gleich ausmacht. Ich musste drei Mal hinschauen, ob du es bist, und habe dich eigentlich nur an den strahlend blauen Augen und den gigantischen Muskeln erkannt." Sie machte ihn mit ihrem Vater bekannt, der natürlich auch die vielen Bilder von Hof, Tieren und Berg gesehen hatte. Mina kam einen Moment später hinzu und wurde mit einem begeisterten: „Ach, da ist ja die Initiatorin der unglaublichsten Verwandlungen des Jahrhunderts!", begrüßt.

Brenda und Urs schauten sich grinsend an. Mina und Andreas begannen zu lachen.

Urs nahm Mina in den Arm. „Wie sie ihre persönliche Sicht auf die Dinge kundtut, bringt viele Wunder hervor."

Der Verschluss einer Kamera klickte. „Ich würde mich gern ein wenig mit Ihnen unterhalten. Mein Name ist Maud Jansen."

Mina und Andreas gaben mit den Augen Bescheid, dass das okay sei.

„Angenehm. Urs Schücht. Worum geht es?"

„Ich habe vorhin aufgeschnappt, Sie wären der Mann, der Andreas von Trachenberg nach dem Flugzeugabsturz gerettet habe."

Urs deutete auf eine Sitzgruppe. „Nehmen wir Platz, weil es sich da besser redet."

Minas kaum merkliches Nicken wirkte äußerst zufrieden und so sagte Urs: „Ja, das ist korrekt. Ich habe ihn aus dem Schnee gezogen."

„Dann habe ich ja die Nadel im Heuhaufen gefunden", strahlte die Reporterin. „Ich wollte damals über den Fall berichten und alle haben abgeblockt. Schweigen, wo immer ich auch nachfragte. Aber weshalb?"

„Meinetwegen. Ich habe damals als Einsiedler auf meinem Berg gelebt und wollte den Zustand aus persönlichem Kummer auch nicht ändern. Dann traf ich durch einen unglaublichen Zufall Herrn von Trachenberg wieder. Seine Schwester bat mich, mein Refugium kennenlernen zu dürfen und ich sagte zu. Auf dem Fußmarsch mit ihr zu meinem Domizil erfuhr ich erst, durch einen noch viel größeren Zufall, mit wem im unterwegs war und wen ich überhaupt gerettet habe. Weil Mina und ich eine Art Seelenzwillinge sind, ist sie bei mir geblieben. Wir haben gemeinsam den Hof weiter ausgebaut, bewirtschaften ihn als Partner im Leben und im Job."

„Ich würde gern mehr erfahren, will Ihnen aber auch nicht die wertvolle Zeit hier stehlen ..."

„Dann besuchen Sie uns doch für ein paar Tage, falls Sie mit einfachsten Bedingungen klarkommen. Wir sind immer noch am Bauen, Umgestalten und Weiterdenken", bot Urs an.

„Oh ja! Ich komme! Schlafsack und Thermomatte?"

„Im Augenblick leider noch. Aber keine Sorge, Herr von Trachenberg, seine reizende Gattin und unsere Freunde haben es auch überlebt", blinzelte Urs.

„Wann passt es denn?"

„Wir sind ab Montag wieder im regulären Betrieb und gegen 12 Uhr fast immer im oder am Haus. Hier ist meine Karte. Rufen Sie an."

„Herzlichen Dank! Ich werde wirklich gleich am Montag kommen. Ich bin doch viel zu neugierig und schon eine kleine Ewigkeit hinter der Geschichte her."

„Gar kein großes Interview?", staunte Mina.

„Das kommt auf andere Art und Weise. Ich habe sie für ein paar Tage eingeladen", verriet Urs. „Ehe irgendwelche Schauergeschichten die Runde machen, gebe ich lieber vor Ort Einblick ins Geschehen und hoffe auf einen vernünftigen Werbeeffekt."

„Urs hatte wieder mal das richtige Gespür", schmunzelte Andreas. „Sie arbeitet für ein Lifestyle-Magazin. Bio und Öko sind in und ihr damit voll im Trend der Zeit. Der Hagelschaden ist noch frisch und sie wird, jetzt wo sie die Adresse hat, recherchieren, bis der Laptop qualmt und genau auch darauf stoßen. Besser konnte es nicht kommen."

Das kurze Gespräch in der Sitzecke war nicht unbeobachtet geblieben. Auch nicht, wie die Visitenkarte den Besitzer wechselte.

„Haben wir eine kleine Sensation?", kicherte Brenda. „Jeder hier lauert auf ein Interview mit ihr. So wie sie schaut, hat sie ihre Gäste-Hauptstory soeben gewählt, der Rest ist Small Talk Geplänkel. Aber das weiß ebenfalls jeder."

Eine ähnliche Diskussion musste wohl auch bei anderen gelaufen sein, denn Ramona kam und gab bekannt: „And the winner is: Urs from mountain."

Andreas grinste vergnügt. „Ich habe es nicht zu hoffen gewagt. Aber das ist das schönste Hochzeitsgeschenk. Übrigens beginnt gleich der Tanzabend."

Mina wollte gerade abschlägigen Bescheid geben, als Urs meinte: „Das sollte nicht zum Problem werden. Man ist ja schließlich in ganz jungen Jahren von einer Disko in die andere getingelt und hat damit geprahlt, die Standardtänze zu beherrschen. Solange kein Punktrichter die Fehler zählt, wird es schon nicht in einer ganz großen Katastrophe enden."

„Auf ins Getümmel!" Mina zog ihn vergnügt lachend hinter sich her.

„Damit habe ich nicht gerechnet", gestand Andreas, den beiden verblüfft hinterherschauend. „Urs überrascht mich doch immer wieder."

„Und es sieht nicht mal übel aus, was er da macht!", staunte Brenda. Sie hakte sich bei Andreas unter, ließ sich zur Tanzfläche führen und sie reihten sich gleich neben Urs und Mina ein.

Ramona beeilte sich, zu Fabian, Marlies und Martin zu kommen, um die Sensation kund zu tun und aus der Nähe zu betrachten. Urs scherzte und lachte mit den anderen, ohne sich mit den Schritten zu verhaspeln, als würde er jeden Tag tanzen.

„Rübezahl kann alles, ohne es lernen zu müssen", dozierte Fabian mit erhobenem Zeigefinger. „Und wenn er es nicht selber ist, dann mindestens kleiner sein Bruder. Ich glaube wieder an Wunder, seit ich ihn kenne."

„Und er sieht umwerfend aus", murmelte Ramona.

Fabian gab ein unterdrücktes Schnaufen von sich. „Nun fang du nur auch noch an!"

Diesmal grinste Marlies. Und alle schmunzelten, weil einige Damen ihre Partner vor lauter Urs-Schauen völlig vergessen hatten. Die waren auf den schlichten Typ aus den sozialen Medien aus gewesen, um Mina endlich einmal schräg anschauen und über sie lästern zu können. Nun bekamen sie den ultimativen Traummann präsentiert, der herzlich lachen konnte und auf dem Parkett eine gute Figur machte.

Die Reporterin beobachtete die Reaktionen und sammelte im Vorbeigehen Informationen. Der gutaussehende Landwirt schien einigen Anwesenden Rätsel aufzugeben. Sie fieberte dem Montag entgegen, wo sie am liebsten gleich morgens auf dem Hof sein wollte, um die Routinearbeiten mitzuerleben. So fasste sie sich ein Herz, Mina zu fragen, ob das möglich sei, weil Urs gerade für einen Moment den Saal verlassen hatte.

„Wenn Sie kurz nach sechs Uhr da sind, geht der Arbeitstag gerade los. Frühstück gibt es gegen acht Uhr, sobald die Tiere versorgt sind. Sie werden es mögen", erklärte Mina lächelnd.

„Ich werde pünktlich sein!", rief Maud. „Neugier ist eine feine Erfindung."

Mina begann zu lachen. „Ja, davon kann ich auch ein Liedchen singen."

„Ich weiß", blinzelte Maud. „Ach, ich freue mich."

Urs kam zurück. „Ich habe mit Anton gesprochen. Sie können jetzt nach Hause fahren. Wir brechen in einer halben Stunde auf."

„Einverstanden. Dann sind wir etwas länger geblieben, als geplant, und können uns mit ruhigem Gewissen verabschieden. Aber die letzte Runde tanzen wir noch?", fragte Mina.

„Den Wunsch schlage ich dir keinesfalls ab, mein Schatz." Urs führte sie am Arm auf das Parkett.

„Ahhh, die Genießer sind wieder da", blinzelte Andreas und bekam von beiden heftiges Nicken zur Antwort.

„Diese Runde nehmen wir noch mit", schmunzelte Urs.

„Wir sind glücklich, dass wir euch dabei haben konnten", verrieten Andreas und Brenda. „Gut zu wissen, dass es diverse Nebenwirkungen hatte, mit denen nicht einmal wir rechnen konnten. Das innerliche Grinsen ist ziemlich oft nach außen durchgedrungen. Macht das Beste daraus, wenn Maud Jansen bei euch ist. Mit eurem

Gespür kann das Sprungbrett zum Katapult werden."

„Wir werden versuchen, die Gunst der Stunde zu nutzen", versprach Urs.

Andreas ließ für beide die Garderobe ins Foyer und das Auto vor den Eingang bringen, wo er sich mit Brenda herzlich von ihnen verabschiedete. Auch die Freunde sagten auf Wiedersehen. „Was für ein grandioser Abend!", waren sie sich einig.

Auf den völlig leeren Straßen kamen sie zügig voran, sodass sie noch vor Ablauf einer Stunde mit wildem Schwanzwedeln von Struppi empfangen wurden, der sich kaum wieder beruhigen konnte. Der eine Tag Abwesenheit war eine schiere Unendlichkeit für ihn gewesen. Er wartete brav, bis Mina und Urs den teuren Zwirn abgelegt hatten, um sich dann ganz toll von ihnen knuddeln zu lassen. Mit einer Kaustange im Fang trollte er sich in die Scheune.

Mina legte Urs die Arme um den Nacken, betrachtete lächelnd sein zufriedenes Gesicht. „Wie fühlt man sich als König des Abends?"

„Merkwürdig, aber nicht schlecht", versuchte es Urs in Worte zu fassen. „Dass deine Idee solche Wellen schlagen könnte, habe ich nicht erwartet."

„Und ich habe nicht erwartet, dass du so ein begnadeter Tänzer bist. Obwohl ich durch die kleine Begebenheit mit der Mure hätte gewarnt sein müssen."

Urs nahm Mina auf die Arme und trug sie im Walzerschritt zum Bett, mit dem Umweg durch die ganzen unteren Räume. Mina lachte übermütig. Der Tag hatte ihnen beiden gutgetan. Urs bewies, als das Licht verlosch, dass er auch nach einem Tanzmarathon fit war, und Mina noch anderweitig begeistern konnte.

Später als sonst am Morgen wurden sie von einem merkwürdigen Geräusch geweckt. Urs öffnete die Tür und musste lachen. Draußen stand Struppi, seinen Fressnapf zwischen den Zähnen und fiepte jämmerlich, als müsse er in den nächsten Sekunden verhungern. Mina riss das Handy von der Fensterbank. Sie nahm den fiependen Hund samt Napf als Video auf.

Urs erbarmte sich und füllte noch im Schlafanzug Futter ein. „Ich möchte zu gern wissen, was jetzt gerade hinter Struppis Stirn vorging."

„Wenn ich mir die grasenden Ziegen und Sepp anschaue, oder die fleißig pickenden Hühner, dann weiß ich es ziemlich genau", kicherte Mina. „Nämlich: Alle haben Essen, nur ich nicht! Welt, wie bist du grausam. Da muss man dann schon protestierend die leere Schüssel als Beweis vorzeigen."

„Weißt du was? Wir essen auch erst und misten dann aus", schlug Urs vor.

„In Ordnung. Ich gehe nur, die Eier aus den Nestern nehmen." Mina zog sich rasch an und griff nach dem Korb.

„Ein Araucana Henne ist nicht gewillt, sich die Eier wegnehmen zu lassen, auf denen sie sitzt", berichtete sie erfreut.

„Das hätte ich nun wieder eher den Plymouth Rock zugetraut", gab Urs bekannt. „Davon könnte man ruhig auch ein paar mehr haben."

„Genau deswegen habe ich der Araucana noch zwei braune Eier untergeschoben", lachte Mina, auf den nur mäßig gefüllten Korb zeigend.

Urs rieb sich die Hände. „Hoffen wir, dass der Hahn fleißig war."

Als sie endlich begannen, Stall und Unterstand auszumisten, kamen Sepp und Karli heran. Sepp mit eindeutigen Fragenzeichen im Blick und Karli mit einem fast anklagenden: „Mähähäää-ääää!".

Mina schmunzelte, beide am Hals kraulend. „Ihr seid doch schon große Buben, die auch mal ein paar Stunden allein bleiben können."

„Wir müssen am Dienstag die beiden jungen Ziegen separieren", erinnerte sie Urs.

„Ach ja, stimmt. Da kommen die Käufer."

Am Montag kam aber erst mal Maud, die wirklich auf die Minute genau ihr Auto einparkte. Struppi hatte sie auf den letzten Metern begleitet und saß nun erwartungsvoll da. Mina und Urs gingen sie begrüßen. Sie empfanden es als sehr wohltuend, dass Maud nicht sofort die Kamera zückte, sondern ganz entspannt darauf hinwies, dass sie gern auch helfen würde. Dabei zeigte sie auf ihre strapazierfähige Kleidung und die festen Schuhe. „Gummistiefel habe ich im Kofferraum."

„Wenn Sie möchten, dürfen Sie gern mit anpacken", erklärte Mina.

Urs trug Mauds Gepäck in das Gästezimmer. „Die Kameratasche auch?"

„Ja, bitte. Ich habe eine kleine Pocketkamera in der Hosentasche", verriet Maud.

Mina führte Maud zum Stall. „Ich beginne das Morgenritual stets bei den Hühnern und sammele die Eier aus den Nestern."

Maud übernahm den Korb, staunte über das ungewöhnliche Hühnerhäuschen, gleich darauf über die brütende schwanz- und kammlose Henne und noch mehr über die leicht grünlichen Eier. Mina erklärte ganz nebenbei die Eigenheiten des Geflügels, die es für den hochgelegenen Berghof besonders tauglich machten. Sie hatten nicht gemerkt, dass Karli hinter ihnen stand und gaben beide einen Schreckenlaut von sich, als sie sich umdrehten.

Karlis: „Mähähääääääää!", klang schon fast wie ein schadenfrohes Lachen.

Mina kraulte ihn kichernd. „Du verrückter Bock. Hat es wieder mal geklappt, jemanden zu erschrecken."

„Mähähääääääää! Mähähääääääää! Mähähääääääää!"

Maud schmunzelte. „Oh, mein Gott, ist der drollig!"

„Weil er so ein neckischer Geselle und absolut gutmütig ist, darf er auch als einziger aus der Herde völlig frei herumlaufen. Genau wie unser Sepp, der gleich da drüben steht und seinem meckernden Kumpel überallhin folgt", berichtete Mina. „Der Dritte aus dem unzertrennlichen Kleeblatt ist Struppi."

Sie sortierten die Eier nach Farben in Papppaletten und griffen zu Besen, Schaufel und Eimer, um die Boxen der Tiere zu säubern.

„Normalerweise wäre jetzt die Heuernte in vollem Gang, nur hatten wir neulich heftigen Hagelschlag, weshalb wir sie um ein paar Tage verschieben müssen, bis sich die Wiesen erholt haben. Sonst gibt es minderwertiges Heu, was sich verheerend auf die Milch für unseren Käse auswirken würde."

Maud nickte. „Ich hatte es in den Nachrichten gesehen und bin darauf gestoßen, als ich ein wenig recherchiert habe. Es hieß, hier sei sogar eine Mure ganz nah abgegangen."

„Ja das stimmt. Ich kann Ihnen das Ende des Geröllflusses zeigen." Sie brachten den Mist in der Schubkarre zum Haufen und Mina führte Maud bis an den Steilhang.

Auf dem Rückweg verhielt die Reporterin den Schritt bei den Ruinen. Sie hatte einige Berichte über das Lawinenunglück gefunden, Bilder, wie es vorher hier ausgesehen hatte und wusste Bescheid, was Urs mit ‚persönlichem Kummer' umschrieb.

„Wir haben auch in den nächsten Jahren noch einiges an Wiederaufbau zu leisten", sagte Mina wie nebenbei. „Kommen Sie! Wir frühstücken jetzt ganz gemütlich." Mina steckte drei grüne und drei braune Eier ins kochende Wasser. „So haben Sie den besten Vergleich, wie die Eier schmecken."

Honig, Ziegenkäse, frische Butter aus Kuhmilch und Joghurt kamen auf den Tisch, neben knusprigen Quarkbrötchen, die Mina am Vorabend gebacken hatte. Aber auch ein paar Scheiben vom selbstgebackenen Brot. „Die Kuhmilchprodukte und den Honig kaufen wir bei befreundeten Bauern im Ort zu", verriet Urs.

„Den Tee stellen Sie selbst zusammen, vermute ich." Maud hob schnuppernd die Nase.

„Sie können verschiedene Kräuter pur oder diverse Mischungen, anregend oder beruhigend, probieren. Jetzt gerade habe ich eine Kanne anregender Kräuter aufgebrüht."

„Die würde ich gern probieren, weil sie geheimnisvoll duftet", bat Maud und erhielt eine große Keramiktasse voll. Sie mischte auch keinen Zucker unter, um das ganze Aroma zu genießen.

Sepp begann zu schreien, Struppi kam bellend angerannt und die Hühner stoben wild durcheinander. Urs lief hinaus, um die Tiere zu beruhigen. „Greifvogelalarm. Da dachte wieder einer, er könne sich unbemerkt ein Huhn holen", erzählte er beim Zurückkommen. „Diesmal war es tatsächlich ein Adler. Das macht mir Sorgen. Er wird es wieder versuchen und dann vielleicht auch auf die Ziegenlämmer gehen."

„Ich habe da mal was über Schottland gelesen", versuchte sich Maud, zu erinnern. „Die Schotten vertreiben mit einem Laser die Adler von den Weiden. Agrilaser Autonomic, nennt sich das System. Es soll funktionieren."

Mina tippte das sofort ins Handy ein und las den erstbesten Artikel vor. „Herzlichen Dank für den hilfreichen Hinweis. Ich werde mich umgehend informieren, woher und wie teuer. Ich mag die Adler zwar, aber es gibt genug Gämsen und Niederwild, was sie sich holen können."

„Gern geschehen", erwiderte Maud lächelnd. Die jungen Landwirte hatten schon wieder einen Pluspunkt gesammelt. Maud mochte Leute, die nicht alles sofort als Spinnerei abtaten, das Branchenfremde woanders gehört oder gelesen hatten. Und sie freute sich, nicht als lästige Zeitungstante abgetan zu werden. Genau so herzlich wie die Einladung gewesen war, behandelte man sie jetzt.

Urs erhob sich. „Ich fahre runter, ein Fass Diesel für den Traktor holen."

„Tauschst du gleich noch die Gasflasche vom Kühlschrank?", bat Mina.

„Geht klar. Hat noch jemand einen Wunsch?"

Beide Frauen schüttelten die Köpfe. Mina half beim Aufladen der leeren Behälter. Struppi eskortierte Max noch bis zur ersten Kurve, dann rannte er sofort zurück.

Mina nahm Maud mit in den Käsekeller, wo sie die Laibe mit Salzlake abbürstete und sie im Regal wendete. Dann setzte sie gleich wieder einen Kessel Milch zum Eindicken an.

„Fragen Sie ruhig", schmunzelte Mina. „Ich sehe Ihnen doch an, wie es hinter der Stirn arbeitet."

„Ich bin überrascht, dass Sie beide wirklich so hart arbeiten", ordnete Maud ihre Gedanken.

„Wegen des finanziellen Hintergrundes?"
Maud nickte.

Mina erzählte von ihrem ursprünglichen Traum und wie wenig sie den vermisste, weil es hier auf dem Berg genau so spannend war. „Nicht jeder Millionär legt die Hände in den Schoß, um ausschließlich dem Geld beim Arbeiten zuzuschauen", lachte sie schließlich. „Ich würde mich überflüssig fühlen. Es ist doch viel aufregender, selbst etwas zu schaffen und dabei den Unbilden des Wetters zu trotzen. Wir leben hier oben mit und von der Natur. Als ich hierher kam, wusste ich sofort, dass ich genau hier und so leben wollte. Auf der Wanderung war es schon gewesen, als würden wir uns ewig kennen. Urs ist wie ein Fels in der Brandung. Ihn erschüttert so schnell nichts. Nicht mal der spleenige Wunsch einer fast völlig fremden Träumerin, seine Alm zu besuchen, obwohl klar war, dass heftige Schneefälle bevorstanden."

„Ihr Bruder hätte doch widrigenfalls sicher einen Weg gefunden, Sie abzuholen?"

„Wahrscheinlich." Mina lächelte verschmitzt. „Ihn hat man ja auch im tiefsten Schnee ausgeflogen. Aber die Geschichte lassen Sie sich heute Abend bei einem schönen Glas Wein von Urs erzählen."

Maud half beim Kartoffelschälen, Mina stellte den Braten in die Röhre und als Urs vom Landhandel zurückkam, dauerte es nur noch wenige Minuten, bis aufgetischt werden konnte.

„Sie haben doch nicht etwa meinetwegen den Braten zubereitet?", fragte Maud vorsichtig.

„Doch, habe ich", strahlte Mina. „Aber keine Sorge, auch sonst gibt es in der warmen Zeit immer einen Salat, das Hauptgericht und Nachtisch. Im Winter muss die vegetarische Vorspeise leider ausfallen. Wir graben uns auf Monate hier oben ein und da wird gegessen, was die Speisekammer hergibt."

Nach dem Essen luden sie das volle Fass ab und brachten die Gasflasche auf den Speicher.

„Schlachten Sie auch selber?", fragte Maud.

„Das tun wir gar nicht. Wir bringen es beide nicht übers Herz. Die Hühner brauchen wir für die Eier, die Geißen für die Milch und die Zicklein verkaufen wir, weil Pinzgauer Ziegen selten sind und es für diese Rasse Zuchtprogramme gibt. Wenn es wirklich mal nötig wäre, wegen kompliziert gebrochener Beine, würden wir einen Metzger holen. Für kranke Tiere wäre der Veterinär aber stets die erste Anlaufadresse."

„Zwei Pluspunkte auf meiner Skala!", freute sich Maud.

Urs steckte die Elektrozäune um, damit sie die Zicklein schneller zusammentreiben konnten. „Morgen werden uns wieder Jungtiere verlassen", kommentierte Mina diese Arbeiten. Urs nahm das summende Handy aus der Tasche. Er sprach nur kurz mit dem Anrufer, dann kam er zu den Frauen. „Schatz, einer der Interessenten möchte nicht kaufen, sondern den kleinen Bock gegen ein junges Weibchen tauschen."

„Du hast doch hoffentlich zugesagt?!"

„Aber sicher. Eine neue Geiß passt gut zur Herde. Karli wird sich freuen."

„Offenbar sind Sie sich immer einig", blinzelte Maud.

„Zu 99,99 Prozent", grinste Urs. „Und bei den 0,01 Prozent gibt nach, wer die schlechteren Argumente hat."

Maud lachte herzlich.

„Morgen wird es regnen, da habe ich ganztägig Innenausbau im Plan, bis auf die Ziegenverkäufe", erklärte Urs.

„Regen?" Maud riss die Augen auf. „Die Wetterapp sagt Sonnenschein."

Mina kicherte. „Sie werden das Orakel vom Berg recht schnell schätzen lernen. Nicht mal Marlies Hellenborn wettet gegen seine Fähigkeiten, seit sie als Ehrenschuld für eine andere

Wette ausmisten musste und sich alle die Hände gerieben haben."

„Die Zahnärztin? Oh je! Urs ist das geheimnisvolle Orakel? Ich habe es ein paarmal in den Gesprächen gehört und mich gewundert, was die Hochzeitsgäste meinten!", staunte Maud, Urs fast erschreckt anschauend.

Am Abend, als alle Arbeiten erledigt waren, saßen sie beisammen, aßen, tranken Wein und Urs erzählte, wie er Minas Bruder entdeckt und gerettet hatte. Und was alles danach geschehen war. Sie schauten sich Bilder vom Wachsen des neuen Hofes an und von der Freilegung der verschütteten Straße. Maud konnte kaum fassen, was die jungen Landwirte allein und auch mit ihren Freunden zuwege gebracht hatten. Über den Spruch mit Traktor statt Ferrari musste sie lauthals lachen und notierte sich ihn.

„Wissen Sie, dass man Sie hinter vorgehaltener Hand Rübezahl nennt?", wandte sie sich an Urs.

„Freunde tun dies offiziell. Darauf bin ich sogar stolz", gab Urs bekannt.

Mina erzählte von diversen Begebenheiten.

„Mich überläuft gerade so ein Schauer, wie immer, wenn ich auf wahre Phänomene treffe", flüsterte Maud. „Wenn morgen die Wetterprognose eintrifft, dann hat Rübezahl eine weitere Ungläubige bekehrt."

Urs öffnete noch eine Flasche Wein. Maud studierte diesmal das Etikett. „Monteverro?! Der ist megateuer!"

Mina lachte herzlich. „Genau diese Worte habe ich auch gesagt, als mir Urs zum ersten Mal Wein kredenzte. Damals war es welcher, den er aus dem Lager seines Bruders gerettet hatte. Jetzt sind dieser Wein und guter Champagner das Einzige, was uns ein bisschen aus der Masse abhebt."

„Das sei Ihnen von Herzen gegönnt, zumal er hervorragend zu Ihrem Ziegenkäse schmeckt." Maud nahm sich noch eine der hauchdünnen Scheiben, rollte sie zusammen und ließ sie sich fast auf der Zunge zergehen.

Gegen 23 Uhr beschlossen alle, die weitere Unterhaltung auf den nächsten Abend zu verschieben. Maud lag noch ewig wach und rief sich die vielen Informationen erneut ins Gedächtnis. Die warmherzige und ehrliche Art der beiden Gastgeber berührte sie tief. Sie verstand, weshalb die von Trachenberg Geschwister einen Mantel des Schweigens über die Rettung gelegt hatten. Und sie schwor sich, nichts zu veröffentlichen, was Mina und Urs nicht abgenickt hatten.

Maud schlief durch den reichlichen Weingenuss fast bis zum Frühstück. „Ich habe ein richtig schlechtes Gewissen", murmelte sie.

„Warum? Sie sind unser Gast, auch wenn es Ihr Job ist, hier zu sein", betonte Urs.

Maud schaute immer wieder zum Fenster, vor dem die Sonne hell strahlte.

„Lassen Sie sich nicht täuschen", riet Mina. „Hier schlägt das Wetter manchmal innerhalb von Minuten um. Zuletzt am Tag des Hagelsturms."

Als der dritte Ziegenkäufer gegen 9:30 Uhr eintraf, trübte sich der Himmel langsam ein. Und fast auf den Punkt genau um zehn, begann es zu nieseln. Maud fasste sich an den Kopf. „Ich glaube, mich überkriecht gerade eine ganz tiefe Ehrfurcht. Die App sagt immer noch Sonne."

„Rübezahls Reich hat seine eigenen Regeln", verkündete Mina im Brustton der Überzeugung. „Davon sprechen schon die ganz alten Legenden." Und sie erzählte, wie sie diese zahlendem Publikum nahebringen wollten.

Maud nickte mehrmals. „Wenn es damit losgeht, wäre ich gern dabei, denn ein bisschen professionelle Werbung kann nicht schaden. Zudem bin ich total neugierig auf die Geschichten."

„Das ist super!", freute sich Urs, ein Möbelbrett zurecht sägend. Die Frauen halfen bei der Montage.

Maud war ständig am Staunen. Dass Urs beinahe das ganze Haus allein rekonstruiert, wie er mit wahren Bärenkräften das Dieselfass bewegt hatte und auch über die zutreffende Regenvorhersage.

„Morgen früh werde ich die untere Wiese mähen", gab er bekannt.

„Und der Regen?", fragte Maud.

„Wird noch vor Sonnenuntergang langsam aufhören, Wind wird aufkommen und das Gras trocknen. Ich denke, wir werden einen sonnigen Tag haben", sagte Urs zuversichtlich, die erste Tür an die Schrankwand montierend.

Maud notierte sich die Zeit des Sonnenaufgangs, stellte den Handywecker und erlebte das nächste Eintreten einer Wetterprophezeiung hautnah. Mit unglaublich schönen Bildern kam sie zurück, als die beiden Landwirte gerade ihre Morgenrunde begannen. „Jetzt glaube ich auch, dass Rübezahl hier und nicht im Riesengebirge lebt."

Urs grinste vergnügt.

Freitagabend packte Maud zusammen und sagte beim Essen: „Ich schicke Ihnen meine Geschichte, ehe ich sie für den Druck freigebe. Ich möchte wirklich nur das berichten, was Sie für richtig befinden. Den ersten Sagenfeuertermin veröffentliche ich natürlich sofort und werde, wie versprochen, hier sein."

„Vielen Dank, das wissen wir sehr hoch zu schätzen. Auf gute Zusammenarbeit!", sprachen Urs und Mina synchron, wie schon so vieles in den vergangenen Tagen.

Maud lachte und dankte, ebenfalls ihr Glas erhebend. Drei Tage danach kam eine mehrseitige Datei, die Mina und Urs noch am selben Abend durchschauten und ohne Änderungen absegneten. Als Maud vier Wochen später, zum

Geschichtenabend, wiederkam, waren die Möbel fertig. Sogar im Gästezimmer standen nun Bett, Schrank, Nachttisch und eine Garderobe. Es hatten sich zwei Gruppen mit insgesamt fast 20 Personen angemeldet und Urs das Lagerfeuer entsprechend gestaltet.

Es wurde ein grandioser Abend. Auch diesmal leuchteten Urs blaue Augen aus der Dunkelheit, wenn sie vom Schein des Feuers getroffen wurden. Maud überlief, wie viele andere, jedes Mal ein Frösteln, wobei das Ihre wohlige Züge trug, denn sie hatte den Berggeist vom Schüchthof als mildtätigen Mann kennengelernt.

Diesmal machte sie einen Reißer aus dem Bericht über den Abend. ‚Rübezahls Sagenfeuer, das authentische Spektakel hoch in den Bergen. Sie sollten es nicht verpassen, wenn Sie es lieben, wie ein Schauer nach dem anderen den Rücken überläuft' und dazu zwei Bilder: Urs, von dem fast nur die ungewöhnlichen Augen durch die Nacht leuchteten und Struppi, der als gefährlicher Wolf so um das Feuer schlich, dass keiner sagen konnte, ob's nicht doch ein echter war.

Kaum war der Bericht veröffentlich, hagelte es Anfragen aus Deutschland, Österreich und der Schweiz. Sogar deutschsprachige Tschechen buchten den Termin, um zu erleben, was Rübezahl machte, wenn er nicht durch ihre Regionen wanderte.

Mina und Urs, flexibel in allem, setzten für jeden Samstag Termin für bis zu 30 Personen. Hin und wieder wurden die sogar mit einem kleinen Bus auf den Hof gebracht. Um keinen Behördenärger zu bekommen, mieteten sie zwei Dixie-Toiletten, die gleich am Parkplatz standen.

Bevor sie einschneiten, gaben sie Express ein Weihnachtspaket für Maud auf, mit Ziegenkäse, grünen Eiern und mehreren Sorten Kräutermischung für Tee und zum Würzen. Bitte sofort öffnen, stand darauf.

Im nächsten Jahr gehörte Maud bereits zum festen Freundeskreis und konnte über die Eröffnung des neuen Hauses in uraltem Stil mit vier Ferienwohnungen für Selbstversorger berichten.

„Und wie wird es bei euch persönlich weitergehen?", fragte sie eines Tages, auf Hochzeit oder Nachwuchs anspielend.

„Wer weiß das schon?", antworteten Mina und Urs im Chor. „In Rübezahls Reich ist alles ein bisschen anders als im Rest der Welt."

# Weitere spannende Bücher:

## Die Nebelwald-Saga

Band 1: Der Nebelwald

Band 2: Die Schlacht um Wildforest

Band 3: Unter dem Banner des Gefleckten Drachen

Band 4: Eine neue Dynastie

Band 5: Prinzenraub

## Die Aurëus-Saga

Band 1: Der Spiegel des Aurëus

Band 2: Das Geheimnis des Aurëus

Band 3: Die Urenkelin des Aurëus

Band 4: Die Drachen des Aurëus

**Der Nixen-Clan**

Band 1: Adaia

Band 2: Die Meermänner von Tuvalu

Band 3: Alarmstufe rot

Band 4: Im Reich des Lóng

   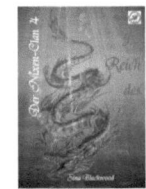

## Die Magier von Tarronn Band 1 - 5